中国作家协会作家定点深入

庄里

郝随穗 著

陕西新华出版传媒集团
太白文艺出版社

图书在版编目（CIP）数据

庄里 / 郝随穗著. -- 西安：太白文艺出版社，2021.2（2023.2重印）
 ISBN 978-7-5513-1812-9

Ⅰ.①庄… Ⅱ.①郝… Ⅲ.①散文集－中国－当代 Ⅳ.①I267

中国版本图书馆CIP数据核字(2020)第008986号

庄里
ZHUANG LI

作　　者	郝随穗
出版统筹	申亚妮
责任编辑	周　华　蒋成龙
封面设计	张洪海
版式设计	侯梅梅
出版发行	陕西新华出版传媒集团
	太 白 文 艺 出 版 社
经　　销	新华书店
印　　刷	三河市嵩川印刷有限公司
开　　本	787mm×1092mm　1/16
字　　数	179千字
印　　张	17
版　　次	2021年2月第1版
印　　次	2023年2月第3次印刷
书　　号	ISBN 978-7-5513-1812-9
定　　价	50.00元

版权所有　翻印必究
如有印装质量问题，可寄出版社印制部调换
联系电话：029-81206800
出版社地址：西安市曲江新区登高路1388号（邮编：710061）
营销中心电话：029-87277748　029-87217872

这是上个世纪某个时间段的时光中陕北乡村小人物的命运纪录册页，是对他们活在尘世上的理想与生命意义的深刻探究，也是对他们的苦乐生死与村庄和地域所建立的文化关系的剖析。他们的情感表达和生命呈现与陕北地域文化融为一体，千百年来厚重的文化形成的民风民俗景观蔚为大观。他们是被时代边缘化的一个群体，他们个体生命的存在与消失，关乎的是一曲信天游的委婉与悲壮，关乎的是一个庄子的痛惜与放手。

目　录

谋四子	/ 1
侯虎娘的	/ 10
憨三姓	/ 19
二老王	/ 30
九娃	/ 37
老罗家	/ 46
善门里家	/ 54
阿K	/ 64
罗㟷㟷	/ 72
财子	/ 80
坏豌豆	/ 90
罗小	/ 98
合子	/ 110
老窑	/ 121
离时	/ 132
父亲的面子	/ 139

父亲的窑洞	/ 146
爷爷的额头	/ 153
吃饭	/ 161
庙会	/ 168
冻	/ 176
重耳川	/ 184
圆头峁	/ 193
小煤窑	/ 201
上山看蓝天	/ 209
秋扁食	/ 216
燃烧	/ 221
搜山	/ 227
液态村落	/ 236
陕北册页	/ 254
后记	/ 261

谋四子

据说谋四子出生的那个晚上母亲难产，百般折腾中，他在一声响雷之后滚了出来。村里的老年人说，凭这一声炸雷，这个娃娃是有星宿的，长大了定是个大人物。

谋四子是他娘生了五个女子后生的第一个小子。他娘为了生四个小子，就给他取名谋四子，意思是要谋算着生下四个小子。而后来他娘再没生下一个小子，却又添了三个女子。

谋四子打小身板壮实，头大脚大，到了二十岁的时候，长得像个高大的树桩子，走过去带着一股风。他是个勤快的人，也是后湾苦水最多的人。后湾住的人家不是很多。这个村子坐落在一个像老碗一样的山坳里，四周高山相连，沟底依山体而开挖的十几孔土窑洞分布在向阳的那面斜坡上。村子离川道的正路有好几里羊肠小道。别人走这段路需半个多小时，而谋四子顶多用二十分钟。村里人说他的腿长，一步就能跨出二尺半，走路就比一般人快得多。

村里人靠种庄稼过光景。山地里种的主要是谷子、玉米、洋芋和黑豆，这些都是粗粮。村里人的生活物资来源主要依赖于这四种农作物。后湾的地没有一块是平整的，全在山峁圪垯上。有句话是这样描述的：躺死咯狸跌死牛。咯狸指的是松鼠，这句话的意思是说松鼠和耕牛掉到山沟里都能摔死，可见这里的地势有多陡峭、多险要。就是这样的田地，后湾的人仍然要年复一年地耕作。虽然他们对土地秋后收成的失望要远远大于期望，但是这片像魔咒一样左右着他们共同命运的土地，从来都是他们唯一的依靠。

谋四子和村里人从没感觉到在这里种地的难处，尽管也有人从山崖上掉下去过，也有人摔死过，但是后湾的人是不会放弃这片土地的。他们知道，就是这片需要用生命来祭奠的土地世世代代养育着他们。

一年开春后，小河里的冰还没有完全融化，刺骨又浑浊的河水夹杂着残枝败叶和泥沙缓缓地流向沟岔口。谋四子提着一筐去年就藏在地窖里的大白菜到河里洗。说是洗菜，其实就是把大白菜的叶子剥下来，在河水中把菜根上冻着的泥团搓下来。谋四子蹲在河边洗菜时，听见脑畔上有人在叫狗。谋四子回头看了看，是老母亲在叫自家的那条爱偷吃的老黄狗。谋四子喊着问母亲，叫狗干啥啊？母亲说，你的儿子拉下屎了，让狗回来舔。谋四子说，别管，让我老婆拾掇去。母亲不理，依旧在叫狗。那条黄狗摇着尾巴一溜烟从谋四子眼前闪过，直奔回去。谋四子一把扔下手里的菜叶子，忽地站起来就跑回家，一把将正在舔屎的黄狗扔出门，然后手指头指着老婆大骂她是个懒尸，自己不拾掇孩子的屎尿，老给老母亲添麻烦。老婆有点不高兴，这已经是谋四子第无数次因为零七八碎的事儿责骂自己了。她还口说，孩子又不是我一个人的，婆婆照顾一下又没照顾到圈外。谋四子容不得老婆有半句辩解，上去就是几个耳光，打得老婆的号啕声惊飞门对面山坡上的一群野鸽，顷刻间，野兔、山鸡、狐狸等野物追随着野鸽快速窜向后山。

谋四子脾气暴躁，平日里把老婆整得不敢吱声。老婆是个糊涂片子，常常背着谋四子欺负婆婆。这不，刚见谋四子下河滩去洗菜，她就把孩子塞给婆婆。婆婆见孩子拉屎了，便叫老黄狗来舔孩子的屁股。叫狗来拾掇，这是一辈辈先人流传下来的很省事的方法。那个时候，所有的人都在饥饿的苦日子里艰难地活着，家家户户散养的狗吃不到主人家专门供给的食物，完全靠它们自己出去找吃的。在人都吃不饱肚子的时候，那些狗几乎都成了流浪狗，它们每天只有守在各家的茅厕，等有人如厕后几口吞下热腾腾的粪便。叫狗来舔孩子的屁股也有危险性，据说前辈子的一个小孩被狗舔的时候，饿极了的狗咬了一口屁股肉。

谋四子跟老婆的矛盾的产生主要是谋四子的坏脾气造成的。老婆是那个时候不勤不懒、不偷不舍的寻常女人。至于背着谋四子欺负婆婆，那也算不上什么，无非就是给自己省点力气，让婆婆多干点，但是上山干活一天也不误。那个时候婆媳关系几乎每家都处理不好，媳妇闹婆婆的事儿有时厉害到要使用暴力手段。比如，前村的一个瞎了一只眼睛的媳妇就用菜刀砍过婆婆，最后把婆婆赶到一孔废弃的土窑洞里。谋四子看不惯这些，在他的眼里，老婆就是来伺候老人的，不是使唤老人的。他容不得老婆对母亲有半点的不敬。所以，他只要发现了一点点老婆待母亲不好的情况，就会大发雷霆收拾老婆。他对老婆偶尔背着自己使唤母亲颇为不满,因此天天在老婆面前绷着脸,不给好脸色。老婆从心里面害怕这个犹如疯子一样的男人,当面从来都是顺着他的毛儿捋。

谋四子嘴大,吃饭时伸出大舌头,舌尖向上卷着像个勺子,他将夹起的饭菜置入舌窝,然后迅速收回舌头,一团饭菜就会随着喉管的蠕动咽下肚子。都说他的喉咙管子粗,不管吃什么饭,都不会嚼的,直接咽下去了。他有一次吃六月里的桃子,将桃子在裤腿上来回蹭了几下,算是把桃子的茸毛擦掉了,然后扔进口里,嚼了几下往下咽,不料卡在喉咙里咽不下去。他干咳着试图吐出来,但是怎么也吐不出来。只见他满头汗珠子滚滴着,有点站不稳了,便蹲了下来。老婆和老母亲使劲在他的后背捶着,助力他吐出卡在喉咙的桃子。可是好几分钟过去了,桃子还是出不来,他的脸色开始发青,汗珠子洒了一地,衣背也湿透了。他蹲不住了,便身不由己地躺到地上,鼻孔里送出来的气息很重,眼睛也不能完全睁开了。他老婆慌了,赶紧将手指伸进他的口里,使劲在喉咙里抠,终于挖出一块带血的桃子。谋四子渐渐缓过气来。他被老母亲和老婆扶起来坐在院子里的石床上,可是怎么也坐不稳,这么大的一副骨架,软得像一根被晒焉的韭菜,只好斜躺在石床上。过后,他跟老婆谈起这件事。老婆说,如果不是你的喉咙管子粗的话,那桃子就抠不出来,抠不出来的话就没命了。谋四子笑着说,我的命大,你没听村里的人说我出生的时候打了声炸雷吗?我是有星宿的人。老婆说,以后吃东西能不能咬烂了再咽下去,看你那天的样子,真的把我们吓死了。谋四子说,我也不知道咋回事啊,吃进去嚼都不嚼就咽下去了。要不你给我肚子上安上一条肉拉锁,以后吃饭直接把肉拉锁拉开倒进去算了吧,不用吃在口里,又要过喉咙管子才能到肚子里。

谋四子的饭量惊人,他一顿能吃下去四五个人的饭。他有一次跟村里的一个人打赌,吃一升米的小米捞饭和二十个炒鸡蛋。输赢是吃完了就是白吃,吃不完要给人家一升米和二十个鸡蛋、一勺子小麻油。

打赌的那天时值寒冬腊月。时间定在午时太阳当头的时候,地点在谋四子家院子里的玉米秸堆旁。为了公正,双方决定请村里的一个公道的老人出面当裁判。村里的人都来看热闹了,人围了一圈子。黄狗、黑狗、花狗在人外面也围了一圈子。谋四子早上没吃饭,空着肚子等着打赌。在大家的全程监督下,盛得满满当当的一大黑瓷盆子的一升米的小米捞饭和一盆子炒鸡蛋,热气腾腾地端到坐在玉米秸上的谋四子跟前。

谋四子开吃了。他不到十分钟全部吃下,吆喝着说,快来一老碗捞饭米汤。他一口气喝下去,然后躺在玉米秸上双手抱着肚子。村人早就被他的大饭量惊得面面相觑。原来只听他老婆说过,他一顿能吃一只羊,今天算是开了眼。

村人知道,一升米的小米捞饭是足够五六个饿得直不起腰的男人吃饱一顿饭的,加之再吃下去二十个鸡蛋,那简直不是人啊,是牛是驴是猪。

谋四子一直躺在玉米秸上,微闭着眼睛好像快要睡着了。老婆扯了一下他的衣襟说,到窑里睡去,操心外头凉了。谋四子斜眼看了一下老婆,闷着声音说,滚开!

老婆不敢动了。这时，谋四子身下声音大作，整个人开始抖动。他一骨碌跳起来，向河滩里冲下去。他一路跑着，一路屁声大响，一群狗随后撵着。只见他跑到河滩里的一棵老柳树背后蹲下。大家都知道他在干什么，吃进去那么多，总得拉出来啊。

有几个村人也跑下去，怕他出事。谋四子捡起一块黄土疙瘩擦了屁股，提起裤子向这几个村人吼着，看什么看，没见过大世面吗？村人回来说，谋四子拉下的那泡屎能装满满一老笼。

打赌输了的那个人回去后老婆要闹离婚，说是一年四季自己都吃不上一顿这样的饭，却白给别人吃了。谋四子知道后，让老婆量了一升小米送过去，算是救了那个人。谋四子说，一个庄院的，我不好意思白吃人家的东西。

"肥正月瘦二月，死不下个三四月。"这是对所有陕北人在20世纪80年代以前生活境遇的总结。正月里有油腻味很重的年糕、八碗、羊肉等年茶饭。到了二月里年茶饭吃完了，从饮食上回归到平常的日子里，洋芋和小米又成为主食。当到了青黄不接的三四月里，那可是最让肚子瘦瘪的时候了，能有小米粥和玉米窝头把肚子填个三成饱，那就算是好光景了。熬过这段时间到了六月里，有了麦子和一些蔬菜的收成，便开始了"新麦子馍馍炖羊肉"的转机，随即豌豆、夏洋芋等一些时令性的农作物相继成熟，只要不遭遇自然灾害，这种能吃饱肚子的好日子一直能延续到秋天。

在"死不下个三四月"里，谋四子为了增加一点收入，去前河滩里挖煤，每天能挖两架子车的煤，可以换来两三块钱。用这钱买回玉米和小米就能改善家里的生活。

而挖煤不是公开的，要等到太阳落山之后到人睡定之前的三四个小时里挖。这里的地下蕴藏着大量的煤，特别是河滩旁崖壁上裸露着一层层有半尺厚的煤。之前村人天天在挖，挖出来自己家用不完，就卖给后山里的人。过度采挖，曾让河床增高、沿河岸的公路塌陷，引发了毛驴车摔下沟里，小孩子一脚踏空掉进洼陷的洞中等悲剧。当地村干部和乡镇干部曾出面制止，坚决不允许村人挖煤。

村人挖煤虽有所收敛，但是要彻底制止没那么容易，总有一些胆大的村人会利用空闲的时间偷着去挖。政府知道难管理，就睁一只眼闭一只眼，不像一开始那样又是抓人又是没收工具的。

村主任曾暗示过偷着挖煤的人，以后尽量不要在光天化日下去挖，选择个比较容易隐蔽的时间段去挖，大家都能过得去。于是黄昏成了一个最佳时间段，一则大家远距离认不清人；二则在村人入睡之前收场，不会影响休息。

这一天，谋四子带着老婆在夜色降临之前再次来到前河滩。谋四子麻利地用尖镐从煤层里掏挖出一块块砖块大小的煤，老婆捡起煤块装进筐子里，然后再倒进麻袋里。这样不到两个小时，就能挖到两架子车煤。

快要挖满一车子煤的时候，谋四子看见几个人影子过来了。他知道他们也是挖煤的，便安心地继续挖着。来的人有三个，一男两女。谋四子从他们的体形和走路的姿势判断出是前村的人。他们中间有一个人走到谋四子跟前递了一支卷烟，寒暄了两句，算是打过招呼。天黑了，他们各自点亮煤油灯，靠煤油灯的亮光继续挖着。正挖得起劲时，轰隆一声巨响，那三人挖的崖壁塌了，那盏煤油灯和那三个人被塌下来的黄土碎石压住了。谋四子和老婆被这突然的塌方惊吓得跑开了。他们脱险后，回头从浓浓的烟尘中试图找见那三个人，可是怎么也看不到那三个人的任何踪影。谋四子明白发生了什么，他跟老婆立即跑过去叫着他们的名字，用手刨着土石，营救那三个刚才还活生生的生命。接着又塌下来一大块崖壁，正好砸在老婆的身上。从没有叫过老婆名字的谋四子，这下响亮地喊着老婆的名字，不顾一切地刨着压在老婆身上的土石。

两声巨响惊动了村里的人。村人拿着火把、手电筒纷纷拥到河滩里，展开营救。

四条人命在那个傍晚就这样消失了。按当地乡俗，村人如果在外意外身亡，尸体不能入自家院，只能在河边、路边、崄畔下设灵棚停尸。谋四子的老婆被村人抬到自家崄畔下简易的灵棚里。灵棚是村人用几根柳木椽架起的，四面挂了几块破旧的门帘。村里的年长者起先要求把灵棚搭在河滩里，可是谋四子不依，要求搭在自家崄畔下，说让老婆离家近点。阴阳先生选的那个埋葬的日子正好是下雪天，墓地选在了山背后的坡上。埋葬的那天，几个身强力壮的后生抬着棺材，很是吃力，人人累得抻长脖子，满脸血丝。地上有积雪，很滑，有人在前面扫路，扫路的人也累得上气不接下气。一路上停停站站，眼看误了下葬的吉时，阴阳先生站在高处像放羊一样不断地喊着，让送葬的队伍赶快上山。谋四子显然有点急了，他推开后面右边抬棺材的人，把棺材一角扛在自己肩上，使尽力气向前快速走着。

他们冒着大雪，在孤山旷野上疾步而行。他们像一支抬着人类命运的送葬者队伍，在大雪降临的莫大祭奠中，相送悲惨的命运和苦难的灵魂。

埋葬后的三天里要送火给亡者，让亡者在下面不受冷。谋四子担着两筐子跟老婆从前河滩挖来的煤，到坟前垒起火塔。每次把火塔点燃后，他都久久不愿离去。他心里说，生前待老婆不好，死后就多陪一会儿谢罪吧。

侯虎娘的

　　侯虎娘的叫什么名字，恐怕只有侯虎的父亲知道，而侯虎的父亲从来没有告诉过任何人。她的名字成了这个村的谜。是谜，就有好奇的人想去揭开。侯虎是她的儿子，侯虎娘的刚结婚那会儿，村里人叫她老罗家，老罗指的是她老汉。那个时代，这里的人很少直唤有夫之妇的名字，女人的名字一旦结婚后就失效了，取而代之的是随老汉的姓叫老王家、老张家等这样的称呼。有夫之妇的名字成为不得而知的秘密，名字似乎是一个忌讳，不容侵犯。如果有人跑到女方娘家那里打听这个女人的名字，那就是为了以后与这女人打骂而准备的。
　　她们的名字在生了孩子后再次改变，前面是孩子的名字，后面加"娘的"两个字，比如侯虎娘的。侯虎是他们结婚第二年生下的儿子，她的名字也由老罗家过渡到侯虎娘的。从此这个名字就成了她的终身符号。
　　侯虎娘的生二胎时得了间歇性精神病。通常是在人多或人少的时候发病，比如村里人操办红白事的时候，她看见人头攒动和听见唢呐声就会发病；比如一家人都出去了，家里只有她待着的时候也会发病。而诱发她发病的原因是无法阻挡的，总不能阻拦别人家生儿嫁娶、人亡送终；也总不能一家人守着她不出去干活养家糊口。无可奈何，只能任其病情发展。

家里人也找过医生，医生说，这种间歇性精神病难治，不好把脉，也不好开药，倒不如长期发病还好治一点。找来神汉，神汉说这种病好治，只要给附身在自己身上的黑虎灵官喝酒吃肉便可在三日内治好。家人依了神汉，神汉三日里喝得大醉，一会儿要拿菜刀斩妖魔，一会儿要烧黄纸请众神。第三天日头冒火的正午，老罗手执一根木棍子悄悄来到醉酒状态的神汉旁边，朝着神汉的头打下去。神汉大叫一声，从炕上一跃而起，抱着流血的头冲出窑洞。后来，侯虎娘的病没有治好，神汉还向老罗多要了几十元医药费。

原本长相俊秀、衣着得体的侯虎娘的得病后不到一年便是一副典型的疯婆娘的样子了——头发脏兮兮地凌乱散开，大大的眼睛斜视着，露出眼白，一身不再合体的衣服掉了几颗纽扣，一直是脚后跟踩着布鞋帮子走路。

一次她听见村里人在闲聊时说起她的病，说她是因为生第二胎而得了这个病。她转过身看了看正在地上滚爬着玩耍的小儿子，眼睛里闪过一丝诡异的光。儿子举起双手要她来抱，她扭过头没理。她的心里有了这个阴影，便总会在发病的时候面目狰狞地看着自己的小儿子。

小儿子在某一个夏天的正午，终究迎来了残忍的遭遇。这一天，天气一点也不闷，就是阳光火辣辣地炙烤着大地。门前的那条小河前些天就断流了，河槽里满是翘起来瓦片大小的干泥壳，整个河槽像乌龟的背。而那些田地里的庄稼已经没有了一点生气，水分散尽的叶子垂下来，似乎被火烧过一样，快要散发出烧焦的味道了。门对面的山谷里看上去依然茂盛的那一排老柳树，叶子稀疏了很多，阳光可以穿透每一片叶子的缝隙投射到地面上，"大树底下好乘凉"的古语在这个正午已经被完全瓦解。天气，是鬼天气，而这样的天气在每年的三伏天基本上都是这么难熬。

昏昏入睡的侯虎娘的倒在炕上不理会身边闹着要吃奶的小儿子。小儿子不依不饶地用手抓住她的头发哭叫着，她转过身躲开，小儿子又抓她的衣服闹。她的表情渐渐从不耐烦升级到愤怒，她突然想起村里人说自己害这个病的原因，立马像触电一样霍地坐起来，眼睛死死地盯着小儿子。小儿子伸过双手要她抱起来喂奶，她一把将小儿子拉过来抱在怀中跳下炕。她找来一个面袋，把小儿子装进去用脚踢。小儿子被踢得哭声更高了，而且面袋上渗出了血迹。她担心此事败露，又将小儿子拉出面袋塞进灶膛里。小儿子声嘶力竭地大喊大叫着，露在外面的双腿不停地乱蹬。她慌忙找来铁锨，几下将灶膛与铁锅之间的那块挑开，小儿子被她死死压进灶膛。她找来一个大盖子盖上去，可是小儿子的哭叫声更厉害了，盖子盖不住哭声，于是就用火来烧。她急忙抱回一堆干柴塞进灶膛用火柴点着。尽管火势很旺，但她还在不停地用盖子扇着风，希望尽快把给自己带来疾病的小儿子烧死，烧得烟消云散。

她家的烟囱里冒着黑烟，奇怪的味道飘满整个村子。村里有人闻到此味，来到她家看个究竟。只见侯虎娘的蜷缩在灶台下，恐惧地看着越来越多的村里人。有人跑到后山找回正在锄地的老罗。回到家一看这情况，老罗气得要死，村里人劝说着、拉扯着，生怕他活劈了惹祸的妻子。她蹲在灶台下一动不动，浑身发抖，嘴里不停地说着听不懂的话。丈夫渐渐冷静下来，说要把老婆送回娘家，自己养不起也管不了。

这件在村里老八辈都没发生过的奇事、怪事、惨事，传遍了方圆十里的所有村子。她娘家的人来了，远路里的亲戚和毫不相干的人也来了。处理事情的人和凑热闹的人堵塞了村子下面的公路，过路的汽车按着喇叭慢慢地在人群里向前挪。

娘家人答应把侯虎娘的带回去住些天，等她丈夫的气消得差不多了再送回来。村里有专门为夭折了的小孩送葬的一个老头，他把从灶膛里捡出烧焦的遗体包在一块白布里，送到后山的一条沟里，算是了结了此事。

侯虎娘的回到二十里开外的娘家后，精神状态差到极点。她不吃不喝不睡不闹，呆坐在炕上，披头散发，一言不发。

她母亲白天黑夜看护着她，生怕她出个意外。细心的老母亲给她做拌汤、炖羊肉、炸油糕、捏扁食，想着法儿做好吃的哄着她。侯虎娘的过了十多天渐渐有了言语，跟老母亲聊到前村老王家的绿豆凉粉有多好吃时，她的口水早已流下来了。母亲说，等这两天老王担着凉粉出来卖时，给她买着吃。

这一带的人一年四季都爱吃绿豆凉粉，即使大雪纷飞的寒冬腊月也会吃。绿豆凉粉是用绿豆淀粉做的一种像绸缎一样柔软的小吃，颜色呈淡绿色。汤汁酸辣味重、色泽红亮，与绿豆凉粉拌在一起，红绿鲜艳，甚是爽眼。被切成一寸长的条状凉粉，犹如一条条金鱼在碗里游动，十分诱人。绿豆凉粉以解暑养颜的功效而被这里的人喜欢，因此即使在大雪纷飞中，也会有不少的人端一碗绿豆凉粉蹲在雪中几口吞下。滑如绸缎的凉粉入口后无须咀嚼，在口里打个转便可直接咽下。凉粉滑过喉咙落在胃里，一股绿豆淀粉淡淡的香味和米醋、蒜蓉、芝麻等与秀延河水调制的汤汁味一并泛上喉管，才算尝到了这一碗凉粉最美妙的味道。

绿豆凉粉是民间小吃，是这一带人独享的口福。这里的人聪明又智慧，做出的小吃样样都成为黄土高原上独一无二的拿手绝活。比如煎饼、猪灌肠、碗饦、枣糕等。而这些食品呈现出的不仅仅是口感上的美妙，更是这方水土的自然造化和这方人的智慧结晶。在陕北贫瘠的土地上，各种物资的匮乏足以让这里的人们为生存而走西口、走南路，荒凉的山峁上几乎布满了背井离乡的故事。民以食为天的道理，被这里的人诠释得更加深刻。绿豆凉粉作为一种独特的、很有效的解暑食品，在清朝时，深受乾隆皇帝喜爱。每年盛夏，每天有快骑从瓦窑堡镇出发，途经山西，将绿豆凉粉送往京城。绿豆凉粉保鲜期为一个礼拜，只要每天更换泡凉粉的山泉水即可。从瓦窑堡镇出发到京城只需三天半时间。传说后宫三千佳丽有一半人在盛夏时节中暑、生口疮，御医开出的秘方都不能缓解和治愈，皇帝便下旨调动瓦窑堡镇七七四十九家掌握制作绿豆凉粉手艺的人家，连续半个月不分昼夜做凉粉，火速送往京城以解燃眉之急，最后终于彻底解决了后宫佳丽在酷暑遭病的问题。皇帝遂口谕盛赞：天下的堡，瓦窑堡！

老王做的绿豆凉粉是盛夏解暑的好东西。这天晌午，老王担着两桶绿豆凉粉从后沟里出来喊着：绿豆凉粉啰！凉粉是真的，哄了是孙子！他的广告词直接撇开了假绿豆凉粉坑人的嫌疑。老王的凉粉价格比店铺里便宜一块钱，他说自己不用租摊位，成本降低了，而且还上门服务，生意就好点，有时候不用走到下个村子就卖完了。

听到老王喊着卖凉粉的声音，侯虎娘的一骨碌从炕上溜下来，冲到公路上挡住老王说要吃凉粉。老王放下担子蹲在地上给侯虎娘的打了一碗凉粉递过去。侯虎娘的几口将凉粉咽下，将空碗递给老王说，再来。老王再打。侯虎娘的吃进三碗之后说好了，转身就走。老王说，没给钱呢。侯虎娘的不理，径直走了。老王跟上去拦住要钱。侯虎娘的说，一开始你又没说要钱。老王说，我今天怎么遇上你这么个女鬼。侯虎娘的瞪着眼睛压低嗓音闷声说，你说什么？老王把手里的抿布扔到一边骂道，皇上娘娘吃的绿豆凉粉，你他妈的想蹭吃，妄想！侯虎娘的看这阵势撒腿就跑。老王一把抓住她的一条胳膊向后一拧，疼得她哇哇大叫。老王向侯虎娘的肚子上猛打几拳大骂，老子拿不到钱，你也别想吃进去，不掏钱就想吃，吃进去都给老子吐出来！侯虎娘的把吃进去的凉粉统统吐出来了，而且把早上吃进去的饭也吐出来了。

打骂声惊动了村里人，也惊动了在菜园子浇菜的家里人。大家聚了过来，纷纷指责老王不是人，怎么敢打正在病中的侯虎娘的。老王才知道自己打的这个人就是前些天烧了自己娃娃的那个人。老王后悔极了，连忙道歉。村支书过来了，说你赶快把人拉到医院里检查一下。后来派出所找老王谈话，说要关他几天。老王赶忙让村支书说情，最后花了一千多元才把此事了了。他说这得卖半个月凉粉才能扯平。

侯虎娘的被老王打得受了刺激，每天呆呆地坐在炕上啥也不说。这可急坏了她的老母亲，老母亲天天口中骂老王不得好死。村里人说老王的凉粉或许是真的，但是人品绝对是假的。此后，老王卖凉粉时路过这个村子从不吆喝一声，过了这个村才开始喊着卖。

侯虎娘的发病时的亢奋劲似乎消失了，这些天来身体明显消瘦，似乎眼神也不好了，走路都要扶着墙。人好像被抽了筋，体内的能量好像被什么折腾得消耗殆尽。

她偶尔会叫几声小儿子的名字，然后眼睛瞪起来，望着窑顶发呆。老母亲心疼女儿啊，抹着眼泪一言不发地看着女儿，哪怕她要出门上厕所都会紧紧跟在后面，生怕出了门再遇上类似老王这样的人。

为了不让女儿陷入对自己小儿子的愤怒或思念的复杂情绪中，老母亲岔开话题，说今天老母鸡下了三个鸡蛋，说那一窝猪崽子一夜间变成了白色的，说门对面山上的那棵杜梨树上的杜梨熟了……

一天下午，老母亲做好饭端过去给女儿，却不见她。老母亲心慌地站在院子里喊女儿的名字，不见应答。她跑出院子到马路上问过往的人见没见女儿，然后到河滩里去看女儿在不在。她哪里也找不到女儿，便喊来村里人四处去找。这时，对面的山上有人唱着歌从山上跑下来，是她的女儿。老母亲等人赶快过河到对面的山脚去接她，女儿见状转身又向山上跑去。

大伙追在后面，喊着她的名字让她停下来，她不听，口中说卖凉粉的老王烧了自己的儿子，要找老王算账去。她狂奔着，尘土几乎罩住了整个人。后面的人群跑过去，带起来的尘土像沙尘暴一样向山上卷去。侯虎娘的眼看要被后面的人群追上了，当她被逼到山崖处时，毫不犹豫地跳了下去。

　　侯虎娘的摔死了。按当地风俗，嫁出去的女儿不能安葬在娘家，要回丈夫家。老罗对此事的态度已经升级到暴怒了，刚刚痛失儿子，妻子又死于非命，造成这一系列悲剧的原因有些复杂，而后果却只有老罗一个人承担。先是村里那个长舌老婆子给侯虎娘的造谣说，她的病是小儿子克来的，接着是侯虎娘的残忍杀害了自己的儿子，之后又是卖凉粉的老王暴打自己的妻子，最后是娘家人逼着妻子跳崖摔死。一环套一环的连环计好像是专门为自己设下的。老罗这样想，便对侯虎娘的娘家打发过来说事的人说，回去转告她娘家人，我们不让她回来。

　　老罗脑海里列出名单，名单上的人就是那几个给自己造成悲剧的人，这几个人如同几把刀子扎在自己心上。他憋得不行，便提了一把斧头先去找卖凉粉的老王。针对老王的复仇理由很简单，你让我家破人亡，那我也让你尝尝这个滋味。老罗杀气腾腾地奔向老王家，路上的人看他像疯了一样，便报警。派出所的人来制止了他，他不服，头直接撞到石墙上发泄，当即昏迷了。

　　派出所的警车赶忙把他送到医院。他活过来了，医生说他脑子里有了瘀血，要开颅抽血。这是大手术啊，要花很多钱。没钱的家人四处借钱，有人提醒卖凉粉的老王主动给借些钱吧，也算是给自己消灾解难。老王拿出两千元给村支书，让村支书转交过去。村支书说，你这个傻瓜，应该你拿去直接给，也让人家心里好受点。老王说，那码子事本来早就过去了啊，算自己倒了八辈子的霉，遇上这么一家人！村支书说，当初要不是你因为三碗凉粉打人家，哪会有后来的事，活该！我看你人品就有大问题！老王不言语了，拿着两千元送到医院去。

晚上，有消息传来，说是被放在河滩里阴凉处的侯虎娘的尸体不见了。这可是天大的事啊，大家都断定是被别人偷走配阴婚去了。全村人在村支书的带领下出动，四处打听，派出所的人也来了，对此事立案侦查。半夜时分，医院的院子里有人哭闹着，被吵醒的保安出来看个究竟，原来是一个披散着头发的女人瘸着腿喊着要找自己的丈夫。这个女人正是侯虎娘的。原来她跳下山崖后昏迷了，村里人以为她摔死了，便把她安放在河滩的阴凉处。昏迷至晚上时，她被刮过来的凉风吹醒，一骨碌站起来，听到河滩上面的村里人说自己丈夫的情况，就沿着河道直奔五里路以外的医院找丈夫。

侯虎娘的哭叫声惊动了好多人，伺候老罗的家人听见了熟悉的哭叫声，走出病房看见她正被保安架着。娘家人也打听到她并没有死的消息，纷纷跑到医院来看她。还是派出所的人调解好了两家的矛盾，最终达成协议：允许侯虎娘的回到婆家。后来老罗的伤痊愈，但是一遇到风寒感冒就头疼。侯虎娘的心里头知道心疼丈夫，托老母亲在县城买了一顶棉帽子给丈夫戴上。老罗说，这要冬天戴，现在天热用不着。侯虎娘的难得的笑容漾在嘴角，她说，你不戴，我怕你头疼。

憨三姓

没几个人知道他姓什么，如果看他宽大的背影由近及远地消失，你对他的印象或许比看到他正面的时候更深。他叫憨三姓。名字的由来是他母亲带着年少的他两次改嫁，安稳落户在此后，进了三个姓氏的门，村里人才这样叫他的。他从小身骨比同龄人长得更快更猛，不到十岁个头就有一米七，体重也有一百五十斤，背影宽大。村里人说这娃娃长得篇幅宽，是虎背熊腰的意思。

憨是陕北人对傻的一种解释。憨三姓小的时候饱一顿饥一顿，暖一天冷一天，感冒过多次，有一次发烧得厉害，昏迷了三天后他的脑子被烧坏了。醒来后不会说话不会走路的他被父亲执意扔到山沟里，母亲舍不得，又捡回来用拌汤把他养大。长大后的憨三姓走路稍微有点瘸，说话有点口吃，各种反应有点慢，偶尔会在没有任何刺激的情况下仰天大笑几声。

憨三姓四十多岁的时候，与母亲住在距离小镇五里路的一条拐沟的一孔旧窑洞里。窑洞不是他家的，他的继父前年死后，他和母亲就被继父家的子女赶出来，来到这孔大概有百年的旧窑洞里住下。好心人把这孔窑洞收拾了一下，窑洞里就能生火做饭。

母亲七十多岁，腿脚不利索，基本上每天躺在炕上。憨三姓不会种庄稼，也不会出去揽工挣钱，只有靠出去乞讨为生。乞讨是一个人活在世上最失败的生活方式。乞讨的理由有多种，而每一种理由都是遭受过和正在遭受人间磨难时做出的最后一种求生选择。憨三姓的乞讨是他的身体残疾和智障造成的，他没有能力依靠技能与经验获得生存资源，唯一的方式就是乞讨，而这种乞讨是本能，也就是最低级别的求生方式。

憨三姓每天早早起来拿着一个足以盛下一斤饭的洋瓷碗，到距离他的住处有五里路的大街上的商铺去要饭。讨来的第一碗饭要趁热端回来给老母亲吃，然后自己把母亲吃剩下的吃完，就算是一顿午饭了。这里的人祖祖辈辈一日两餐，因此吃饭的意义被简单化，甚至带有应付色彩。因为这里的食物资源很匮乏，简单的食材做不出多样化的饭菜，而且这片土地的贫瘠所带来的饥饿习惯，使得能吃上好饭对于这里的人成为一种不可实现的奢望。他们甚至对外面人一日三次的吃饭次数有点不相信。一日两餐的用餐习惯，与这里的自然环境、物产收成、人情世故等有着密切的关系。这样的话，对于乞讨者来说也相对轻松一点了，憨三姓只要一天讨来两碗饭，就可以使自己与母亲平安地活下去。

讨来的饭并不是好吃的饭，有时候甚至不是热饭。母亲一辈子老胃病，吃不得冷饭，憨三姓会把讨来的冷饭烧火弄热给母亲吃。一碗土豆拌饭要从五里路外端回来，即使没凉，也不是热的了，所以吃进去胃会不舒服。憨三姓懂得母亲的心思，只要端回来的饭不太热，就要在火上烧热。土豆拌饭是小米粥里夹杂着块状的土豆一次煮熟的饭，这种饭养活了很多人。倒不是这种饭好吃，而是这里的土地只适合生长这两种农作物，别无选择的人们就只好把它们作为主食来养家糊口。

憨三姓日复一日地给母亲讨饭吃，风雨无阻，从未误过一顿饭。一次大雪纷飞，积雪有三十多厘米厚，他拿着碗冒着风雪一大早就出去了。腿脚不是很利索的憨三姓在积雪的路上磕磕绊绊地向县城走去。一路上再没有其他行人，他走过的那条路上留下的不是很规则的一串脚印，而是手印、脚印、整个身子的印子重叠着。

他来到了一家冷冷清清的小饭馆门口，这也是他无数次乞讨过的小饭馆。正在打扫门前雪的老板娘说，今天没客人，火也没生着，没饭，你到别处去吧。憨三姓继续往前走，整条大街被一场雪覆盖了往日的喧哗，过往的行人和偶尔滑倒在地的骑自行车的人，当然也包括歪歪斜斜行走的憨三姓，给这沉寂而荒凉的大街赋予一点点生机。

这条大街上有很多大大小小的饭馆，由于下雪，外出吃饭的人少了，所有的饭馆也就门开得迟。一大早出来的憨三姓已经走过了四五家饭馆，也没有讨到饭。他继续往前走。前面一家羊肉馆好像开门了，因为他闻到了羊肉香味。憨三姓尽量移动着身子加快步伐。羊肉馆今日被一个煤老板的儿子满月包饭，饭馆里有不少的人吃着羊肉饸饹。憨三姓兴奋地跨进门槛，站在一侧，等老板或者负责满月宴席的总管来打发自己。

通常情况下，总管会时刻留意进来讨饭要喜钱的乞丐，担心他们没及时吃到饭和拿到钱，会站着不走，有的乞丐甚至会大吵大闹影响大家的心情。乞丐队伍的组成和出现，在当地已成为一个受人关注的社会现象。他们大多并不是因为吃不上饭而被迫走出来讨吃，有的是由于身体和智商的不健全，有的是不按常规出牌的正常人，喜欢混迹在这个群体里热闹红火地过日子。他们逐渐形成了一种力量，而这种力量有时并没有被正常社会的力量所阻挡和纠正。他们显然处于社会最底层，而这个底层身份恰恰成为他们的挡箭牌，没有什么力量可以阻止他们的行为。比如在迎亲队伍过街时，他们就冲上去拦住婚车不让走，非要按他们的要求给了钱才放行，更匪夷所思的是，他们可以挡住送葬的队伍要钱。而他们的这些做法虽然令人不齿，但是也没有人会强烈发声和制止，这就纵容了他们不分场合、不分对象地胡闹。

而憨三姓跟他们不一样，从未加入乞丐团队，独来独往，不要钱，只要饭。这就让乞丐队伍的领头——帮主有了看法，而且多次对他打压。比如有一次，他正在一户过喜事的人家讨饭，帮主过来一脚踢飞他的碗，围观的人等着看好戏。憨三姓却没有任何反应，转身走了。当他走出这户人家的院子，便仰天大笑几声，弯腰抓起一把黄土扬了出去。好心的事主家看到后打发人给他送去一碗有红烧肉的饭。憨三姓说，我不能吃掉这碗饭，要给母亲带回去，能不能借用你的碗，明天给你送来？送饭的人说，碗也送给你。第二天天刚亮，开门出来的事主家看到那个洗得干干净净的碗放在外面的窗台上。

憨三姓终于等来了总管。总管安排人给憨三姓捞了一碗羊肉饸饹，憨三姓蹲在地上不到三分钟吃完，用肥硕的手背在口上擦了一圈，然后又等总管过来捞一碗带回家给母亲吃。

憨三姓的名声要比其他乞丐好多了。他提出的要求最多就是自己吃一碗，然后给母亲带一碗。而对于过事情的人家来说，这是乞丐最低的要求，所以没有人家会不满足他。憨三姓端着一碗羊肉饸饹，踏着积雪急匆匆地往回赶。雪下得正起劲，纷纷扬扬地把天空也搞得眼花缭乱，人迅速就会消失在茫茫白雪之中。

憨三姓像大雪之中的一个生动而鲜活的魂魄，雪再大，他都是移动的。他的移动如此渺小而坚定，茫茫之中所有的雪片都在相互挤压，找不到独立的一片；而憨三姓的存在，却让整个天气有了生气，有了方向。

他不便的腿脚颠簸着一碗盛有羊肉汤的饸饹，汤汁被荡出碗口，碗口结了一层冰，这碗羊肉饸饹必定要被这鬼天气冻成一块冰疙瘩。憨三姓并不懊丧，他甚至觉得这样一冻，恰恰冻住了羊肉汤，要不然自己一拐一拐地走在雪中，会把一碗汤洒完的。如果汤洒完了，母亲就吃不到这么香的羊肉饸饹了。想到这，憨三姓打了一个冷战。

终于回到了家里，他赶快把这碗羊肉饸饹倒进锅里给母亲烧热。看到母亲嚅动着嘴吃饭的样子，他就会开心地笑，有时候也会仰天大笑几声。

母亲爱唱小曲，唱的小曲都是流行了数百年的陕北民歌。憨三姓爱听母亲唱歌。母子俩吃饱饭后，憨三姓就央求着让母亲唱。母亲唱的时候，他就坐在跟前一直盯着母亲的脸。有时候母亲唱得掉下了眼泪，他就用手背给母亲擦。擦眼泪的时候，他也会流泪，会抬起头吼出一两声低沉的声音。

民歌是源自日常生活的一种精神语言诉求，而陕北民歌的诉求主题以爱情为主。渴望爱情的人在爱情的缺失中，不分男女老少，都会深情地用民歌表达自己心里的期盼和无奈情绪。憨三姓的老母亲深爱着已经离世的丈夫，而这种日复一日的想念只能在平常的日子里用民歌去倾诉。

人的感情埋得很深，口语表达的方式无法准确地呈现出自己内心的情感，因此土生土长的民歌表达方式一直被沿用。憨三姓的心里头也有情感，他不能用自己的方式表达，就依靠母亲的歌声来替自己吟唱出来。

在一个秋风萧索、大地荒凉的日子里，陕北的晚秋好像一下子要被这个日子收回。雨下了好几天，整个大地被雨水浇透了，一脚下去好像就要陷入泥沼之中不能自拔。而天空中发亮的雨水密密麻麻，像老天爷的帘子，高高地垂下来横在眼前，没有人能掀起这个帘子走过去。这一天是农历十月一日，十月一日是生者给亡者送寒衣的日子。晚秋将过，接下来就是冬天了。生者牵挂亡者，依自身的生活冷暖来追思和对待亡者。因此到了这一天，为亡者添衣服是生者对亡者最好的怀念。

头一天，老母亲提醒憨三姓第二天就是十月一日了，憨三姓明白母亲要他给死去的父亲送寒衣。他用几根秸秆和几张红纸做了一套衣服，衣服很小，看上去并不完全像衣服的样子，只是个大概的样子而已。十月一日一大早，憨三姓就拿着这套不太像样的衣服和一把干枣、一个黄梨、一个馒头，以及香纸酒去后山里给自己的父亲送寒衣。这一次，母亲也要去。母亲说，二十多年再没见到老头子，也不知道老头子的坟上长了多少荒草。

老母亲的腿脚不好，走得慢一些。到后山里的坟地有好几里路，来回最少需要两个小时。憨三姓担心母亲在路上会饿，便在怀里揣了几块馍片。一路上憨三姓牵着母亲的手向前走着，母亲步子小走得快，憨三姓步子大走得慢，两人的速度基本保持一致。偶尔，憨三姓磕绊一下，母亲随着一晃，好在都没倒下，又继续赶路。

这样的赶路意义不同，平时母子二人赶的是讨饭的路，这次赶的路是上坟的路。平时的心情是不知道下一户人家会怎么对待自己，这一次清楚知道那面山坡上躺在土里的人，会像母子俩一样迫不及待地等着见面。看到母亲额头有了汗珠子，憨三姓让母亲坐下来歇会儿。母亲说，不累，赶快赶路，你看这天气虽没刮风下雨，但又冷又潮，眼看就要下雨了，咱不能把送你父亲的寒衣淋湿了。

坟前，燃烧的纸钱和寒衣化为灰烬，随风飘起来的灰烬升到空中。老母亲说，今天起你父亲不会受冻了，也不会受穷了。憨三姓问母亲为什么，母亲说，纸灰升天，亡人福满。憨三姓听不懂，却假装听懂了，嗯嗯地答应着。

好端端的，老母亲却坐在地上哭开了。憨三姓有点慌乱，赶忙要拉母亲起来。母亲不起来，坠着身子向下使劲。憨三姓索性把母亲抱起来转身就走。老母亲哭着说，憨儿啊，让老娘再看一会儿你父亲啊。憨三姓说，你看不见父亲，他在土里头，出不来啊。老母亲说，他能够看见咱们。憨三姓不相信，硬是把老母亲抱着离开了坟地。

雨开始下了，不大的雨却能把衣服淋湿，把路下滑。老母亲说，那是你父亲的眼泪，他也在想咱娘儿俩啊。憨三姓说，你是不是疯了，尽说些疯话。老母亲不说话了。雨下得有了声音。憨三姓背起老母亲一路狂奔。

他们的衣服湿透了。回到家里后，憨三姓赶紧生火烧炕，让母亲上炕取暖。母亲说她今儿个很高兴，看到了憨三姓的父亲。憨三姓不信，说，你看到了，为啥我没看到？母亲说，那是你不想你父亲，你就看不到。憨三姓说，我想了。母亲的泪珠儿就从眼眶里掉下来。憨三姓说，你是不是真的疯了，说笑就笑说哭就哭？

转眼是大冬天，天寒地冻的时候并不适合出去讨饭。可是不讨饭就会受饿，平时讨来的晾干储存的馒头撑不过三天，因此每天讨饭已经是憨三姓雷打不动的职业了。雪并没有停下来，即使停下，积雪都要等到第二年开春才能慢慢消融。一个冬季的刺骨寒冷使一个即使衣暖食饱的人也会尽量减少户外活动，窝在家里过冬。而对于这些空腹破衣的讨吃者来说，冬天的寒冷似乎是专门为他们这个群体准备的，破烂的衣服抵挡不住寒风的侵袭，寒风扫过，犹如无数把小刀子把身子剐了一遍，除过双脚能够移动而外，身体的其他部位都处于僵硬状态，包括那双眼睛。

憨三姓想给母亲讨一件厚点的衣服过冬。今年的冬天格外冷，积雪压断了腿把子粗的柳树枝。他一大早就冒着哈气就能结成冰的寒冷来到街道上。大街上冷冷清清，几家卖煎饼、凉粉、猪灌肠和油旋的小饭馆开着半扇黑腻腻的厚门帘遮了的门。憨三姓被冻得双手插在衣袖里，怀里夹着一个洋瓷碗，站在煎饼馆屋檐下跺着脚。他知道今天来得有点早，没有顾客光顾的情况下，自己不能去讨饭。没有哪家饭馆会在销售之前给讨吃者吃饭的，如同理发馆不会一开门就接受一个理光头的顾客。

干冻，干个增增的冻，冻得服里里、青滋滋的。这都是当地人形容严寒天气的土语，这种冻是干净而纯粹的，也是直接而不容置疑的。

憨三姓就在这样的天气里观望着几家小饭馆进出的人，找机会去某一家小饭馆讨饭和取暖，哪怕取暖的时间只有几秒钟，也足以让他获得一点点幸福感。

煎饼馆已经有四五个人吃罢煎饼出来了。憨三姓走进去。饭馆不大，中间生着一个火炉子。火炉子里的火旺，长长的铁皮烟囱拐了一个弯伸到窗子外，屋子里暖烘烘的。街上的人都知道他的意图，小老板更不用说。这家煎饼馆的老板是个瘦高的女人，她接过憨三姓的洋瓷碗，满满地盛了一碗烩豆腐端过来。憨三姓要走出屋子，老板娘说，就坐在火炉子跟前吃吧。憨三姓感激的眼神投过去，看到的是老板娘转身走进厨房的背影。他走到火炉子跟前，蹲下来不到两分钟就吃完了。自己吃饱了，赶快到下一家去给母亲讨饭。他站起来要走出屋子，老板娘喊住了他。他转身，老板娘拿过他的碗回厨房又满满盛了一碗烩豆腐，说，赶快回去给你老娘吃吧。

憨三姓走出屋子往回走，一家服装店正在高声放着音响，音响里大声喊着所有皮衣大清仓。有不少人在商店里翻着堆在地上的一大堆各色皮衣。憨三姓停下了脚步，将那碗烩豆腐放在商店外的窗台上。他站在门口看着里面的人有的在试衣服，有的在跟老板讲价，心里想，要是自己的母亲能穿上这么一件皮衣裳，一定不会受冻。

他站在门口一动不动地向里面瞅着。他觉得那件发着油光的棕色的皮衣很好看，如果穿在母亲的身上，母亲苍白而打皱的脸庞一定会被映出淡淡的油光来。他好像看到了母亲穿着皮衣的开心样子，脸上不由得露出了喜悦的神色。他的眼睛一动不动地盯着那件挂在墙上的棕色皮衣，他担心有人会买那件皮衣。他的心里默默祈祷着，希望谁也不要去买那件皮衣，他认为那件皮衣就是给母亲做的。

他长时间站在门口不动，老板过来了。老板让他走开。他移到门口一侧站住。那个煎饼馆的老板娘过来了，问憨三姓怎么还不回去给老娘送饭。憨三姓仰起头笑了几声不作答。大伙都理解憨三姓的这个动作，凡是他这样做的时候，就是精神受到了刺激。老板娘又问，你又怎么了？他走到门前指着里面的那件皮衣说，想要。老板娘说，你没钱，穿不起。他说，不是自己穿，要给母亲穿。老板娘心头一颤，又说，你娘穿这个衣服不合适，那是年轻人的款式。憨三姓说他母亲也不老，穿上皮衣肯定可好看了。

老板娘走进衣服店里，翻看着堆在地上的皮衣。挂在墙上的不打折，堆在地上的便宜处理。老板娘挑了一件黑色皮衣买了。她走出门递给憨三姓说，回去给你娘穿上。憨三姓说，能不能换一下那个颜色？老板娘说，这件衣服很合适的。

憨三姓拿着皮衣，端着那碗早已经凉了的豆腐烩菜，快步向家走去。

回家的路上有一处二百多米长的路段，上面布满了大大小小的坑。下雨天坑里积水能淹没半个车轮胎，不下雨的时候黄尘扬得很高，能罩住过往的所有车辆和行人。到了冬天，一场雪后，这段路上的车辆东倒西歪好像喝醉了酒。憨三姓来到此路段，小心翼翼地沿着路边走着，一辆拉着煤炭的大卡车摇摇晃晃迎面开过来，当他们交会的时候，那辆车向憨三姓这边一滑，车上的煤块哗啦啦倾撒下来一堆，重重地砸在憨三姓的身上。憨三姓倒地后，头上的血直流，他紧紧抱住那件皮衣，试图要站起来，可是几次刚要站起来却又倒下。那辆拉煤车并没有停下，一直向前走了。倒在地上的憨三姓痛苦地挣扎着，那件皮衣上沾了他的血迹和煤炭的痕迹，他尽量保持抱住皮衣的姿势侧身躺在地上。

有人路过，低下身看他，已经没有了气息。他的意外死亡迅速成为小镇的一个话题，说他是一个大孝子，死在孝敬母亲的路上。

二老王

二老王那顶瓜壳帽有明晃晃的一层油渍，帽顶的那颗纽扣更亮。他的手在打饼子的时候不时地掀一下歪了的帽子，手上的小麻油便顺着帽檐向四周扩散开。时间久了，那顶帽子便像在油锅子里泡了似的，贼亮。太阳晒得久了，帽檐上就会渗出油珠来。村人说，那顶帽子比人有口福，天天油水大、营养多。

二老王手中的那个铜钱金黄得像个小月亮，在食指和拇指间飞快地划过那片面，瞬息间那片面变成面条，二老王抓起面条卷起来在案板上重重一摔，一张千层饼的雏形就出来了。随后送进泥质的烤炉里，掉着渣的饼子烤熟后一个个被整齐地放在那个同样满是油渍的竹篮子里，那一块盖在竹篮子上的绿色毛巾也有了小麻油的光泽，在早晨的阳光下泛起一点点绿油油的光。

二老王打饼子的手法娴熟，动作飞快，用不了十秒钟一个饼子就可以进炉。他每天早晨起个大早，生着炉子，和好面，然后蹲下来抽一袋旱烟，等面发酵。其间，二老王不声不响，吧嗒着嘴巴，一缕缕呛人的烟飘满整个院子，呛得熟睡的小孩子咳嗽不停，哇哇大哭。面发酵好后，他便将烟锅在鞋底敲几下，磕掉烟灰，然后站起来伸个懒腰，撸起袖子开始揉面。不一会儿，他甩饼子的声音响彻整个村庄，这是村里鸡叫后的第二次"报晓"，也就是说真正意义上的新的一天开始了。

二老王操着外地口音，当时村里人不知道是哪个地方的，后来判断是河南口音。每天太阳刚升起的时候，他便提着一大篮子饼子到后沟里的煤矿上去卖，在不到一公里的路上用河南方言喊着卖饼子喽，这时就会有村里人围过来用手摸摸饼子热不热，然后翻到最底层，花一毛钱买一个饼子塞给跟在身后流着鼻涕的孩子。二老王重新把饼子一个个摆放整齐，盖上绿毛巾，提着竹篮子继续向煤矿走去。

到了煤矿，他坐在井口旁边的一条长椅子上，把竹篮子放在脚跟前，身子靠在椅背上，闭上眼睛假寐。井口上班的几名工人早就熟悉了他卖饼子的时间和坐的位置，每天看见他提着竹篮子走来，便让开那个钢筋焊制的长椅子最前头的那个位置。

井口升降罐笼的咔嚓声和井口工人与井底下工人互通信息的喊叫声不绝于耳，这似乎并没有惊扰二老王的休息。二老王在闭着眼睛假寐的时候，偶尔会发出均匀的鼾声。有工人开玩笑，悄悄掀开竹篮子上盖着的绿色毛巾，准备拿出一个饼子，正在打鼾的二老王不动声色地闭着眼睛，抬起右脚在那工人手臂上踢一下，把他吓退。二老王冷幽默的招式逗得一群在井口上班的工人和拉煤的闲杂人员大笑。大家都说二老王看似闭着眼睛，其实心里可精明了。

等有人来买饼子，他才会睁开眼睛，掀一下斜在一侧的瓜壳帽，挑个热乎乎的饼子给对方，收回一毛钱装进上衣的内口袋。二老王对买饼子的人说，这个饼子好吃，别几口吞下，要转着圈一层一层地剥着吃才有味。

饼子外壳金黄，剥去外壳，里面白嫩，像螺旋一样一圈圈旋起来的饼子里夹着葱花和陕北独有的一种植物——地椒叶。

地椒叶香味浓郁，可以入食。在陕北生长此草的地方，人们总会将其收集回来，晾干揉碎，然后当作饭食调料。特别是被二老王放入饼子之中，其香味更能凸显出来。地椒叶的香味与众不同，即使一小撮已经晾干的搁在窗台上的碎末，也可以让整个窑洞香味四溢。那味道令人心旷神怡，又若清泉甘露沁入心脾。一旦味道入鼻，脑中便会生出一个春天的温暖和灿烂之景，地椒叶翠绿的小叶子和碎小的蓝色花儿遍地都是，散发着阳光下令人回味无穷的春天的味道。

二老王的饼子里有了地椒叶，也就有了一群稳定的消费者。一部分在井下挖煤的工人每天都要在十分疲劳的时候给坐在井口的二老王传个话，让他把饼子放入罐笼里送下来。有工人说，累了吃一个二老王的饼子就有劲了。

井下的工人吃饼子大多是赊账，要等到每月发工资后一次性付钱。二老王记忆力很好，从不记账，完全靠脑子记住几十个工人一个月内吃饼子的数量。

有工人谎称少吃了几个饼子，二老王便一五一十地给他说得明明白白，甚至说出哪一天要饼子是在哪个时辰，在那个时候煤矿出井多少趟煤。这可折服了大家，谁都不敢再赖，月底发工资的时候老老实实付账。

二老王的记忆力好得惊人，他凭借惊人的记忆力救过一个煤矿工人。一名负责统计煤矿出煤数量的工人因为账本被水浸，有几天没办法准确统计煤的产量，便捏了个大概数字给煤矿报上去。结果年底清库时发现少了十几吨煤，煤矿成立工作组查这个事。这名工人怎么都说不清楚少了的煤去哪儿了。工作组态度蛮横，使出了"严刑逼供"的招数，让他承认贪污了这些煤，受冤枉的工人只好承认是自己捏造数字、毁了账本。工作组不依不饶，大会小会批判不算，还要将他送交司法机关判刑。备受折磨的工人终于撑不住了，他在一个夜晚悄悄地从关着自己的那间破房子里逃了出来，来到煤矿的井口准备跳井自杀。

那时煤矿正是倒班的空当，冷冷的灯光下不见一个人。站在井口默默流泪的工人开始抽泣了，一串串口水从他被打掉牙齿的口中流出来。他不停地说冤枉，说舍不得老婆孩子，对不起老人。这个时候，二老王出现在他的身后，抓住他的后衣领，一把把他从井口边扯回，拉着他的手说找煤矿领导，自己能说清楚这个事情。

他们半夜里敲开煤矿领导办公室的门，二老王一斤不差地把那几天的煤产量说得清清楚楚。工作组经过核实后发现那几天的煤产量与二老王讲的完全一致。这名工人被二老王救下来了，他痛哭流涕地说二老王救了他们一家子。

事后有人问二老王怎么能记住这些事的。二老王说，那还要用心去记吗？捎带着就记下了。原来，井口每出产一趟煤，都要先过磅。过磅后，过磅人就要喊着给井口工人报数字，井口工人又要给井下的人把这个数字报下去。二老王就是这样把这些数字记在脑中的。

二老王有一爱好——在假寐中哼出一段曲子来。大家听不懂，但是好听。那是一种地方戏的曲子，但是大家谁都不知道是哪儿的。直到有一天，一个外地拉煤的汽车司机听后说这是豫剧。可是大家谁都不知道豫剧是什么，是哪儿的。大家问二老王，二老王总是缄口不言。

有时候大家请二老王再来一段豫剧，二老王睁开眼瞄一眼，表情木讷，怔怔的，一声不吭。

有一天，大家发现二老王靠在椅子上情不自禁地哼着这首大家已经很熟悉的曲调时，他闭着的双眼流出了泪水。大家都感到莫名其妙，于是就有人上去问，是不是有什么事了。二老王挥挥手说没啥事。

二老王恢复平静后，有的人开玩笑说，为啥不找个老伴？二老王说自己有老伴，在老家等着哩。大家问他的老家在哪。二老王说在很远很远的地方。大家笑着说，很远的话，大概在美国或者日本吧。一向温和的二老王似乎被这句话激怒了，呵斥道，你家才在那狗日的日本呢。

二老王的生活规律在大家的记忆当中从未改变。有人给二老王介绍过一些寡妇，想让他的日子有所改变，有个人照料，但是都被二老王拒绝了。二老王说自己有老婆，老婆在老家等着自己呢。介绍人说，那把老婆接过来啊。二老王说，不用接，等我老得走不动了就回老家去让老婆伺候。

二老王大概有六十岁了吧。没有人知道他具体的年龄。但是二老王人仍然很健康，走路做事很利索。一天，一个外地司机吃了二老王的两个饼子，不给钱想走。二老王挡住了，跟那司机说，如果没钱的话可以走。那司机说自己的钱很多就是不想给。二老王挡住他的去路说，不给钱就别想走。大家围观着，心向二老王。司机叫嚷着说二老王没见过世面，不识眉高眼低，看不开阵势，是不是想挨揍。二老王笑着说，年轻人，我老王见过的世面比你家祖宗三辈都要多。司机一拳打过来，二老王头一侧，顺手抓住司机的拳头向左一扭，司机便一个趔趄单膝跪在地上。二老王赶忙扶起司机说，年轻人，你太嫩了，以后稳重点。司机有点不服气，一甩手又一拳砸过来，二老王一个蹲身躲过去，接着一个扫堂腿把那司机扫倒在地。司机一骨碌爬起来，掏出两毛钱扔在地上跑掉了。

二老王捡起钱装进上衣的内口袋，仍然坐在那条长椅子上闭着眼睛假寐。

二老王终究是老了，几年后他走路有点瘸了，背也驼了。他住的那孔旧窑洞在一场百年不遇的暴雨中坍塌了半间。他搬进了村里一个被废弃了的烤烟楼里。他不再做饼子了，一些赊出去的饼子账他也不去找人要。有人专门登门还账，他却说没这回事，不要钱。

大家都说二老王是老了，那么好的记忆力现在丧失得连账都记不住了。大家有些惋惜，也有些怜悯，都在等着二老王老家的老伴来接他回家去。

一个下着大雪的深夜，从烤烟楼里传出二老王唱豫剧的声音，很响亮，也很激昂。

第二天，有人端着热饭给二老王送去，发现二老王已经死了。

多年后，二老王的家人来到陕北这个偏僻的山沟里找二老王，背着二老王的遗骨回去了。

来到陕北找二老王的家人是二老王的弟弟。他说二老王在家排行老二，年轻时毕业于黄埔军校，后在国民党一个部队当团长。当时他希望上抗日前线，但是他的部队被命令到陕北跟共产党作战。后来国民党战败，二老王没来得及离开陕北，便隐姓埋名流落到这里，一辈子没有暴露自己的身份。

二老王的弟弟告诉大家，他们是河南人，哥哥在黄埔军校上学时爱过一名女子，两人约定等到把日军赶出中国后结婚。而他们离开黄埔军校后再没有见面。他说，那个女子终身未嫁，曾在十多年前来河南找过他的哥哥，当时大家都以为哥哥可能战死，或者去台湾了。

九娃

村后的那家国营煤矿有二百多名工人，大多是全县各个公社推荐来的强壮劳力，他们不挣钱，挣的是工分。二百多号年轻人挤到这家煤矿周围的几个小山村，村里闲置的窑洞里就住满了人。没有房租，只是煤矿有个政策，允许工人下班后在煤场里随便背一块煤回去送给房东。九娃力气大，每次下班背回来的煤足有二百斤，房东家几孔窑洞一年四季烧的煤，九娃一个人就解决了。

九娃是来自三岔的一个牛高马大的粗壮男人，下眼睑很厚，长长地下垂着，犹如两颗被冻了的洋芋，冷哇哇地泛着青光。他的头发很短也很稀疏，稍微有点鬈，贴在头皮上没一点动静，倒像一尊石佛的头发，从不凌乱，也长不长。他爱瞌睡，一坐下，眼睛一闭，下眼睑一垂，就打呼噜。

九娃是煤矿上的能人，出口就是四六句子，而且有讲不完的古朝（即古代故事），唱不尽的民歌。于是，很多工友围着他听他说唱，村里的人也时常缠着请他讲故事。特别是那帮孩子们，更是天天等他下班回来了，就钻进他住的那孔窑洞里求着他讲古朝。九娃一开口，唾沫星子乱飞，围在跟前的人，脸上都会被溅上许多。孩子们最爱往前靠，等九娃把一个故事讲完，几个孩子的头发都湿漉漉的。大人们嫌他的唾沫星子脏，一般不会往前靠，即使坐在前面的，也会侧着脸，但是对着九娃的那一侧脸上还是难免会留下九娃的唾沫。

"三颗麻子倒江山""五鼠闹东京""毛野人"等故事，都被称为古朝。这些故事在陕北各地有很多版本，但是内容基本一样。好听不好听，主要取决于讲故事的那个人。比如九娃讲的大家都爱听，尽管很多人都会讲，故事的情节大家心里一清二楚，但是只要是九娃讲，那就是真正的百听不厌。

大家最喜欢听他讲毛野人吃人的那个故事。他每讲一个故事，开头都是说从前有一个什么什么之类的。那个毛野人故事也不例外，也是从"从前"开始的：从前有一个毛野人，它可以摇身一变，变成一个正常人，把浑身的黄毛和口中的獠牙全部变没了。有一次毛野人饿了，他在一个十字路口等着吃人，便变成一个受苦人，等着有人过来。一个小媳妇要回娘家看生病的老娘，来到十字路口，被毛野人挡住。毛野人说大热天的，到路边那棵大树下乘凉吧。小媳妇便跟毛野人来到大树下。毛野人又说，你看你头上的虱子那么多，我给你捉吧。小媳妇靠在毛野人的怀里让他捉虱子。毛野人拨开小媳妇的头发开始吸血。小媳妇见自己头上有血流下来，便问毛野人，哪来这么多血？毛野人说，你的虱子太多，是我掐死的虱子的血。不一会儿，毛野人就吸干了小媳妇的血。

这个故事让村里的孩子们受到惊吓。一到晚上，大家都不敢出门，甚至大白天，就是太阳普照的晌午，一个人也不敢在院子里待，生怕毛野人来了。九娃喜欢盘着腿坐在炕头给大家讲古朝，如果是夏天的话，就盘着腿坐在院子里的石床上，一边抽着自己用报纸或者本子纸卷的烟卷，一边滔滔不绝地讲着好听的故事。他的烟瘾很大，只要睁开眼就不停地抽。他自己不种旱烟，一般是跟村里其他老人借一升旱烟，说是要还，但从没还过，也没有人会跟他要。旱烟是村里老年人每年必须要种的一种"口粮"，每年庄稼会因缺水而收成不好，但是一家人为了保住旱烟，会不停地给旱烟地浇水。因此村里老人的旱烟是年年有余，也就不计较九娃借去的那点了。抽烟让九娃感到困难的是卷烟的纸不好找。那个时候的纸十分珍贵，学生的本子是正反两面写，书和报纸不会很多，有一点都要攒着糊墙和粮囤。所以九娃常常为找不到卷烟的纸犯愁，有时候难免会偷偷摸摸去煤矿的磅房里撕几张记账本子的纸。有一次他又去撕，被过磅的胖老汉发现了。胖老汉一把揪住九娃的头发就是两个耳光，九娃被打怒了，一把推开胖老汉。胖老汉就倒在地上抱着九娃的腿，说他的腰被九娃打折了。矿领导来处理，把九娃带到矿部的一间小房子里关了三天，然后让他在大会上做检讨，最后让他支付了胖老汉一百多元钱的医药费。九娃没钱，老婆和老母亲分别卖了自己养了快一年的两头猪和一群鸡才凑够这笔钱。老母亲哭着骂九娃是个败家子，小的时候就偷人家的老梨，被人家起身追，他没有掉到沟里，追他的人却一脚踏空掉进沟里，住进医院花了也有一百多元钱，害得老父亲在大会上做了检讨。

这两件事，特别是磅房里这件事，让九娃那段时间抬不起头。他啥也不说，不再给人讲古朝、唱民歌了。

好在那是几年前的事了，九娃早就走出了这个阴影。只要现在没人提这事，这事就像没发生过一样，他依旧是一个能说会道的"脱笑"人。脱笑，是这里人对幽默的别称。九娃的脱笑在整个煤矿，乃至周围的几个村里是出了名的。

九娃唱民歌大多是用信天游的曲调配上即兴编的歌词。说他是个能人，就是因为他能够看到什么就编出什么歌词。他听说某一个公社的书记下乡到管辖的大队的时候，大队长就满村子挑最大的红毛公鸡和白毛公山羊给书记吃。几年下来，那个书记管辖的几个大队的红毛公鸡和白毛公山羊快被他吃光了。九娃就编了一首歌，歌词是：书记下乡，鸡羊遭殃；胜似虎狼，吃光鸡羊。那个书记听到后，很生气，给矿长打招呼，让把九娃赶出煤矿。矿长很为难，要辞退一个工人，需要合适的理由，而且要履行很多手续，因此迟迟不办。书记让煤矿所在大队的大队长带上一群社员堵路、断水。矿长也发威了，把此事汇报给主管工业的副县长。副县长立即赶赴现场，平息了煤矿与村里的冲突。九娃因此受到领导的一通批评。

村里腊月里就开始排练秧歌，正月里去给一些单位和家户拜年，正月十五那天到公社去参加比赛。当时煤矿上也要组建秧歌队参加。九娃是红人，个头高，脑壳聪明，人也灵活，扭起秧歌动作幅度大，给人豪爽大气的感觉。

这一年寒冬腊月，煤矿的秧歌场子在煤矿存煤的大场地里，大队的秧歌场子和煤矿场子隔着一条河。两家都是早饭后开始排练，锣鼓声响彻山谷。但是两家同时练秧歌，双方扭秧歌的人一不留神就会扭到对面的鼓点中。煤矿领导和大队领导商量后，一家上午练，一家下午练，这样就互不影响了。

九娃是煤矿秧歌队的伞头。他自幼喜欢扭秧歌，扭起来实在好看。煤矿上请来的导演是剧团里的一个女演员，那个女演员人长得苗条，皮肤却很粗糙，走起路来来回扭，大家都说她是个"活妖精"。活妖精导演教的那些秧歌动作跟去年差不多，九娃觉得没新意，给领导和活妖精建议加一些挖煤的动作。活妖精当时就反驳，说这是艺术，又不是在煤矿当"炭毛子"。炭毛子是对煤矿工人的一种贬称，工人们很敏感也很反感别人这样叫他们。九娃有点生气，下垂的眼睑向上耸了耸，露出从来没有刷过的满口黄牙说，炭毛子怎么了？炭毛子不好，你们家不要烧炭毛子挖的煤。煤矿领导赶忙劝着说，现在是社会主义，早就改叫工人同志了。活妖精躲开九娃的唾沫星子说，好吧，那你把挖煤的动作演一下，我看看怎么样。九娃把棉袄甩在一边，上身只穿着那件有不少小窟窿的白色夹袄，在场地里表演挖煤的动作。

他一会儿猫着腰往前走出几步，蹲下做出用尖镐掏煤的动作，一会儿弯着腰做出双手推着矿车运煤的动作，一会儿又做出戴着安全帽拧开矿灯的动作。他几乎把煤矿工人在井下作业的主要动作全部做了，一看就是有过准备的。一系列动作做完之后，九娃满头大汗，满脸通红。活妖精一直在笑，煤矿领导对活妖精说，这些动作不错啊，你考虑一下，再给改改，给咱们的秧歌队用。

这些动作经过活妖精导演的改编后用到秧歌里面去了。这个消息被围观的村里人传到大队长那里。大队长觉得很有新意，便把社员修梯田、推架子车的动作和种庄稼、收割庄稼的很多动作编入秧歌中。

第二年正月十五，十几支秧歌队到公社的大院里会演。抽签排序后，煤矿队是第一家，大队队是最后一家。煤矿队的表演受到观众和领导、评委的大大赞赏，特别是伞头九娃在领唱的时候，现场编的唱词深得大家的喜欢和认可。

秧歌今儿个来拜年，
煤矿工人忠心在。
公社书记就是焦裕禄，
吃苦受累从来不言传。
秧歌今儿个登门来，
煤矿领导走在前。
锣鼓声里生产忙，
大干快上任务翻。

在当时，这些具有时代特色的词汇和语句，准确地表达了人们对这个时代的热爱和集体使命感与荣誉感。九娃的唱词打破了传统意义上的那种拜年模式，融入了时代感，令公社领导和煤矿领导很满意。

煤矿的秧歌表演分数接近满分。后面的秧歌队有了压力，表演的时候士气不振，分数不理想。大队队的伞头也慌了，建议大队书记能不能把九娃请过来，也现场编词，争取拿到第一。大队书记觉得有理，就在人群里找到九娃，让他做伞头，好好表演一番。九娃答应了，他非常高兴，觉得自己是个有价值的人，能帮助别人干这等大事，而且是临危受命。

最后出场的大队队一开始的伞头并不是九娃，等到秧歌的几个小节目表演完之后，九娃接过大队队伞头的伞扭进秧歌场子中央开始唱。他精彩地唱完自己编好的秧歌词，同样赢得了大家的喝彩，得出的分数跟煤矿队一样。

在颁奖之前，因为九娃出现在两支秧歌队中，引起争议和分歧。煤矿队和大队队都要第一，不要第二。那个时候没有并列第一的现象，即使分数相等，还可以靠抓阄来分出高低。最后公社书记发话了，第一名给大队秧歌队。理由是，煤矿队不是公社的正式参赛单位，让他们到县上争第一去。

煤矿领导十分不满，把九娃叫去又是一通狠狠批评。说九娃吃里爬外，是叛徒。

九娃没在意这些，回归到常态之中，依旧是踏踏实实上班，下班回来后给大家讲古朝、唱民歌。九娃从此是名人了，十里八乡的人时常过来请他说笑，更有几个孤儿跑来要跟他学艺。九娃没办法教他们这门手艺，不知道从何教起，于是就给他们唱了几首歌，劝他们回去。

有一次，九娃回家后几天没来，大家纷纷猜测九娃是不是出什么事了。有人去煤矿上找九娃一个村的工人打听九娃这些天干啥去了，大家都说不知道。九娃这些天不在，他的工友和村里人都觉得少了点生活的滋味，特别是那帮孩子，似乎丢失了自己最喜欢的玩具。过了有八九天吧，有人看见九娃背着一把三弦从沟口进来了。那帮孩子欢快地跑过去把九娃迎接回来。九娃笑呵呵地对孩子们说，今晚我给你们弹着三弦讲古朝、唱民歌。

到了晚上，九娃住的窑洞里来了很多人。九娃搬来一个板凳放在炕上，坐在板凳上开始弹三弦。大家都说，九娃会说书了，今晚是不是要给大家说书？九娃说，他这几天出去，就是跟一个说书匠学着弹三弦说书去了。

九娃打小喜欢说书，小的时候一晚上不睡觉，口里唱着说书词。老父亲几次揍他，说他不学个好样子，就爱那些低三下四的东西。陕北说书人，在过去的时候大多出自苦命人。他们要不就是身体有残疾，比如盲人，要不就是无人看管的孤儿。在他们失去劳动力而不能靠干体力活养活自己的时候，选择说书，总比出去乞讨要好多了。因此在那个社会不懂得尊重民间文化和民间艺人的时代，说书人的命运仅仅好于乞丐。九娃爱说书，放在谁家，家长都会反对。说书就是讲古朝，有了三弦的伴奏，讲出的古朝更好听，更有感染力。特别是一边讲一边唱，把一个个故事讲得跌宕起伏、出神入化。

陕北说书是古老的说唱艺术，它涵盖了这块土地上所有的民间艺术，有高亢嘹亮的信天游等民歌演唱，还包含着丰富多样的民间乡俗。陕北说书，上演的是陕北的天地人鬼、命运兴衰，上演的是这块土地上生生不息的万事万物和春秋轮回。因此可以说，说书是陕北民间艺术的百科全书。在这种艺术的感染下，陕北人的文化生活一直很充盈。

九娃弹三弦不是很熟练，弹出的曲子也不是很准确，但是他靠嘴就能掩盖住这点瑕疵。更为精彩的是，面部表情一向木讷的他，此刻像是活蹦乱跳的一只兔子，眼睛向左一斜，嘴向右一抽，两个眼睑便会直哆嗦。随着他大嘴一张，溅出的唾沫星子满窑飞。这时他左脚一跺，便是《李桂莲大上吊》开腔了。他的口才和面部表情远远地超越了他的三弦弹奏，大家不在意三弦弹出的是什么曲子了，所有的心绪跟着他的说唱穿越到古朝当中的是是非非中。

　　九娃的老婆偶尔也来，住几天就走。老婆来了，九娃更是说唱不断。九娃每一次下班回来吃了老婆做的热饭后，总会兴致勃勃地弹起三弦，开始说书讲古朝。老婆则躲在一侧，从不正眼看九娃的表演。她红着脸，不经意地转过头去扫一眼九娃就赶快转回来，然后若有所思地望着窗外的大山。她淡然的表情下，隐藏着对丈夫的无限爱意与崇拜之情。

老罗家

最先说老罗家有狐臭的是村里的那个歪嘴。歪嘴跟刘寡妇晚上厮混的时候悄悄告诉刘寡妇的。他说今天跟老罗家一起推磨的时候,闻见从老罗家身上散出来的一股又一股的烧葱丝味,恶心得他几次发呕,快要吐出来。

刘寡妇满嘴闲话,知道点啥新鲜事,等不到天亮,一夜间就会让全村人都能知晓。老罗家有狐臭,这可是大事儿,她迫不及待地要第一时间把此事发布出去,便一脚把歪嘴蹬开,冲出门向村头的王五家走去。她兴冲冲地敲开王五家的门,顾不上喘口气,噼里啪啦地就将老罗家有狐臭的事儿一字不漏地告诉了王五。然后又夺门而出,跑向村尾的张六家。她几乎是一个趔趄从张六家门槛上跌进那孔青砖面的窑洞,然后一骨碌爬起来,直奔水缸舀了一瓢凉水一口灌下去后,给张六兴致勃勃地说了此事。她这一夜间的乱窜,搞得满村子的狗大叫了一晚上。

老罗家是村里罗麻子的老婆。村人从不称呼妇人的名字,是谁的老婆,就加个男人的姓,叫老×家。

罗麻子比老婆大一轮多。罗麻子满脸麻点,人长得有些马虎，看上去像背山上跑在田地里的山鸡，不仅个头低，而且全身像被挤压过一样，缩成一个团儿。罗麻子三十三岁时讨到这个老婆。老婆是后山里一家门三户四不高的人家的奇女子，所谓的门三户四不高，是指有狐臭。此女整天披头散发，走路如风，说每一句话都要夸张地张开大嘴，两个嘴角几乎会挂在耳垂上。

说她是个奇女子，不仅因为她容貌粗糙，牛高马大，更因为她说话做事像男人一样不拘小节，我行我素，啥也不顾忌。罗麻子胆小怕事，家里大小事都是靠老婆张罗。有年冬天，村里人都到河滩的崖壁挖炭，因为争不分明，一伙人打起来了。夹杂在其间的罗麻子哭喊着逃不出群殴的圈子，被他们有意无意地打了个满地打滚。正在喂猪的老罗家听到响动后抄起一根柳木把子直奔河滩。只见她跑到罗麻子跟前，抡起柳木把子见人就打，把十多个壮实的男人吓蒙了，顿时平息了这场群殴。老罗家弯腰拎起罗麻子上了坡回去了。

老罗家的确有狐臭。这是村里一个长者鉴别出来的。长者长了一个像捣蒜槌一样的大鼻子，嗅觉十分灵敏。五里以外的人家做饭，他都能闻出味道来，知道做的什么饭。据说他见识过很多有狐臭的人，能分辨出不同种类的狐臭。他说有酸臭味的，有霉臭味的，有粪臭味的，算起来有十多种。他还说有的臭是骨头里散出来的，有的是耳垂上散出来的，有的是从胳肢窝里散出来的，也有的是从口里散出来的。他说从口里散出来的狐臭根是长在牙根上的，要除掉狐臭味就要把一口牙拔掉。他还说烧葱丝味的最厉害，是从骨头里散出来的，一旦闻见那味，好几天都吃不下饭，而且会害一场大病。长者说，这种狐臭很少见，他活了七十多岁只见过三个人有这种狐臭。对于这种能让人闻见了就生病的烧葱丝味，长者说这是"臭狐子"。

为了证实老罗家是否有狐臭，村里十多个人在一个深夜挤到长者家，联名恳求长者鉴别一下老罗家是否真有狐臭。

为了给长者创造鉴别的条件，大家商量后，叫来平日里喜欢给别人家帮忙的老罗家，到歪嘴家帮忙打土墙。长者说，有狐臭的人只要一出汗，味就出来了。所以要准确无误地鉴别，必须要让老罗家当着长者的面出力流汗。

长者假装帮忙，一直在老罗家跟前做着一些不费力的活。过了近两个时辰，不见老罗家出汗，长者磨磨蹭蹭的有些累了，他坐下来等着老罗家出汗。长者不时地抽起鼻子向前靠去，深吸几下，希望尽快闻出个是非来。可是又一个时辰过去了，老罗家依旧没有出汗，长者啥也没闻到。长者有些沮丧，他站起来拍了拍身上的土低声对歪嘴说，这个婆姨不简单，藏得太深。

马上就要天黑了，歪嘴上去对老罗家说收工了，让她回来吃饭。老罗家拢起散在眼前的头发，撂下铁锨，吐了几口痰，回到歪嘴家窑里，端起一碗小米干饭大口吃起来。歪嘴靠近她使劲吸了几下鼻子，试图闻到上次跟她一起推磨时的那股烧葱丝味。歪嘴果然又闻到了那股熟悉且恶心的味道。他狂奔到长者家，叫来长者鉴别。长者顿时眼睛一亮，跟歪嘴快步来到歪嘴家院子里，隔着窗子闭上眼睛，再抽起鼻子吸了几下。他好像闻到了味儿。为了确认，他轻步向前靠去，像狗找屎一样抽长脖子闻着。只见长者迅速伸直腰板，扭头就走。歪嘴跟在他身后问，有没有？长者没有正面回答，说了句，奇人。然后打了两个喷嚏，背着手快步走开。

第二天，有关老罗家有狐臭的消息在全村正式被传开了。从此，村里没有几个人愿意跟老罗家来往了。

村里人十分忌讳跟门三户四不高的人打交道。据说来往得多了，那狐臭会传染。

老罗一家人被孤立了起来。一向大大咧咧，喜好帮别人家干活的老罗家显然孤独了许多。老罗家生有两女一男三个孩子。男孩最小，五六岁。孩子调皮，每天流着鼻涕满村子追狗捉猫的，弄得七家子不得安生，八家子不得安稳。

孩子不省事，给老罗家惹了不少的麻烦。一次孩子拿着自制的弓箭射刘寡妇家在河滩里拱土的一头猪，那猪被追得满河滩跑，背上被射中了两支箭，猪大叫着跑回窝里。刘寡妇看见后抄起铁锹大骂着向孩子追过去。受惊的孩子大哭着跑回家找母亲。老罗家一看惊恐万分的孩子，顿时火冒三丈，走出窑洞跟站在院子里大骂孩子的刘寡妇对骂起来。骂着骂着便扭打在了一起。

刘寡妇的力气根本不敌老罗家，没几下就被老罗家掀倒在地。老罗家用脚踢着刘寡妇骂道，以后再给老娘胡骚情，非把你一劈两半不可。吃了亏的刘寡妇哭丧着脸找长者说个公道。长者扇了她两个耳光，骂道，着你先人的精了，拿个"臭狐子"都没办法。

受了委屈和耻辱的刘寡妇满脸羞愧地站着不出声。她知道自己孤家寡人的，既不是老罗家的对手，也让村里其他人不屑。她的老汉前些年开拖拉机翻入沟底摔死了，她的门前就多了是非，这个死皮赖脸的歪嘴就是在她跟前死缠硬磨才得逞的。在她跟前献殷勤的有几个呢，可是只有歪嘴成事了。刘寡妇自己都想不通，怎么上了歪嘴的贼船。她此刻想到了歪嘴，想让他来替自己出这口气。

刘寡妇走回自家后站在崄畔上，朝着歪嘴的院子"嗷啰啰"地喊了几声。这是村里人喂猪前叫猪回来吃食的一种叫法。刘寡妇和歪嘴商量好了，他们若要会面的话，就用叫猪的声音来传送信号。

听到叫声的歪嘴立马跑了过来，一串口水从他歪着的嘴角流了下来。村人说歪嘴流口水，是因为嘴抽得太大劲了，关不住那条缝，口水就往外流。

歪嘴迫不及待地就要抱住刘寡妇，却被刘寡妇推开。刘寡妇把今天发生的事说给歪嘴，要歪嘴替她出气。歪嘴安静了许多，他用手背不停地擦拭着嘴角流下来的口水，啥也不说。刘寡妇有点上火，她用拳头在歪嘴的头上像擂鼓一样捶了几下，骂歪嘴是个尿囊子。歪嘴斜起眼问刘寡妇，你说怎么办？刘寡妇说，你看着办。歪嘴又无言了。

最后两人商量好，晚上由歪嘴出面爬上老罗家的脑畔，将老罗家的烟囱堵了。这是村人之间有了恩怨最常见的报复行为，如果有了深仇大恨，从烟囱里扔下去的就不是石块土块等杂物了，而是炸药包。石块土块造成烟囱被堵，其结果就是生火做饭时满窑都是浓烟。炸药包造成的后果是随着一声巨响，一家人葬身于被炸塌的窑洞中。

老罗家的烟囱被歪嘴堵了个严实。老罗家生火做饭的时候发现烟囱被堵,知道是有人对她家记仇了。老罗家和自己的男人挖开炕洞,清理从烟囱里扔下来的杂物。两口子满脸烟尘,浑身都是一股烟熏味。老罗家一次次站在脑畔上骂着堵烟囱的人不得好死,是个龟儿子、秃尾巴驴。

在村里,被堵烟囱是常事。村人之间有点鸡毛蒜皮的事就会招来堵烟囱的报复。因此也没有人会花心思打问探究是谁堵了自家的烟囱。何况自己也有遇个不顺心的事,半夜三更去堵别人家的烟囱。烟囱被堵,无非是花半天时间挖开炕洞取出杂物就好了。

刘寡妇显然对歪嘴实施的报复不太满意。她对歪嘴说,以后一刀两断,不再有来往。

歪嘴不甘心,说要以毒攻毒,他也用箭射老罗家的猪。刘寡妇说那才是男子汉。歪嘴很快做了一把弓箭。他在老罗家硷畔下找到了老罗家的那头老母猪,使劲将箭射出去,猪大叫着跑回老罗家院子里。老罗家听到猪叫,跑出窑洞一看,是歪嘴干的坏事,快步跑出院子,一个箭步冲上去把歪嘴掀翻在地。她骑在歪嘴身上左右扇耳光,不停地骂道,你替婊子出气,老娘今天就灭了你。

歪嘴被打得大叫。村人迅速围了过来。刘寡妇没有过来,只是站在自家的脑畔上观望着。

长者发声了,他闷着声音说,该停手了,这世道成啥样了啊,被你们几个女人搅得败了风气。

老罗家凸起眼珠子，瞪着长者厉声喊道，你还配说别人？你暗地里祸害老娘，老娘都没找你算账呢。说着，她一个箭步冲过来，吓得长者一个倒退，瘫在地上。村人见状，忙上来拉住老罗家。有人开骂了，骂老罗家在作孽，竟敢对长者不尊。有人揭短了，大喊着说，你老罗家一个臭狐子，不早点去死，还在这里造反！

老罗家从裤腰里抽出一把菜刀猛砍过去，那人一溜烟跑得不见踪影了。老罗家像一头疯了的母狮子，咆哮着，挥舞着菜刀见人就砍。整个村子快要被她掀翻了，大家东躲西藏不敢围观。这地儿只剩老罗家和老罗两个，他俩性格、相貌、身板反差很强烈，老罗家长发蓬乱，伸着长胳膊不停地叫骂，老罗却蹲在地上低着头一言不发。一个像是脱缰的野马，一个像是圈在笼子里的小鸟。

此后，村里人见了老罗家就要躲开。特别是刘寡妇，提到老罗家就浑身哆嗦。刘寡妇从心里头开始惧怕这个疯了一般的老罗家。

老罗家有狐臭的秘密终于被公开地散布出去，使得老罗家受到了很大的打击。老罗家开始憎恨所有的人，最恨的就是那个在村里有着最高权威的长者。老罗家心里不服，压不住火气，这天晚上一脚踢开长者的门。正坐在炕头抽着旱烟的长者被老罗家的突然闯入惊呆了。老罗家开口就骂长者害得自己生不如死。她说，今天来就是要当面问问你，平日里说山说水说公道，为啥要向我倒脏水，坏我的事，害我们一家人？一向在村里能说会道的长者低头不语。老罗家的指头快要戳在长者的额头上了，她继续问道，你人模狗样地在村里活了大几十岁，我们这些苦命人年年把你当个人物供着，就是盼你护着我们，给我们指条活路，而今你却要害我们，堵死我们的活路，今儿个让你也不得好死。长者见老罗家像疯了一样地骂着自己，并有出手的冲动，慌忙下炕对老罗家说，千错万错都是我的错，以后我啥也不说了，你好好过你的光景，我老汉能帮个啥就帮个啥。老罗家不依不饶，继续骂道，你这个老不要脸的恶人，老娘就是死后被狗吃了也不稀罕你的帮凑。

老罗家摔门而出，她心里稍微平静了些。

村里的日子渐渐恢复到如同往常一样。老罗家心里始终散不开的那个被村人知晓的秘密也在时间的流逝中渐渐被接受默认，村人们也不再对这个事情有很大的兴趣，因为有不少更新鲜的事发生。

刘寡妇和歪嘴的事也被村人说过一些日子，但也不新鲜了。新鲜的事发生在前不久，刘寡妇上山刨洋芋，被一条野狗追得掉下山崖摔死了。送葬的那天，歪嘴一直没有露面，倒是老罗家起了个大早，来到刘寡妇灵前烧了一沓糊窗纸。

送葬的人群里多了个老罗家，按乡俗讲，女人是不送死者上山的，可是老罗家不管这些，她说刘寡妇太孤单，不把刘寡妇送上山心里难受。埋了刘寡妇后，老罗家站在山路上怅然若失地回头望着那新起的坟头，自言自语地说，人不容易啊，来到世上为啥要遭那么多的罪呢！

善门里家

她十七岁时从一个小县城嫁到后湾村，那时正是中华人民共和国成立后的土改时期。当时城里人比乡里人穷，穷得连野菜谷糠都很难吃上。因此她的父亲决定将她嫁到距离县城七八公里以外的后湾村。出嫁的那天，老父亲对哭哭啼啼不想离开县城的她说，不把你嫁到后湾村，会把你饿死的，今天嫁你出去，算是救你的命哩。

逆秀延川而上五六公里，从右边拐进去，是一条狭窄的深沟，公路在一条小河上面的山崖边上蜿蜒盘绕。沿这条弯路再走三四公里路，再右拐，便是一条要斜着身子才能进去的更窄的山沟。沟的两侧是高耸的连体大山，像两扇顶着天的大门，门缝便是抬头望见的那条蓝色的天和脚下这条羊肠小道。似乎要憋着气才能从这两扇大门的缝里走到后湾村，生怕自己的呼吸将大门碰倒。这样憋着气走到后山里，那两扇大门打开了，眼前豁然开朗：一块圆形的平坦之地上有一汪清水，水里长着水草，有几排老柳树，树上有很多鸟窝。大山在这里从两扇门的造型演变成围墙，把这个住着十多户人家的小村庄围得严严实实。这时便可以长长地出一口气，因为后湾村终于到了。

村里住着一个甄姓家族，一大家子人祖祖辈辈看好这里的风水，从不迁移。这里的确是个好所在，外界干扰极少，日子过得安宁。这是一个善良的家族，崇尚文化，敬畏土地，祖祖辈辈耕读传家，经营下了丰厚的家产。这个大家族的人总能以不同方式做一些惠及乡邻的事儿，比如修路、救济、评公道、树正气等，被乡邻称为"善门里家"。不料在某个特殊时期，这个家族的财富一夜间被彻底摧毁，他们的物质失去了，遭受了极大的摧残，但是他们始终没有放弃这个家族传承下来的读书耕作习惯。

　　她嫁给了这户人家排行老三的儿子。当时她的公公经常被拉出去批斗，身心被折磨的公公实在受不了这种打击，他带着先天性耳聋的四儿子，也是他最小的儿子，从崄畔上跳下去自杀了。奇怪的是，小儿子掉在半山腰被一棵老杜梨树挂住了，没摔死。她的丈夫写得一手好字，人长得帅气俊朗，尽管一身布衣打扮，但英气十足。她的小名叫三鬼。陕北人兄弟姐妹的排行，是按照大小顺序排列，称呼的时候很多要加个"鬼"字，老大就是大鬼，老二就是二鬼，以次类推，这样一直排下去。那个时候一家生养十个以上的孩子不足为奇，排行最后的，那就叫侯鬼，"侯"在这里的意思是最小的。有意思的是，陕北人给自己的孩子取小名要用这个"鬼"字，原因是当时几乎是空白的医疗保障无法让每一个婴儿存活，因此有的人一辈子生了十多个孩子，但是能活下来的很少，一般家庭能保住一半就不错了。这里人之所以迷信，是因为相信如果孩子长得可爱可亲，就会惹来魑魅魍魉把孩子的命夺走。为了能让孩子活下来，于是他们给孩子取名的时候尽量把孩子的名字起得难听些，比如：茅板石、茅勺、丑子、癞小、秃小、四不像、大忽闪等。给名字加个"鬼"字，则是希望魑魅魍魉误认为这个孩子长得丑、脏、臭，或者是个鬼之类的，这样那些恶鬼野魂就没有胃口，不会伤害孩子了。

她叫三鬼，说明她在家里排行老三。

三鬼嫁到后湾村后，很快适应了大山深处孤寂、平和的生活。她随丈夫出山劳作收获，回家悉心伺候婆婆、照顾子女。日复一日，她天生热情、善良、勤快，在这个大家庭里树立起了很高的威望。她生下的五个孩子一天天长大。她和她的丈夫长期以来有一个共识，就是要好好培养子女，希望他们好好读书、好好做人。在那万般艰苦的年月里，许多家庭都拿不出钱供孩子读书，但他们宁愿少吃饭都没让一个孩子辍学。她的一个儿子考上了大学，毕业后从事了很体面的工作，成为这个村里第一个进入公家门的人。村里人羡慕，祖祖辈辈在庄稼地里刨饭的人，能有自己家族的人跳出农门，吃公家的饭，一村子人都觉得脸上有光。受到启发的村人们，再也不敢耽误孩子的前程了，他们学着三鬼培养子女的方式，砸锅卖铁供孩子们读书，试图改变孩子们的命运。

随着时代的变化，外来人口的迁入，后湾村原本宁静而祥和的风气正被许多新生事物打破。那些在煤矿上班的工人，大多带来了他们的家属住在村子里，不同口音、不同习性的人聚集在一起，就会有很多问题和矛盾产生，吵吵嚷嚷、打打闹闹几乎发生在后湾村的每一处。后湾村的老户原本宽容忍让的性格，正被这些外来的人挑战着。三鬼一再安抚着那些脾气急躁的族人，担心他们跟外来的人发生冲突。

有一次，外来户的几个孩子到村里唯一的一口水井边玩耍，几个撒野的孩子竟然给水井里撒尿拉屎，这个举动惹怒了村里人。这口水井养活了这个村子的几辈人，村里男女老少从来都是对其心生敬畏、倍加呵护，每到过年都要给被喻为白虎的石磨、喻为青龙的石碾和这口水井贴上春联，敬上供品。在村里人看来，石磨、石碾和这口水井是保证他们过上好光景的神物，神圣不可侵犯。村里的几个年轻人找到这几个孩子的家长，要求他们把水井里的水全部舀出去，并好好把水井洗几遍。有一个孩子的家长对他们的要求不屑一顾，冷冷地说，孩子不懂事，又不是我们家长让他们去干的。三鬼发话了。她说，孩子不懂事对着呢，你不懂事就不对了。我看你一个大人说的话，还不如一个三岁的娃娃说出的话。那人脸红了，他用手背擦了擦额头上的汗珠子对三鬼说，那是几个娃娃到水井那耍了，又不是我一家的，你凭什么拾掇我一个？三鬼说，人家娃娃的家长都愿意洗水井，只有你一个人跳出来放冷话，你以为你是好汉，你比别人厉害？那人一转身走了，来到一棵大树下，一屁股坐下抽起烟卷。这让在场的人实在看不下去了。两三个年轻后生过去一把将那人拉起来，呵斥着、推搡着让他跟其他几个孩子的家长一起去洗水井。那人一甩手又走开，三鬼上前扇了他两个耳光，大骂道，你这个孙子，赶快滚出后湾村！三鬼的这一举动惊呆了大家，三鬼的丈夫能理解自己老婆的这一举动，他知道三鬼从来都是爱憎分明，外柔内刚。三鬼骂道，那么好的一口井子，被糟蹋成这样，你就不是个人种子,是个没教养的东西!三鬼说完,便来到水井处,跟大家一起把水井洗了好几遍。

村里的风气日渐衰败,那些外来的人们无法理解也无法按照这里的规矩生活,他们有他们的生活习性。来自各个地方的煤矿工人,拖儿带女地来了二三十号人,住在这个村子被遗弃了的土窑洞里。他们有的喜欢唱戏,有时候半夜里高喊几句,搞得满村子的狗叫个不停;有的喜欢武术,把村里的几棵老柳树打得脱了皮;也有的喜欢喝酒,喝醉了到处乱跑。一个冬日里,一个嗜酒如命的外来户从煤矿上下班回来后,提回一塑料壶的散酒,有十来斤。他吃完饭独自一个人坐在炕头喝酒,下酒菜是酸白菜。只见他把酒倒进老碗里大口大口地喝着,又大口大口地吃着酸白菜。近二斤白酒下肚后,他的喉咙和胃像被火烧一般,痛苦不堪。妻子大惊,忙拿凉水给他口里灌,可是根本不顶用。这个人大喊大叫、满地打滚,不一会儿就死去了。被惊动的村里人纷纷来了,村里年长者说按照本地乡俗,外地人死在自己村子里,不能把尸体停放在村子里,让把尸体赶快移出村子,不然死鬼冤魂会留在村子里伤人的。那人的妻子带着不到两岁的小孩,根本没办法操办丈夫的后事,无助地坐在丈夫的尸体旁哭着鼻子。三鬼过来了,她知道眼前的这个女人很悲痛也很无奈,她心里明白那些出门在外的人很不容易,更明白这户人家没钱,买不起一口棺材。于是她跟丈夫商量,把给婆婆做好的那口杜梨木棺材借给他们用。三鬼和丈夫心里清楚,说是给别人借用那口棺材,其实是赠送的,这一口棺材最少也得一棵百年杜梨树的木材才能做成,那孤儿寡母的外地人不可能还得起。三鬼在村里有感召力,她召集来村里的人,第二天就把那个喝酒喝死的人埋到村外的一片野地里。

三鬼的丈夫也在煤矿上干着,能经营持家的三鬼攒下了能够在出了沟岔的一块平整的地里修建砖窑洞的钱。他们在一年的开春之后建了三孔砖窑洞,离开了后湾村。这让后湾村祖祖辈辈住着土窑洞的人们有点羡慕,村里的人纷纷迁出后湾村,住到三鬼家周围。没几年,一个新的村子在这里形成了,住着的人主要是后湾村的人,一些外来户挣下钱后,也在这里建了砖窑洞,安家落户在这个被取名为甄家沟的村子里。

村子向阳,沟道宽阔,门前一条路贯通南北,村人出门赶集方便了很多。三鬼的婆婆早早就双眼失明,被公公带着一起跳崖的弟弟因命大,被杜梨树挂住没摔死。三鬼心里一直觉得婆婆和这个先天性耳聋的弟弟是可怜人,平日里把他们照顾得很好。她是一个可以把自己身上的肉剜一块给别人吃的善良人,如果有一点好吃的东西,她从来不会自己吃掉,总要喂给婆婆和弟弟。有一次,她生病了,村里的人和亲戚来看望她,给她带来水果、挂面等食品,她自己没舍得吃一点,全部留着给婆婆和弟弟吃了。丈夫和子女因为她总爱施舍别人而亏待自己,多次劝说她。有时候在外的子女给她买回有营养、好吃的东西,她就瞒着丈夫和子女给村里可怜的人家一口气送完。丈夫无奈,后来就不再吭声,任她去做。丈夫知道,如果家里有点好的东西,她不送出去,会一晚上急得睡不着觉,甚至会生出病来。后来子女也没办法阻止她,每次回来带东西的时候就多带一份,一份是让她送别人的,一份让她留下自己用。三鬼满口答应，等子女走后，又是一口气送完。子女说她，能不能不要亏待自己，多为自己想想？她却说自己嘴里身上又不缺，村里那些人更可怜。

她的善心已经发展到不可置信的地步。她看见有人从门前走过，便会拿出家里能吃的东西塞给人家。有人要来家里串门，她在别人不知不觉中就生火做饭，硬要让别人吃饭。她做好饭端给人家，还没等人家把一碗饭吃完，赶紧又舀一勺子加进去，有时候弄得人家都吃不下去了。

婆婆八十多岁了，瘫在床上。三鬼每天给婆婆端屎接尿，勤换衣被。有时候丈夫都觉得衣被换得太勤，就说妈的衣服穿不破，硬是让她洗破了。三鬼说天天给换上，婆婆身体会舒服些。婆婆去世的前几天不吃不喝，三鬼心疼地用温糖水一点一点地喂。她说婆婆多活一天，就是全家的福气。婆婆咽气后，她大哭一场，边哭边说，婆婆一辈子是个苦命人啊，来到世上没享一天福就走了。村里人劝三鬼说，你的婆婆享福了，有你这样世上少有的好媳妇，享大福了。

弟弟年近四十岁了，个头瘦小，说话含糊，耳朵啥也听不见。三鬼四处张罗着想给他娶个媳妇，就是没人来。三鬼说弟弟也是可怜人，活在世上啥也没经历过，她把弟弟照顾得干干净净，总是买了新衣服给他穿上。弟弟智商不高，说话做事常常惹得别人笑话，村里有一些人专门逗弟弟，看弟弟的洋相。三鬼知道后就去收拾那些人。一次，弟弟又被别人挡住取笑。三鬼远远看见后，快步过去大骂那几个人欺软怕硬，没同情心，也没教养。那几个人知道三鬼的厉害，灰溜溜地走开了。

村里人开工修建窑洞和平房的时候，三鬼就会把自家菜园子里的菜摘几筐子源源不断地送过去。要是遇到婚丧嫁娶，她从头至尾一直要帮忙，即便累得实在不行了，她也不会缺席一天。三鬼的善心和热情已经被周围好几个村子的人熟知，她赢得了大家的敬重。

村子的路七长八短，拐来拐去，每家院子的门前都会有一条通到大路上的路。这些路都是黄土路，每年都会被大雨冲毁几次。三鬼和丈夫成了村里修路的义务工。他们总是等不到雨停，就迫不及待地查看各条土路的受损情况，等雨停后，就拿着工具把村里的每一条被雨水冲毁的路修好。最先要修的路是通往水井的路，那条路是一村子人每天必走的路，来来往往的挑水人一旦不能到水井挑回水，那就意味着吃不上饭。然后要修的是河上的那座简易桥，桥是她和丈夫前几年搬来几块大石头，间隔呈一条线布在河中，又把自家的槐木橡横上去，再铺上玉米秸等，然后将黄土垫上修建成的。这座桥每逢下雨发水，就会被洪水卷走桥面，于是三鬼平日里就准备了大量的木棒和玉米秸存起来，一旦桥被毁，很快就跟丈夫把桥修补好。随后他们要查看几条通往山里的路，每次查看总能发现一些路被冲断，三鬼和丈夫几乎给村里通往山里的每一条路上都修了类似河上那样的桥。这些路恢复通行，村里人出山劳作就不会受阻。

有一次半夜里，突然有人敲她家的门，原来是后山里一个骑摩托的人。他不慎摔下沟里，浑身受伤，没人救援，自个儿爬上公路敲三鬼的家门求救。三鬼和丈夫赶忙叫醒熟睡的儿子，开车把人送到县医院。那个人失血过多已经昏迷。三鬼催着儿子跑前跑后交押金办手续，很快实施了手术。那个人被救活后，带着老婆孩子专门跑到三鬼家里感谢。三鬼笑呵呵地说，能把你救活比啥都高兴。不要谢，你也是苦命人，挣那点钱不容易。说什么三鬼都没收下那人带来的东西，相反，三鬼硬是给那人的孩子衣兜里塞了一百块钱。

三鬼是个普通的农家村妇，一辈子生活在大山里。在平常的日子里，她做着力所能及的慈善，哪怕一口解渴的水，一顿充饥的饭；哪怕一声倡导正气的呵斥，一记维护道义的耳光；哪怕一句暖心的话，一次叩问良心的善行。她的心灵很广阔，装着村子，装着她眼里的苦命人。

她已年近八旬，依旧手快脚快，说话讲理，受人尊敬，如今已子孙满堂。孙子们常常给她带来不少好吃好用的东西。她不等大家离开，就把东西全部拿出来，分成几份，送给村里她认为苦命的人。孙子们见她忙不过来，要替她送，她不放心，站在崄畔上一直要看着孙子们把东西送过去。

前年，儿孙开车带她到北京旅游，一贯晕车的她一路上老在呕吐。快到北京的时候大家停下车休息，她发现自己说话漏气，原来在公路上呕吐的时候，不知啥时候把自己的假牙也吐出去了。儿子回来后要给她再镶牙，她不依，说自己现在是黄土埋到脖子上的人了，用不着花钱镶牙。儿子执意给她重新镶牙后，她多次说，花那么多的钱镶牙，还不如给了河对面的一家苦命人，他们家掌柜的害了几年病，没挣下钱，太可怜了。

受到三鬼多年帮助的四拐子不管走到哪里，总是对别人说，要是世上的人，一百个里头能有像三鬼那么好的一个，那这个世界肯定就更美了。

阿K

他一米九的个头，身材修长而挺拔，走路仰面朝天，嘻嘻哈哈，鼻涕流到嘴里毫无知觉。匆匆忙忙的行走中，他一直把手机贴在耳朵上，高一声低一声，长一句短一句，骂一会儿笑一会儿地通话。他有时候叼一支烟，口水把烟早就浸透，走一阵子后，浸透的烟卷掉了，他的口里只咬着那截过滤烟嘴。他叫阿K，是几年前开始出现在这个小镇的。他是本地人，年纪二十出头，模样俊秀，每天笑呵呵的，不骂人也不打人，走路带风，不时回头给后面的人笑一下，然后头一甩就转过去，鼻涕和口水随着洒个半圆，最后都洒在胸前衣服上。

至于他啥时候成了这个样子，说法很多。有的说他患有先天性疾病，出娘肚子就开口大笑，疯疯癫癫地到现在。也有的说他七八岁时父母送他去上学，他不去，受到了刺激就成了这个样子。他时常贴在耳朵上的手机是一个手机店老板给他的模型。他一边飞快地走着，假装打电话，一边甩着鼻涕在大街上横扫而过。他打电话流鼻涕这个招牌动作，留给人的印象很深。洒脱、率性、无拘无束等正常人羡慕的性情在他身上得到集中体现。没有人去盘问他叫什么名字，大家记住了阿K这个具有幽默感的名字。这个名字不知道是什么人给起的，但是满大街的人乐于接受，大家觉得这个名字跟他所表现的一切能联系得上。

他喜欢到人多的地方去，一旦钻进一圈子人之中，他就要说，今天很忙，一会儿又要去抓人。他早就告诉大家说他是公安局的。有人便故意逗他，问他到哪里去抓人。他迅速回答，到下河滩去抓赌博，还说刚才有人给他举报了，说是下河滩有人在赌博。他在人群中没完没了地讲一些不着边际的事儿，把道听途说的一些事儿全部揽在自己身上，逗得大家大笑。又有人问，你怎么还不去抓人？他说，等单位派警车来。

有一次隔壁的麻将馆真的被公安局抓了几个人，他赶忙四处说，告诉大家是他安排人抓的。大家当然不会信，一笑而过。他似乎看到大家不相信他说的话，用手擦了一把已经流到口里的鼻涕说，是真的啊，真的是我安排人去抓的。说完就拿起那个模型手机贴在耳朵上大声说，把刚才抓走的那几个人全部枪毙了。说完他很得意地看着大家。有人笑着应道，你太厉害了。他说自己又忙了，赶快要去外地参加一个重要的会议。说完一扭头闪出人群，一溜烟消失在大街小巷中。

阿K从不乞讨，每逢一溜婚车穿过街道，他不像拦在婚车前要钱的乞讨者一样挡住婚车不让走，他甚至对婚车前那几个蛮横无理的乞讨者不屑一顾。他随着唢呐声在最前头扭来扭去，跳着不是秧歌也不是现代舞的自创舞蹈。他扭得实在是太高兴了，有时候站不稳，一个趔趄栽倒，然后一骨碌爬起来继续扭着，迎亲的车队在一群乞丐和阿K的阻拦下慢悠悠地向前移动着。兴奋到极点的阿K显然目空一切了,他把这条街道当作自己的舞台,在这舞台上肆无忌惮地上演着自己独特的原创艺术。

阿K的确喜欢音乐,每每听到大街上传来舞曲之类的音乐声,就会情不自禁地随着节奏动起来。开春之后,天气暖和了,广场上每天下午都会聚集很多人跳广场舞、扭大秧歌、做健美操等。广场变成了阿K的天堂,他早早地来到广场,帮人家搬好音箱、锣鼓等。他总会乘别人不注意,拿起鼓槌猛敲几下鼓,然后笑嘻嘻地环顾一遍四周的人。下午时分,等到广场上聚集了越来越多的人时,他忙乎着跑进每一个跳舞的队伍里,催促着大家,赶快开始跳啊!

广场中间有一条马路横穿,川流不息的人群被分割在广场两边,人们在各种音乐的轰鸣中载歌载舞,既锻炼了身体,也愉悦了心情。一直处于忙碌状态的阿K一会儿跑到上广场,一会儿跑到下广场。他要钻进每一个娱乐的圈子里扭动一会儿,有时候会在唱歌的圈子里突然间抢过人家的话筒瞎吼几句,然后把话筒撂下跑掉。他从来不骂人不打人,大家都说阿K很善良。所以他偶尔的恶作剧,大家都能原谅,没有人会计较,相反,大家被他逗得很开心。他走路时嘴里不停地唱着那么两句,尽管吐字含糊不清,但是那旋律大家都知道,每到一个场合他都会唱这几句,有人说,他逮住这几句就不放了。

他不停地像跑龙套一样在每个圈子里跑着。他的衣服早就湿透了,额头被他脏兮兮的手擦得满是黑道道。大家见他渴了,有的人将自己喝了半瓶的饮料递过去,他一把接过去,头一抬一口气喝完，然后随手把饮料瓶向后一抛，径直向前走着。这动作很潇洒，有人说跟他的名字一样潇洒。

　　一次他拿着一副塑料手铐，戴着一副墨镜过来，没等别人问他什么，他就说自己是便衣警察。他说今天要去后街上抓一个贩毒的，还说这个毒贩身上背着一百斤鸦片正在叫卖。有人故意逗他，鸦片又不是毒，为什么要抓人家？他眼睛一瞪说，谁说鸦片不是毒？鸦片就是毒，人吃了鸦片就中毒了，中毒了就打人、偷人、抢人、杀人。他乱七八糟说了一通后，又说自己今天受刺激了，刚才三个老婆姨平白无故把他压住打了一顿，他现在心里接受不了，他要自杀。他拿出一根细绳子套在自己脖子上，然后瞅着大家。大家被逗得哈哈大笑。他假装威胁大家说，你们再不救我，我就自杀。有人说就不救。他一个人睡在地上，头一歪装作死去了。他微睁着眼睛斜着看看大家，赶紧再闭住。有人过去拉他一把说，我来救你。他站起来双手作揖说，师傅请受徒儿一拜。

　　他找了个地方坐下来，向着人群探出鼻子深吸几下说，怎么闻见生人气？是不是来了外星人？他弹簧一样地跳起来冲进人群，把鼻子靠近几个人的脸部闻着，口里不停地说闻见了生人气。人群中有人大声对阿K说，你抓几个外星人让我们开开眼界啊。阿K就地连跳三下，口中念念有词，学着巫神的腔调手舞足蹈地转着圈儿。他猛一停，抬头望天，喊着，外星人，我闻见你的生人气了，你赶快出来。

　　这一举动让人联想到天问。他声嘶力竭地对天喊着，希望真的有外星人从天而降，好给大家有个交代。

有一段时间大家没有见到阿K的身影，各种猜测相互传递着。最多的说法是，他前些天晚上回家的时候被几个练胆的二道毛后生练死了。阿K的消失，似乎减少了很多人的生活情趣，使得这个小镇缺了点什么。其实阿K并没有真正消失，他是因感冒在家养了几天病。在很多人眼里，阿K是一成不变的，不会生病，不会玩失踪，也不会老去，永远都是流着鼻涕乐呵呵的样子。

阿K重新走上街头的那一天，有人专门给他买了一瓶啤酒，阿K头一仰就咕噜噜喝下肚。不胜酒力的阿K风风火火地走过半条街后，有点醉了。他摇摇晃晃地栽进一家卖衣服的店内，睡在地上起不来。店家扶他起来坐在凳子上，他含糊不清地没完没了地说着。他几次要站起来，可是身体像抽了筋，立不起来。围观的人拥进店里，店家怕有人偷走东西，就把阿K拉到街道上不管了。阿K斜靠在墙上瘫坐着，口中吐出的污物弄了一身。

大家七嘴八舌地开始说阿K的家人为什么不来把他带回去。知情人说似乎阿K的母亲也是憨憨，自己连自己都照顾不了，哪能照顾阿K。有心生怜悯的人买来苏打水和纯牛奶让阿K喝，说是喝了这些能解酒。阿K手一挡，把水打翻在地。他口里一直不停地说着大家听不懂的话。最后来了一个中年男人扶着他走了。认识的人说这个男人是阿K的叔叔。

阿K喜欢到城里城外的庙会去赶红火。城南的龙王庙庙会要唱三天三夜大戏，头一天晚上挂灯，戏台前人山人海，戏台上大幕拉着。开演前，坐在两侧的二胡、唢呐、木鱼等演奏者，好像在调试自己的乐器，实际是专门弄出点声音吊观众的胃口。看场子的那个老男人嘴里叼着烟，背着手、吊着脸在台子上来回走着，像是巡逻。阿K不在台前，他在戏台的一侧掀起帆布偷看里面。他的口水浸湿了靠近下巴的帆布，他已经站了有半个多小时了。这时他的后脑勺被猛击一掌，转头一看是看场子的那个人。阿K赶快退出来，看着这个人。看场子的用脚在他屁股上踢了一脚说，滚。阿K一溜烟消失在人群中。阿K站在人群中，对身边的人说，他安排了公安局的人来抓那个看场子的。那个看场子的依旧在台子上来回走着，时不时用指头指着台下调皮的小孩，恶狠狠地说，别吵闹。

　　大幕拉开了，一群穿着戏服的人喊叫着出场了。阿K有点激动，他大喊着好看好看，引得周围的人大笑。阿K很兴奋，他跳着说杀杀杀，让手握长枪的戏子去杀掉看场子的那个人。他告诉身边的人说，这是他安排的公安局的人，化装成唱戏的人专门来杀看场子的那个人。

　　戏演到高潮，看场子的那个人生硬地闯到台上，这让大家很反感。这时阿K冲到台上，朝着那个人就是一拳。演戏的人停了下来，伴奏的人也停了下来。台子上的阿K夺过一名演戏人手中的木刀向看场子的那人砍去。那人抱着头跑到幕后，阿K追过去不依不饶地骂着。其他人抱住阿K，把他送出戏棚。戏继续演着，很多观众无心看戏，只是在议论刚才发生的一幕。这让很多熟悉阿K的人第一次见到他的愤怒，见到他会骂人打人。

　　戏演完了，戏场里的人就要散尽。阿K在戏场里捡到一只鞋，他来到戏台跟前，头枕在鞋子上准备睡觉。睡前他告诉收摊的人说，公安局局长安排他今晚在这里值班。半夜里下雨了，被雨水淋湿的阿K觉得有点冷，他悄悄来到台上的大幕后，将一件挂在铁丝上的戏袍取下穿上，然后一口气跑回城里。第二天，他穿着这件红红绿绿的戏袍走在大街上。

他站在十字街上，被围观的人围住了。他在人群中开始兴奋了，流着口水大声嚷着闪开闪开，围观的人没有闪开。他一挥手说杀杀杀，便掀起戏袍衣襟一甩，屈腿向前做出冲锋状，一动不动地停顿几秒，固定这个亮相的姿势。然后收回双腿站立着说，把那个看场子的人拉上来，杀杀杀。大家都知道他心里没原谅昨晚那个打他的看场子的人。

这时来了几个人把他按倒在地，把他身上那件戏袍扒下拿走了。阿K站起来说，他现在是便衣警察了，他要出去办一个大案，随即便穿过人群，乐呵呵地向前街走去。

阿K喜欢当警察，总是以"警察"的身份出现。他几乎在每一个公众场合都会反复强调自己是警察，渴望从别人的眼神和表情中看到对自己身份的信任和热捧。他喜欢警察这个职业的理由也被人们渐渐知晓。原来阿K的爸爸曾是一名警察，二十多年前，在一次追捕罪犯时，死死抱住罪犯，一起从山上滚到沟底，双双被摔死。那时，阿K三岁了，刚刚有了点记忆。公安局的领导到他家慰问时拍着他的肩膀说，长大了当一名像你爸爸一样的警察。于是这个理想，在他幼小的心中早早就生根发芽了。

至于阿K究竟是怎么成了这个样子的，相对靠谱的一种说法是，他爸爸牺牲后，他的母亲受到刺激变得疯疯癫癫，此后他也受到了刺激，渐渐就变成这样了。如果这种说法准确，那么，这个家庭的悲剧则被他平日里的乐呵呵掩饰得相当完美。阿K不愿意让世界把自己边缘化，因此他力图让自己融入社会，以一个虚假的身份证明自己不是闲杂人员。事实是，他本来就没有被闲置，他每天出现在大街上的身影给大家带来很多欢乐，尽管这种欢乐叠加在他内心的苦痛之上。而且，我们谁又能做到他的坦然和从容呢？

很多人很多事将会被遗忘，而阿K将会被记住。他一直在人群之中重复着自己是"警察"的宣言，偶尔会有恶作剧，但是他是善良的，他的所作所为没有一丝一毫的恶意。他生活在这座城市，几条大街便是他人生的大舞台。他并没有璀璨的人生，却能真性情地一次次乐呵呵地从人群中走过。

罗峁峁

听他的口音是榆林那边的,后来有人证实他确实是从榆林那边逃荒过来的。据说那个年头青黄不接,子不恋家、家不保子,人人自危。罗峁峁就是在20世纪初陕北连续三个大荒年的第二年一个人逃离家乡,一路磕磕绊绊地逃到数百里以外的圆头峁山下的。

圆头峁是当地几个村子公用的一座山头,高大而滚圆,鹤立鸡群般凸现于方圆数十里的群山之中。山腰和山脚散落着大大小小十多个村子,村子里住着长年累月把命运交付给土地的人们。地广人稀的圆头峁周围的村子里,人们靠天吃饭的命运并不像榆林那边那样不堪。虽然陕北大地由于干旱导致了连续三年的大荒年,让很多人找不到一碗保命的稀饭,但在这里,土地即使贫瘠,也总能在田地里刨回一些供养生命的粮食来。因此外地逃荒的人大多会逃到这里来活命。

罗峁峁逃到圆头峁的时候十岁出头。村人对榆林逃来的灾民不再好奇,因为这两年时常有操着榆林口音的人过来。虽然他们的食宿得不到保证,但是总能在谁家门口讨来一碗稀饭救命。没有谁家的窑洞可以腾出来让给他们,他们就住满了周围几个山头的庙宇。罗崀崀来了后，庙宇里早就挤满了逃荒的人，没给他留下一席之地，他只好住在一个已经成为羊圈的废弃了的土窑洞里。能引起村人关注的不是他的身世，而是他的身材。他年纪轻轻，背却驼得厉害，胸部和膝盖几乎要贴在一起，人就矮了半截。他走起路来，只能吃力地仰起头，撑开眼睛看着前方，进入他眼帘的路面超不出十米，因此他走起路来不是阔步而行，而是挪着脚步，左右摇摆着身子前行，恰似企鹅走路。他面部的下半部分很难正面亮出来，因此村人是无法看清楚他的整个面孔的，只能看到他有几道深深皱纹的额头，而那双撑着的眼睛并不大，眼眶里时常有几点眼屎，眼角冷冷地露出黑豆大小的眼瞳，甚是恐怖。小孩们刚开始被他这样子吓得不敢接近。大家问他叫什么，他说姓罗，没有名字。村人便根据他的身材给他取名"罗崀崀"。

　　有村人在榆林那边做事，听到了有关罗崀崀的一些事儿。当然最让人关注的是罗崀崀的背为什么驼得那么厉害。村人说罗崀崀小时候被父亲带到山里耕种时，一不留神被一只狼叼走了。父亲听到罗崀崀大喊大叫的声音，忙举着农具吆喝着追过去。奔跑的狼紧紧咬住罗崀崀的背部，任凭罗崀崀撕心裂肺地哭叫和挣扎也不肯丢下他。父亲没有放弃，狂追着狼，追了有两三公里路，体力不支的狼扔下罗崀崀逃跑了。父亲双手抱起已经奄奄一息的罗崀崀，不料罗崀崀腰骨已断，像是被折叠起来一样，从父亲的双臂间掉下去。罗崀崀的命被救下了，可是留下了终身残疾，他的腰骨没被接好，整个人像一张弓，也像一座山崀。这就是他——罗崀崀。

几年后，有好多逃荒的人回去了，而罗崬崬没有走，他搬离了羊圈，住在那个羊圈旁边一孔没人居住的土窑洞里。土窑洞的前半部早就垮塌了，几扇破旧的门窗是好心的村人给安上去的，不合适，但能遮风避雨。

后来他成了村里正式的一员，有了户口有了田地。罗崬崬也有正常人的生活追求，他很想找个老婆来过日子，可是自身条件的特殊性使他很难找到中意他的女人。有好心的村人给他介绍对象，但是所有被介绍的对象都骂媒人是欺负人，怎么想把自己嫁给一个半截人呢。后来就没人给他说媒了。罗崬崬也不再向任何人提婚娶的事，甚至不愿意听别人讲这方面的话题。

他不多讲话，也很少到公众场合去。他一个人过日子，从不参加村里其他人家的婚丧嫁娶之事。村人也渐渐地淡忘了他。

一个夜晚，羊主人听到羊圈里的羊叫声，以为是狼和狐狸来偷羊，便带着壮实的儿子举着木棍直奔羊圈。他们跳进羊圈后用手电筒找狼和狐狸，却发现罗崬崬像个木墩缩在墙角。羊主人便斥责他不安分守己，跑出来偷羊。罗崬崬解释说自己不是来偷羊的。主人本想骂几句就离开，不想跟他计较，一听罗崬崬不认账，便大声责问，不是偷羊来干什么？罗崬崬不作声。壮实的儿子上去飞起一脚踢在罗崬崬的背上，只见罗崬崬一个趔趄栽倒在地，还转了几圈，满身都沾了羊粪。罗崬崬吃力地爬了起来，立在墙角。这时他的裤子掉了下来，他慌忙提了起来。主人笑开了，说，你是不是糟蹋我的母羊了？罗崬崬撑起眼睛偷瞄了主人一眼，慌忙把头埋下。

事后，羊主人的儿子在全村到处散布罗崅崅糟蹋他家母羊的事。罗崅崅几天没出屋。村里有的人以为他寻短见了，但没有人愿意去他的窑洞里看看他是死是活。

罗崅崅再也不提羊了，也不愿见到羊。后来村人多次看到，他一见到有羊从他眼前走过，就赶紧转过身。

他的生活用度来自几亩田地，一年四季从不花一分钱买东西，身上的衣服全是村里人穿剩给他的。他很少生病，偶尔感冒，全靠身体来扛。他喜欢吃蔬菜，就在河边整了一小块沙砾地，种上爱吃的辣椒、西红柿等。他也是个勤快的人，每天劳作在自己的田地里。他一年四季平平稳稳地过着一个人的日子，从不掀起半点风浪。

转眼间，罗崅崅年近七旬，耳朵聋了，眼睛花了，背驼得快要把头靠在地上了。他走起路来摇摇晃晃，有时候好端端地走着，突然就地转几个圈子，然后重重地倒下。

他依旧住在那孔破窑洞里，几十年门窗没有换过，有一扇窗子不知什么时候掉下去了，他找来半片麻袋堵上去，有风吹来像一面旗帜，迎风招展。

他的生活来源随着年龄的增长渐渐减少，因此狠下心要支出平生第一笔钱，于是花了五块钱买了一对兔子养在自己的窑洞里。他想靠养兔子来赚点钱换取粮油。兔子的繁殖能力很强，开春时候每月生产一次，每次少则四五只，多则十多只。这就忙坏了罗崅崅，他必须每天出去割草喂养兔子。

小兔子甚是可爱，有白的也有黑的花的。罗崅崅常常抓两只放在手心细看。这个时候他眯着眼睛，微微张着嘴，双手捂着,生怕小兔子跳出去。他会长时间看着兔子,一动不动。

他要向别人出售自己的兔子了,先是村里的小孩子们跑过来看新鲜,然后嚷着让父母过来买。罗崐崐很快有了一点积蓄,他感到自己的生活过得有了滋味,平时只抽旱烟的他换了雪茄。他想吃肉,便托人到集市上割回二斤白条子。他的窑洞里向来飘不出肉香味,这阵子肉香味飘了出来,惹得满村子人嘴馋。

到了这把年纪,罗崐崐开始为自己的后事着想了,他花了几百元钱买了一口杜梨木棺材。棺材就放在他自己的窑洞里,上面盖了几块破旧的单子。他每天睡觉之前和早上醒来后总要用手摸摸棺材。他在摸棺材的时候心里很踏实。是的,活着时不能为自己挣下一处居所,总得为自己死后做点事啊。有了这口棺材,罗崐崐平生第一次有了成就感,他跟村人偶尔聊天的时候总会把话题引到这事上来。村人可怜他,就跟着他的话意,顺着他夸几句。罗崐崐吃力地仰起头撑开双眼,流露出骄傲的眼神。

罗崐崐爱上了赌博。村里人自古就有在农闲时聚众赌博的习惯,特别是到了冬天的时候,人都没事可干了,赌博便是整个村子唯一可以打发日子的事儿。罗崐崐的兔子到了冬天也就不再产崽了,他闲得慌,就挤进人群,坐在地上十分费力地撑起眼睛跟着押骰子。

他的手从几年前就开始抖个不停,握在手中的钱看上去随时要掉下来,其实抓得很紧。有人开玩笑地装出从他手中抢钱的样子,他操着榆林口音说,别看我手抖得厉害,可手劲不小，你们别想占我的便宜。

赌博者并不多，而围观者有几十人，更多的围观者不是来看输赢，而是来看罗崾崾在赌博时的一举一动的。

罗崾崾果真给大家带来了很多乐趣。他口里咬着雪茄，口水把雪茄浸湿了半支。他此刻不是为了抽烟，只是习惯性地从赌博一开始就咬上这支雪茄，直咬到赌博结束。他过阵子猛吸几口，为的是不让雪茄熄火。他盘着腿坐在地上，偶尔一低头，就会将咬在口中的雪茄戳在地上。他的雪茄前端老沾着些黄土。

他很少能赢来钱，几乎每次都会输掉十元八元的。输钱后他很沮丧，人们散尽了，而他会坐在墙根一言不发地抽闷烟。有村人就上前逗他，问他想不想要老婆？养不养母山羊？罗崾崾似乎没有听见，没有什么反应。就有几个村人上前蹲下来围着他大声轮流问他这些问题。他猛一哆嗦身子，举起右手指着村人，翻起白眼骂道，我想要你妈。村人大笑，伸出手指朝他头上弹了几个"脑瓜崩儿"。罗崾崾站起来打个转摔倒，带有哭腔地再次开骂，而且一发不可收拾。村人依旧嬉笑着，等罗崾崾骂声弱下去，再问，再弹几个"脑瓜崩儿"，一直要闹到罗崾崾声嘶力竭才肯罢休。

有年长的村人呵斥年轻人不要这样逗罗崾崾。而罗崾崾每次输钱后若遭不到村人这样的戏弄似乎心里憋得慌，就主动出击，找几个年轻人反问，你给我寻下老婆了没有？年轻人便又开始反复戏弄他。村人说，罗崾崾输钱了没办法发泄心里的不愉快，大概就需要这样的方式来平衡心理。

罗峁峁成了村里的乐子。他喜欢唱榆林小调，民歌旋律在陕北各地没多大差别，而他的声音有别于其他人。他的嗓音柔软，音域宽广，再高亢的曲调，在他口里唱出来都有了韵味。他总喜欢唱一些悲戚的小调，唱得哭哭啼啼的，令人心里难受。有一次他又前来赌博，结果那天人凑不够没有赌成，他就靠在墙上晒太阳抽雪茄。村里女人也多，聚在一起说三道四，甚是热闹。这时，罗峁峁唱曲了，他唱得很投入也很深情。大伙都侧耳听着，渐渐被他的曲儿感染。罗峁峁旁若无人地唱着，随着曲子的节奏起伏着双肩，时不时扬起双臂在空中抖几下。他一曲接着一曲唱，唱到日落西山。大家没有散去，他周围聚集了很多人。有村人看他的烟快要抽完，赶快递上一支，他叼在唇间继续唱着，始终保持那种悠扬而舒缓的节奏，始终保持那种渗透了情感的宣泄。他的曲子再度感染了村人，特别是那曲《一对对大雁》唱得肝肠寸断、催人泪下。女人们个个热泪涟涟，有的泣不成声。这时大家注意到低着头唱歌的罗峁峁眼泪早就流了许多，滴落在地上，湿了一片。

大家不再取笑他了，他的歌声改变了村人对他的看法。大家都理解他的处境，一个人孤苦伶仃活了一辈子，多不容易啊。

他唱得最多的就是《一对对大雁》。大家心里明白他为什么喜欢唱那首曲子。他也渴望爱情，但一辈子不曾表达，更不曾得到；他也有向往，但一辈子不曾实现，却暗暗努力地追求过。

他死的时候谁也不知道具体在哪一天。是一个冬天，好几天没见到罗峁峁的村人以为他病了,就有人端着热饭去看他,进了窑洞见他死了。村里有好心人找来几个青壮劳力在后山埋了他,他挣下的那口棺材被村里一个木匠上了一层油漆,光亮了许多。

村人整理他遗物的时候,在破褥子底下找到了一个包。打开包,里面装有几百元钱,还有几张照片,那几张照片是村里困难户家里孩子的照片。还有一张烟盒纸,背面歪歪斜斜地写着一行字:这些钱分给那几个孩子。

财子

  他的学名叫有财，财子是他的小名。学名叫得少，小名叫得多。他家在村里是最穷的一家，简直是穷疯了的一家。父亲早年在煤窑上挖煤，被塌下来的顶石拦腰压住，捡回一条要一辈子睡在炕上的命。母亲精瘦，患有气管炎，紧走几步路就会憋得满脸发紫。财子是家里的老大，老二也是个男孩。财子长到十六七岁的时候，拿着跟弟弟用了一个夏天剜的白蒿卖来的十几块钱，在县城里给他和弟弟每人买了一双当时十分流行的白帆布鞋。睡在炕上的父亲说他是个浪子，自己都没死，他就穿白鞋戴孝。母亲看到儿子冒腾腾地长那么高了，从来都没穿过买的成衣，长长嘘了一口气说，儿子自己挣的钱，他们自己花。父亲白了她一眼，两眼盯着窑洞顶不言传了。

  当初生下财子的时候，为了给儿子起个好名字，他们带了两升小米，专门到后湾的老先生家报上生辰八字，让给儿子起名。老先生起的名字叫尚明。儿子没满月，闹夜哭，天天晚上哭闹到天亮。父亲猜想是不是那个名字没起好，尚明的意思他理解成伤害娃娃的命，便改成有财。改了名字后，娃娃还是闹,他们没办法,只好请来村里的一个专治娃娃闹夜哭的老婆子。那老婆子把火柴头大小的三粒麝香,放在娃娃的脑门,然后用香头点着,说是祛风。最后又用铅笔在一张黄纸上画了一头倒吊驴,写上:天惶惶、地惶惶,我家有个夜哭郎。过往君子念一念,一觉睡到大天亮。让父亲把这张黄纸贴到马路边的墙上。过了两天,娃娃不再闹夜哭了。父亲觉得自己起的这个名字很好,不仅可以消灾解难,而且以后能够发财。如果儿子以后真能发财,那多好啊,穷了三辈子的人再也穷不起了。

说他家穷疯了,那是因为他们每年的收入少得可怜。种庄稼没劳力,仅靠母亲一个人干一会儿歇一会儿地劳作,往往是误了播种又误了收割,能从田地里刨挖回来的粮食不够半年吃。喂养的一头猪和一只山羊,是他们唯一的经济来源。卖来的钱远远不够给躺在炕上的父亲买药,何况母亲自己也常常要备一些治疗气管炎的药,因此,吃药都要节省着吃,能扛过去的病就扛过去。西瓜熟了的时候,村里人会买着吃,他家买不起,财子就把邻居家吃剩的西瓜皮偷回来,一家人用刀子削着吃那点红瓤。邻居家发现要喂猪的西瓜皮不见了,就向着他家大骂一通。一家人听得清清楚楚,谁也不敢出来应战,装作没听见一样,用手背擦着满下巴的西瓜汁,收拾着刚刚吃过的西瓜皮,等过会儿悄悄去喂自家的猪。

没有粮食填饱肚子,那就要挖野菜、吃糠窝头。财子的胃被吃坏了,吃什么拉什么,在那个夏天整个人成了个软布袋。一天午后,吃了糠窝头的财子蹲在茅厕里怎么也拉不下,憋得他大哭大喊。母亲跑到茅厕时,财子已经浑身大汗淋漓地倒在地上。母亲赶忙用一根小木棍捅进财子的屁眼里往外掏，掏出来的屎犹如石头一样。母亲已经是上气不接下气了，她把财子拉起来，回到窑里，一屁股坐在地上，张开嘴巴急促地呼吸着。

财子平时不太说话，弟弟比较调皮。弟弟跟村里几个孩子玩丢沙包，不小心把沙包扔在一个孩子的头上了。那孩子哭着回到家里，叫来全村有名的被称为"母老虎"的娘。那母老虎急匆匆地赶来，一边骂一边脚踢手打，把弟弟打得鼻子里流血。正在劈柴的财子听到弟弟的哭声，跑过来看到母老虎还不罢手，央求母老虎别打了。不料母老虎朝着财子的脸扇了几个耳光，财子的鼻子里也流出了血。财子动也没动，看着母老虎撒野。这时母老虎用脚接二连三踢着倒在地上的弟弟的头，他捡起一块石头砸向了母老虎的头。母老虎一怔，转过身看到财子的眼里冒着凶恶的光。母老虎头上被砸开了一道口子，血顺着头发梢流到了脸上和衣服上。母老虎用手抱着头大声哭叫着跑到财子家里，跳到炕上，一把推开瘫痪在炕上的财子的父亲，钻进被窝里，哭天抢地地闹着说，让财子把她今天打死算了。

财子知道自己捅下娄子了，心想，他们一家人总被村里人瞧不起，常常被别人欺负。他越想越气，就操着一根木棍回到家里。看见睡在被窝里耍赖的母老虎，他高高举起木棍，就要打下去，被站在一旁的母亲从后面死死抱住推到一边。像是疯了一样的财子，喘着粗气又要扑上去，吓得母老虎一骨碌爬起来跳下炕，跑出窑洞，哭喊着跑回自己家里。最后村里的人出面调解处理了此事，处理结果是财子家给了母老虎一公一母两只鸡，算是给母老虎看头的医药费。

财子真的敢玩命。村里人这样说。

村里人因害怕财子不计后果地玩命，渐渐没有人再敢欺负他们一家人了。财子到了二十出头的年龄，也就到了找老婆的时候了。财子心死了，他知道就他们家的条件，别说找个老婆，就是喂条狗，狗也不会来。财子的母亲和父亲眼看着把财子耽搁了，托村里人和亲戚，说哪怕找个寡妇、二婚、残疾的女人也行。可是有几个人介绍过几个寡妇，人家寡妇一了解财子家的情况和财子那闷脾气，就给介绍人说，她们找老汉是为了活命，不是去送死。

一晃财子的年龄到了二十五六了，在村里是老小子了，也就是很难娶下媳妇的老光棍了。这时，弟弟也二十出头了。弟弟不愿在家里待着，跑到南方打工去了。听说他在南方找了一个四川的年轻女子，给人家做了上门女婿。不管怎么样，二儿子算是安家了，财子的父母目前只是牵挂着财子。

一个秋天，财子的父亲一阵咳嗽之后，吐了一口黑血咽气了。村里人看到他们一家太穷太可怜，纷纷拿出一些东西救济，帮着财子埋葬了父亲。那天早上把父亲埋葬后，财子端着一大盘子过事吃的油糕，给村里的每户人家送几个，并跪下磕头感谢好心的村里人。村里人眼泪汪汪地看着财子快把头都磕破了，拉起他不让他再磕头。

秋天的雨是连阴雨，一下就是十天八天的，甚至会下半个月。村里人出不了门，也上不了山，只能窝在家里喝烧酒赌博。财子没办法融入他们的圈子，只好待在家里跟母亲拉话。母亲的气管炎已经很厉害了，睡觉的时候都要把枕头垫在腰下，而且头要枕两个枕头，才能艰难地呼吸着。到了阴雨天呼吸更困难，晚上几乎是靠着墙壁，半躺着睡觉。财子看到母亲被折磨得不成样子，决定要跟弟弟一样出去干点什么事，挣钱给母亲看病。可是他想，自己一旦离开母亲，母亲就没人照料了。于是他在这些天的连阴雨中想了很多很多。他想过出去抢劫，想过自己故意去撞一辆车拿些赔偿，也想过偷河对面那家有钱人家。他想要发财，想要有钱给母亲看病。他一次次陷入不能自拔的痛苦之中。

他想，自己腿脚都好好的，而且有一身力气，怎么就没个干得好的事呢？他的许多邪念歪想涌上心头的时候，就想起父亲早年对他和弟弟说的：一辈子穷断了气，也不能做伤天害理的事。他觉得父亲的那句话说得不太对。为什么要断了气，还不出去闹点事呢？这些天，财子的内心十分矛盾也十分痛苦。他就要带着菜刀迈出门槛闹事去，但转念一想，如果自己把事闹大了，母亲就没人照顾了；可是如果自己不出去弄些钱，母亲的病就永远好不了。财子不知道自己该怎么办，更不知道这个风雨飘摇的家该怎么办。

他不想到后村的那个私人煤窑去挖煤，他害怕里面黑洞洞的啥也看不见，一旦煤窑塌了，自己就永远出不来了。前些天那个煤窑瓦斯爆炸后，把十几个人都烧焦了。就是要死，他也不想死在煤窑里。他觉得自己走到了绝路，除过偷和抢别无选择。

这个念头让他这些天来辗转反侧，没睡一个安稳觉。母亲问他最近怎么了。财子说没事。母亲让他不要瞎想，好好地活人。财子不作答。母亲叹了一口气说，你还年轻，把家里的地种好，就不愁吃不上饭。财子心想，吃饭不愁，哪来钱给你看病？财子啥也不想说，蹲在地上用指头画着无规则的图案。母亲见儿子心事重重，以为儿子为娶不下媳妇犯愁，便说，你也跟你弟弟一样出去吧，到外地混去，说不定能成家立业呢。财子说，我不为自己的事难过，而是难过你的病。母亲噙着泪水说，只要你财子出去能活成个人，妈死了也就放心了，你走吧。财子一把抱住微微颤抖的母亲，默默地流着泪水。

财子终究打消了偷抢的念头。他不是不敢去做，而是担心自己做了坏事，被公安抓进去，母亲就活不了了。他到工地上背砖挣钱去了。他的苦力很受包工头的喜欢，一天能干三个人的活，只给一个人的工钱。包工头便每天多给他发两个窝头，算是奖励。财子也不计较自己出了多少力、流了多少汗，反正自己有使不完的劲，而且每天人家管吃管住，还能挣到五块钱，那也很不错了。那个时候一袋面粉十二元，五元钱能买将近半袋面粉，这个收入是诱人的，但是要挣到那五元钱，相当辛苦。财子能吃得下这苦，干得很高兴。干了有一个多月，工程结束了，财子拿着挣下的一百多元钱回到家里，买了一袋面粉、二斤猪肉和母亲吃的药，安安稳稳地跟母亲过日子。财子盘算着现在天没凉，还有工程干着，在家里待了几天，便又出去揽工。他出去跑了几个工地，工地满员，他不得不回到家里等机会。那二斤猪肉没吃完，母亲给他藏着。财子想吃猪肉烩板粉。家里没有粉条，财子花了一块钱买回一斤半宽粉条。母亲烧火做饭，蒸了一锅馒头，开始烩菜。沸腾的热水里煮着刚买回的粉条，财子用筷子捞出一根送到口中。粉条太长，他一边往下咽一边往进吸。一根粉条吃下去半根，卡在他的喉咙里了。财子咳嗽着，那根粉条吐不出来也咽不下去，他的呼吸十分困难。母亲看到蹲在地上的财子出不来气可急坏了，她用拳头在财子后背捶着，助力财子能够顺利出气。可是财子的呼吸更加困难，他的脸色煞白，嘴唇发紫，终于支撑不住倒在了地上。母亲急得大哭，最后扯住露在外面的粉条一使劲，把粉条扯出来了。财子渐渐有了气息，慢慢地站起来，看到那根带着血迹的粉条，狠狠地用脚踩了几下。那顿猪肉烩板粉，财子没有吃几口，他的喉咙疼得咽不下去食物。母亲唠叨着说，我的娃娃命是苦扎实了啊，吃一顿好饭都吃不成。

财子不打算出去揽工了。他觉得，听母亲的话好好把地里的庄稼打理好就行了。赶到腊月里，把那头猪和那只山羊卖个好价钱，加上他揽工挣的钱，今年的收入就不错了。想到这些，财子就安心地上山锄地去了。

第二年开春之际，村里那个水塘向外承包，一年承包费一千块。村里有钱的人不想承包，认为那个水塘承包回来创不下收入，会赔本的。有的说承包回来可以养鱼、养鳖、养鸭子。有的说咱们不会那技术，养不活；再说那都是南方人养的东西，咱北方人肯定养不活。

财子动了心思，他想承包，可是没钱。他试着跟村支书商量，能不能先付二百块承包费，等到年底把剩余的付清。村支书说，那不行啊，村里一分钱的收入也没有，上面来个领导都没办法招待，就靠这个水塘的承包费周转呢。财子问先付一半行不行。村支书说，那要我跟村主任商量了才能决定。过了近一个月了，村里再没有第二个人有承包水塘的想法。村支书和主任商量，万一承包不出去，那就一分钱也得不到。好在现在财子有承包的想法，而且能付五百块，倒不如给财子承包过去。村主任满口答应，问村支书，那要是财子赔了，剩下的那五百块承包费交不上来怎么办？村支书说，交不上来就交不上来吧，总不能把人当个钱来使唤。咱们抓现成的，有现在这五百也能干不少的事。村主任说书记这一招就是高。

　　财子把母亲用手帕裹了里三层外三层的四百多块钱拿出来。这四百多块钱是他去年揽工挣的一百多块，加上卖猪卖羊卖鸡卖粮的钱攒下的。还差几十块钱才够五百，财子和母亲犯愁了。一阵沉默后，母亲抬起头说，给远在南方的你弟弟发个电报，让他寄回来一点钱。第二天财子到五公里以外的乡镇邮电局给弟弟发了电报，弟弟回复说他钱不多，只能汇二百块。财子喜出望外地回到家里告诉母亲这个好消息，说弟弟顶上事了。

　　承包了水塘的财子，在塘梁上搭了个草棚，白天晚上就住在草棚里。一个宁夏的卖鱼苗的人来找他，说是可以让财子先欠着钱把自己的鱼苗买来投放到水塘里。财子说，只要你的鱼苗让我挣了钱，赶年底我给你把利息也付上。卖鱼苗的说，没问题，让你挣钱。我在这里住几天，简单给你教一些养鱼的技术。财子很高兴地答应了。

那一塘鱼赶过年卖了五千多块，财子把欠下的钱全部还完，还有三千块。财子和母亲满脸洋溢着过好日子的喜悦。从不抽烟的财子买回一条香烟，每天装一盒在口袋里给村里抽烟的人散烟。这些天，上门求婚的人来了五六家，财子的母亲帮财子选了一个年龄偏大，但没有结过婚的女子。正月初一那天，财子家一派喜庆的景象，唢呐手挣命般鼓着腮帮吹着唢呐，将新娘迎回财子家。财子终于结婚了。

第二年财子要继续承包那个水塘，村支书说承包费涨到两千块了。财子没还价，一句话就定了，找来村里的民办教师写了一份连续承包三年的协议。那个宁夏卖鱼苗的人再次找上门，跟财子的关系处得很好。财子好吃好住地招待，让那人很感动。卖鱼苗的就把自己养鱼的全部技术传授给了财子。财子说，只要今年赚了，一定有你的一份。

财子的老婆在家伺候着婆婆，每天把做好的饭送到水塘。财子很满意自己的老婆，他不时地偷瞄一眼自己的老婆，满心泛起浓浓的幸福感。财子渐渐觉得每天在水塘上无事可干有点无聊，卖鱼苗的说，我教你钓鱼。财子说，钓鱼那活太文，自己没那心境。卖鱼苗的说，那是你不会钓，你要是学会了，就觉得太有意思了。卖鱼苗的让财子砍了几根细长的木棍，加上细麻绳和烧红打弯的绣花针做了两根钓竿。财子果真迷恋上了钓鱼，他几乎天天坐在水边一动不动地手握钓竿。

一天清早，财子早早来到河边又开始钓鱼，不到几分钟一条鱼上钩了，他兴奋地收竿后站起来抓鱼，不料踩到河边的稀泥滑到水中，不会游泳的财子在水中扑腾着爬不上岸。他的双脚深深地陷进河底的稀泥中,不一会儿就倒在了水中。

怎么也找不到财子的家人一直以为他到山上去了。直到第二天,财子的母亲和老婆在水塘边看见财子穿的衣服漂在水面上,感觉到不大对劲,便叫来村里的人一起找财子。这事惊动了派出所,派出所来了几个民警也帮着找人。一天下来了,依旧找不到财子的下落。村里人七嘴八舌地说开了,有的说大概还在山里锄地呢,有的说可能上城去给鱼买饲料去了,也有的说他跟那个卖鱼苗的宁夏人去银川旅游去了。

派出所的人说有可能在水塘里。他们安排几十个村民每人拿一根木棍沿着水塘边,用木棍探着水下,看能不能找到财子。直到天都黑了,一村民大呼,他的木棍好像探到了,随后他的棍子挑出了财子穿的背心。派出所的人用几个手电筒照着那个地方,让会游泳的人下水看看是不是财子。会游泳的人说财子在水底下的稀泥里,陷进去有半个身子。

岸上的人喊着让他把人弄出来,那人说他力气小,拉不出来。派出所的人扔给他一条绳子,让拴在财子的腰部,然后让岸上的人往出拉。财子被拉出来后,母亲和他那怀孕的老婆都晕过去了。村里的老王说,这家人怎么就这么个命啊?刚要好过了,一下子又被打到十八层地狱了。

坏豌豆

"坏豌豆"是村里人给那个爱说是非、煽风点火的老女人送的外号。她的发型是"短帽盖",就是齐脖子剪的短发,看上去又像帽子又像盖子,村人管这种发型叫"短帽盖"。

坏豌豆在村里的女人堆里长相算是好的,留了短发后更显精干。她爱干净,窑里收拾得一尘不染。即便到了三四月里刮老黄风的时候,她都不停地擦着青砖垒成的窗台。日子久了,那粗糙的砖面被她擦拭得锃亮。

坏豌豆本名叫水凤,是从后山的凤凰村嫁到后湾村的。凤凰村的女人多,大都长得漂亮,但是提起凤凰村的女人,人们都会从内心里忌惮几分。有句话说"天上的冷子(冰雹),凤凰村的女子",说的就是这个村出来的女人不一般,有在外地做官的,有拦羊下煤窑的,也有吃了公家饭的,也有出去卖身求财的。坏豌豆归不到这些类别,但她的生存方式殃及了后湾村。

说她是一颗坏豌豆,道理和一颗老鼠屎坏了一锅汤一样。

村里有一个孤儿,父母前些年上山砍柴掉到沟底摔死了。孤儿跟着六十多岁的奶奶生活。孤儿到了六七岁时,奶奶管不住了,任他疯跑野奔地由着性子闹腾。坏豌豆看到失控的孤儿,便想利用孤儿为自己做点事。她把正在满院子乱跑着抓麻雀的孤儿叫回家,拿出一块玉米窝头让孤儿吃。孤儿惊喜地接过后狼吞虎咽地吃完,然后问坏豌豆还有没有,说自己没吃饱,还想吃。坏豌豆说,有很多呢,只要你听我的话,就给你吃。为了能吃到窝头,长期饿肚子的孤儿此后对坏豌豆几乎是言听计从。坏豌豆让孤儿去村头老王家的鸡窝里偷一只鸡来,孤儿说他不会偷。坏豌豆说直接在鸡窝里抓一只鸡就跑。孤儿说那鸡会叫唤的,他怕被老王逮住了。坏豌豆说,没事的,你是娃娃,你的腿脚快,老王追不上你。即使把你追上了,你就说你奶奶让你来偷的,千万不能说我。要是说出我的话,以后再也不给你吃窝头了。孤儿含含糊糊地点了点头,等到天一擦黑,便从老王家崄畔冲到院子一侧的鸡窝。孤儿掀开鸡窝盖,抓住一只鸡立马跑了。随着鸡的咕咕叫声,老王从窑里冲出来,看见一个人影一溜烟闪过门前土路,他便知道是偷鸡贼。老王顺着土路追了一段,失去了目标。他站在路上骂了一通便悻悻地转身回去了。孤儿刚才发现老王追来,灵机一动跳到土路下面,藏在一堆玉米秸后边。他使劲用手卡住鸡的脖子,生怕鸡叫出声来。他听见老王沉闷的脚步声消失后,便猫着腰轻轻地一路小跑,来到坏豌豆家。

坏豌豆让孤儿生火烧水,不一会儿炖鸡肉的味儿飘满整个村子。这时已是万籁俱寂的夜晚了,满天的星星冷冷地挂在天空中。住在上院子的老王丢了一只鸡后一直未合眼,他斜躺在炕上,叼着烟锅想着是谁偷了他家的鸡。突然,他闻到一股炖鸡肉的味儿。他想，这苦焦难挨的日子里，前不逢节，后不靠年的时候，谁家会富得在三更半夜吃鸡肉呢？莫非是在吃他老王家刚才失窃的那只老母鸡吗？

老王赶紧起来，循着炖鸡味儿来到坏豌豆家院子里。他停下脚步侧耳细听坏豌豆家里的动静，只听见坏豌豆嘴巴吧唧吧唧地吃着什么东西。他悄悄走到窗前，用唾沫濡湿窗纸，用手指捅个小洞看里面，看见坏豌豆正坐在锅台上拿着一个鸡腿啃着。老王断定坏豌豆吃的鸡就是他家被偷的那只老母鸡。他怒不可遏地一脚踢开门冲进去。坏豌豆和孤儿被这突如其来的闯入者吓得浑身发抖。老王端起锅摔在地上，骂坏豌豆这个婊子臭不要眉眼，不得好死。坏豌豆争辩着说是吃自己的鸡。老王抄起擀面杖就要打坏豌豆，坏豌豆一个兔登天，躺在地上大喊大叫着，说老王半夜三更来到她家欺负她、调戏她。老王慌了，他赶忙拉着坏豌豆的胳膊让站起来，并一再解释他是来要鸡的，不是来那样的。坏豌豆站起来扇了他两个耳光骂道，叫你老和尚来调戏老娘吧，今晚有你老和尚好吃的！一直观战的孤儿被眼前这风水轮流转的一幕搞得不知所措，他赶紧捡起掉在地上的几块鸡肉大口大口地吃起来。老王这才发现孤儿也在这里，他问孤儿为啥会在这里。孤儿说坏豌豆让他住下的。老王感到有点不对劲，为什么坏豌豆留下孤儿呢？他心想，肯定有问题。一个是爱做坏事的坏豌豆，一个是无人管、狗舔碗的野小子。他继续问，你晓得是谁偷了我家的老母鸡？孤儿说不知道。坏豌豆抢过话头对老王说，你跟娃娃家说啥话呢，亏你先人呢！你说，你调戏了老娘怎么办？老王被这一问吓得后退几步，说求你了，别提那事好吗？我不要鸡了，你能不能别出去瞎说？坏豌豆说，行，你明天给老娘我送一只鸡的话就饶了你。老王自认倒霉，真是"要鸡不成又蚀只鸡"，他答应了坏豌豆的条件。老王要离开，坏豌豆让他把孤儿带走。

走出坏豌豆家院子后，老王再问孤儿，是谁偷了我家的老母鸡？孤儿透过夜色看着老王眼里迸射出来的那丝犹如刀锋一样的冷光，结结巴巴地不敢说出是自己偷的，他撒谎说是坏豌豆偷的。老王一脸悲壮，仰起头嘴角狠狠挤出三个字：臭婊子！

坏豌豆占了老王的便宜后，很是得意。她哄来孤儿，给孤儿手里塞了几颗干枣后说，以后跟我干事，有你好吃的。孤儿抬着头迷惑地看着坏豌豆嘴角露出的那丝阴笑。孤儿顾不了别的，只要有吃的，啥都可以干。坏豌豆让孤儿帮她把扫好的一堆垃圾倒到崾畔。孤儿说，我还要两颗干枣。坏豌豆斜眼看着孤儿骂道，你这野儿子，敢跟老娘讲条件。孤儿说，你不给，我就不跟你混了。坏豌豆一个耳光扇上去。孤儿顿时大哭起来，口里不停地骂着坏豌豆是个大坏屄。坏豌豆见孤儿闹开了，赶忙抓了几颗干枣塞给孤儿。孤儿擦了眼泪，端着垃圾走出了门。

坏豌豆让孤儿去上院子的秋花家借礤子。孤儿借来了。坏豌豆说下午这顿饭吃洋芋擦擦，蒸着吃，蘸着蒜水吃。孤儿就流下了口水。在村里，这种洋芋擦擦饭，就是将洋芋在礤子上擦成丝，用面粉拌着蒸熟，然后用汤料调拌，是一种可口的饭。在那个年代，能有稀饭填饱肚子就不错了，能吃到洋芋做的干食就是很好的伙食了。没一阵子，洋芋擦擦出锅了。坏豌豆招呼着让老汉和孩子吃饭，却不给孤儿吃。孤儿一直站在地上眼巴巴地看着他们一家人吃得津津有味。他们吃饭时咂着嘴巴不时发出的声音，像猫爪子一样在孤儿的心里挠。孤儿实在是受不了了，他冲到那盆子洋芋擦擦前，用手抓了一把塞进自己的嘴里，吞咽下去。坏豌豆顿时火冒三丈，她一把揪起孤儿的耳朵，朝孤儿的嘴巴扇了几下。孤儿的鼻子里流出了血，大喊着骂坏豌豆说话不算数。坏豌豆那干起活来没日没夜的老汉忙过来劝开她。孤儿大吵大骂，闹得不可开交。孤儿甚至用脚踢飞了那盆洋芋擦擦，骂道，老子吃不成，你们谁也别想吃！坏豌豆见孤儿不依不饶，忙露出笑脸对孤儿说，我又不是不让你吃，你用碗盛着吃啊，为什么用手抓呢？老汉听坏豌豆这么一说，忙用一个老瓷碗将倒在锅台上的洋芋擦擦给孤儿盛了一碗，端给孤儿。流着眼泪和清鼻涕的孤儿一把接过来，二话不说便大口吃起来了。

第二天，秋花跟孤儿的奶奶要礤子，奶奶说没借啊。问孤儿，孤儿说他借给了坏豌豆，秋花让孤儿向坏豌豆把礤子要回来。孤儿去要，坏豌豆说，你这个憨娃娃，要是把礤子给了人家，那以后我就没办法给你做洋芋擦擦吃了。孤儿问，那该怎么办？坏豌豆教唆他，就说你奶奶把礤子拿去了。

秋花跟孤儿要不来礤子，就给老汉说了。老汉向孤儿的奶奶去要，孤儿的奶奶一头雾水。再问孤儿，孤儿害怕了，如实告诉是坏豌豆拿去了。秋花的老汉到坏豌豆家要，坏豌豆哪会承认，臭骂秋花老汉人没认下钱没挣下。秋花老汉性子很急且脾气暴躁，挨了骂的他几拳打得坏豌豆倒在门槛上站不起来。秋花老汉在坏豌豆家的米桶里找到了礤子。坏豌豆被自家老汉扶到炕上，盖了被子口中嚷着说自己被打得活不成人了，要去县医院治疗。坏豌豆的老汉知道老婆佯装着想讹人，便趴在老婆耳朵边轻声说，你看咱们跟秋花家低头不见抬头见的，不要把事情做得太绝，没啥事了就别瞎折腾了。坏豌豆一扭头，就把一口唾沫唾在老汉的脸上。老汉赶紧后退几步不敢言传了。

事情闹得大队书记出面来调解。秋花老汉是个硬骨头，他说就是把自己拉出去枪崩了，也不会给坏豌豆看病。坏豌豆说，如果秋花家不给自己看病，她就死给秋花家看。最后来了公社的驻队干部处理此事，大家都知道坏豌豆的名声在当地有多糟糕。村前村后的人议论纷纷，都说那坏豌豆早该被人教训了，所以都倾向于秋花家。坏豌豆知道自己理亏，闹腾了一阵子后就松劲了许多，只能哑巴吃黄连了。

被秋花老汉揍了之后，坏豌豆一直怀恨在心，她一直在伺机报复。一天，她叫来孤儿，让孤儿将一小瓶农药倒进秋花家的猪食槽。孤儿不知道是农药，便在正午大家都出山的时候，将那小瓶药水倒进秋花家猪食槽。下午的时候，坏豌豆听见上院子里的秋花家吵吵嚷嚷请来兽医给吃了农药的猪看病。兽医说，这猪早就死了。秋花哭着说，早上还活蹦乱跳的，后响里就死了。坏豌豆心里高兴极了，她站在自己那块穿衣镜前，用手蘸着唾沫把自己的"短帽盖"拢得整整齐齐，轻哼着曲子扭着腰肢，门里出门里进，甚是开怀。

晚上的时候，坏豌豆为了犒劳孤儿，给了他半个玉米窝头吃。

坏豌豆家的煤油灯闪闪亮着，一缕煤油烟袅袅升起。孤儿和坏豌豆一家人在煤油灯下搓着玉米棒子。在当时的农村，人们白天上山干活，晚上也不能闲着，一般晚上能做的就是搓玉米棒子。煤油灯的烟很大，一年下来，家家户户的窑洞顶都被煤油灯的烟熏成油黑色的，所以到了过年前就得刷窑。而生活在煤油灯下的人，每个人的鼻孔和眼圈都是黑色的，恰似下煤窑的"炭毛子"。第二天一家人洗脸的时候，一大盆子清水立刻就变成了像是被烟煤搅和了的浑浊脏水。

坏豌豆指使孤儿毒死秋花家的猪之后，心理上的满足感促使她又有新的报复计划诞生。她嫁到这个村后，从没有人像秋花老汉那样打过她。她觉得自己在村里的地位受到了严重的挑战，她想让秋花老汉在自己眼前彻底消失。因为每次与他打照面的时候，那老汉总是眼睛瞪着她，害得她要赶紧避开。

等到了过年的这一天，坏豌豆叫来孤儿吃"八碗"。孤儿吃了个大饱。坏豌豆又将一小瓶农药交给孤儿，吩咐他今天把这瓶药水倒入秋花家的稠酒里。坏豌豆给孤儿承诺说，如果事办成了，就收留孤儿做干儿子。孤儿一下子觉得自己以后的生活有了出路，他满口答应了坏豌豆的条件。孤儿拿着那小瓶农药溜到秋花家。秋花家里人很多，都是村里的人。他们聚在一起打扑克、玩骰子、押名宝。孤儿的到来没引起别人的注意，他悄悄走到锅台上那锅没有盖盖子的稠酒跟前，拧开瓶盖，迅速把农药倒进锅里。

坏豌豆一直在自己院子里偷听着上院子秋花家窑洞里发出来的所有声音。秋花家人多，嘻嘻哈哈、吵吵闹闹、乐乐呵呵的玩耍声令坏豌豆满心嫉妒。她一边嗑着瓜子，一边假装喂猪，一直偷听着秋花家的一切响动。这时，她听见秋花对家里玩耍的人说，大家别耍了，每人喝上一碗稠酒再耍。她的表情显得有点紧张，听见丁零当啷的碗声。她开始抻着脖子竖起耳朵，全神贯注地听着上院子的动静。不一会儿，她听见有人冲出窑洞到院子里呕吐的声音，听见有人在窑里开始呻吟，有人大喊着肚子疼……

过年这天，发生在秋花家的中毒事件，造成包括秋花家小儿子在内的五人死亡。而秋花和她老汉因为招呼村人，并没有喝稠酒，逃过一劫。这事惊动了全村乃至整个县城。公安部门在当天晚上就破获了案子。坏豌豆和孤儿被连夜带到县城的看守所。孤儿被关了一阵子之后就被释放了，坏豌豆第二年冬天在村子前面的河滩里被枪决。枪决坏豌豆的那天，天干冻，刮着老黄风，村里的老老小小都去看热闹了。坏豌豆被拉下车，推到刑场执行枪决的时候，村里几个爱唱信天游的人站在对面的山峁上，高声唱着：一庄子善念一庄子人，一庄子出了一个坏豌豆。千不该万不该你把事做绝，千刀万剐不解恨……

罗小

罗小没念过书，十四岁的时候个子长到一米七，体重刚刚一百斤，整个人看上去像一根软绵绵的麻绳一样，风吹过来就会摆动。罗小走路的时候头向左歪着，给人感觉他有偷窥的毛病。他是孤儿，父母在他伯父结婚的那天，作为迎娶新娘子的主要亲属，乘坐一辆在车头贴了一幅红双喜的手扶拖拉机，去村子的后山迎娶新娘。在迎回新娘的路上，拖拉机翻下后村子公路边近一百米深的沟，车上包括新娘子在内的十几个人全摔死了。伯父受到打击，再也没结婚，就养着罗小过日子。伯父平日里爱喝口烧酒，喝醉了就打罗小，说罗小父母害苦了他这一辈子，酒醒了，就不大计较了。伯父主要靠种点庄稼养着罗小，到了开春青黄不接的时候，米缸就见底了，伯父牵着罗小到周围的村子里讨一碗稀饭和几块窝窝头混日子。人家的孩子长到八九岁的时候都在村办的学校里上学了，罗小交不起五块钱的学费，从未念书。有一年开春的时候，伯父在地里种上谷子后，没回家，直接到后村里一家闹满月的人家去讨点吃的，不料喝多了人家的烧酒，回来的时候走到当年给他娶老婆那天一拖拉机人遇难的崖畔，一脚踏空也摔下去送了命。村里人议论纷纷，说罗小伯父那个没过门的老婆显灵了，硬是把他伯父带走了。罗小从此没人管了，那一年他已经十二岁了。

经村里人介绍，罗小到离村子十多公里的一个煤矿上，靠捡煤块换饭吃过日子。那正是工业学大庆的时候，煤矿是二十四小时三班倒，也就是说一整天一直有煤会运出井。捡煤块的人很多，聚集了周围好几个村子几十个老弱病残的人。他们每人提着一个柠条筐子，等不到矿车里的煤倒出来，便纷纷上去把手伸进还在轨道上走着的矿车里刨出一块块乌亮的煤块。这里似乎是福利院，周围村子里的人，一旦不能到田地里种庄稼了，大多会选择到这个煤矿上来捡煤块度日。这些捡煤块的人大多住在煤矿周围的一些废弃了的破旧窑洞里。那些窑洞有百余年的历史了，都没有门窗，他们就将石头和玉米秸之类的东西堵住窑洞敞开的口子遮风挡雨。他们每天用捡来的煤烧一锅水，然后撒进一把小米和一把玉米面或者高粱面，再扔进去几个土豆，就是一顿饭了。到了冬天，他们在自己捡来的煤堆里，挑一些煤矸石垒个火塔取暖。

捡下的煤块一般是卖给那些赶着驴车来的买煤人，买煤人不会掏钱到煤矿上去买煤，他们来到已经形成交易市场的煤矿跟前的这个村子里，买捡煤人的煤。这里的价格很便宜，远远低于煤矿上的价。有时候，不用出钱，带些粮食也能换回一车上好的煤。

捡煤的人群里自然而然产生了"红头"。红头是本村的一个六十多岁的瘸腿老汉，老汉的老婆是个疯子，不打人不骂人，就是流着口水憨笑着四处疯跑。刚疯的那些年，老汉拐着腿每天四处寻。后来老汉不管了，任老婆四处疯跑。老汉没儿没女，看似有个家，实际形同虚设，经常到煤矿的煤渣地上看管那些捡煤的人。他手里拄着一根红柳木棍，看哪个人不顺眼，就用棍子指着人骂，有时还会打人几棍子。捡煤的人为了巴结他，每人每天会给他送来半筐子煤。这样一来，红头每天得到的煤远比其他人多。那个煤市场就在公路边红头家三孔窑洞的院子里。红头每天很忙，既要到矿上去看管那些不听话的捡煤人，又要回来帮忙给他们卖煤。卖煤的时候，红头是向着捡煤人的，他不图个啥，就是要在这个圈子里显示出他的主宰地位。有时候别人发一根烟让他抽，他会叼在嘴角一口气抽完。

罗小一开始不懂规矩，舍不得每天给红头送煤。红头骂了两次后出手用棍子打了他几下，骂他是个驴脑子入不了行。罗小被打得摇摇晃晃快要倒下的时候，好像他的腰是皮筋，一躲一闪一弯一折又站直了。罗小心想，凭什么要每天送你半筐子煤？你又不是皇上。其他捡煤的好心开导罗小，如果不给红头送煤的话，这里就混不下去。罗小有些不情愿，但他答应给红头送煤。红头唾他一口唾沫骂道，不想吃这碗饭的话给老子早早滚！

罗小已经是多次被红头打骂了。红头说罗小不是个好东西，心眼子不够数，送他的煤上面放着好看的煤块，下面是"冒炭"。冒炭，是这里的人对煤矸石的叫法。事实上罗小并不是每次这样做，有时候实在舍不得给红头好煤，就夹杂着一些冒炭。红头不依不饶，决定要赶走罗小。罗小觉得不公道，他给别人讲述红头对他的做法。别人说，娃娃，你咋就这么个死牛疙瘩呢？你敢跟红头平起平坐？人家现在啥也不怕，你呢？你算个屁！

罗小死活咽不下这口气，在一个晚上，他一个人悄悄来到红头睡觉的那孔窑洞门口，点着一串干辣椒要呛死红头。红头被呛醒来后，看见门槛里有一串干辣椒冒烟，光着身子一拐一跳地跑出窑洞大骂：哪个驴日的做了这个坏事，头上害疮脚跟流脓不得好死，养下的娃娃不长屁眼。

罗小假装啥也不知道，第二天照样到煤堆上捡煤。红头早早就来到煤堆，眼睛恶狠狠地盯着罗小，罗小躲过他的眼光开始捡煤。红头过来一棍子打在罗小的背上。罗小哎呀一声倒在煤堆上，抬起头质问红头为什么打他。红头骂道，你别给老子装了。罗小慢慢站起来说他啥也不知道。红头又一棍子打过去，罗小一把将棍子夺过来扔到沟底，转身跑了。

罗小被红头赶走了，他一口气跑到两公里以外的一个村子里停了下来。这已经是冬天了，路边的一片残雪上落满了黑色的灰尘，有一块像锯齿一样，犹如红头咧着的口，狰狞地张开。罗小用脚去踩，一直踩得这块残雪不见模样。

罗小很茫然，不知道要去哪里。他不想回到自己的村子里，他还撂不下没有卖完的那一堆煤，于是他又转身往煤矿走。他故意走得很慢，想消耗时间赶天黑到。他白天不敢去，怕红头遇见。等到天黑得伸手不见五指时，他敲开平时跟他关系不错的一个害抽风病的门。罗小要"抽风病"帮忙把他的煤卖掉。抽风病说，你的煤被红头扣了。今天后响里，红头立马就把你的煤卖了。罗小问卖了多少钱，抽风病说，本来能卖二十几块钱，红头却只卖了十三块。罗小感到自己的心跟外面的天一样冷。他夺门而出，奔向黑夜里。

走投无路的罗小找到村里一个熟人，跟他到南川里的一个煤矿下煤窑。罗小是新手，不会挖煤，只能从运煤开始，每天要从采煤的作业面将四五吨重的矿车推到井口底下。他的力气不大，到了上坡的时候必须要用膝盖顶着矿车，咬着牙一步一步挪上去。每一次上坡他都会脸涨得通红、浑身抖个不停、大汗淋漓。即使很苦很累，但是有一日两餐的大烩菜和"老黄"管饱吃。老黄是玉米面做的大窝头，这里的人俗称老黄。第一次在煤矿的澡堂子里洗澡出来后，罗小大变样。原来他的皮肤白皙，头发黑亮，是个模样清秀的小伙子，而且略带羞涩，像个弱书生。

他跟另外一个四十多岁的老工人住在煤矿前面的一户人家的窑洞里。那个人微胖，说话神经兮兮的。他告诉罗小，说他自己的身上附着黑虎灵官，是个神。罗小相信这个人是神。这个人叫王三，娶过三个老婆，生了五个孩子。头一个老婆坐月子死了，第二个老婆跟别人跑了，第三个老婆是个"半片子"（残疾人），在磨房里一只手被机器卷进去，搅成肉泥了。这第三个老婆虽是个半片子，但脑子聪明，管着王三挣来的钱，打算再攒一些，在川道里买两孔窑洞。

王三一般是到院里煤矿北边的村子里以神汉的角色出现，给人看病。农村人迷信世上有神仙，生病了，第一选择是请来神汉，这样病人可以不出屋，成本低。若是到医院去看病，病人不但要受几十公里山路的颠簸，而且在医院里跑前跑后都找不到办事的地方，更要命的是花很多钱也不一定能把病治好。请个神汉或者神婆过来，既方便，价格又低，一般二三十块钱就能把事办了。

王三看病的时候喜欢带着罗小，他对病人家属说，罗小是他的徒弟，跟上要伺候"马童"。马童是这里的人对神汉和神婆的称呼。王三早就给罗小教会了伺候马童的那一套。烧香、磕头、敬酒、剪纸人、撒五谷、唱道情等，都是伺候马童必须要会的。罗小不笨，已经学得很熟练，而且可以超常发挥。比如有一次，王三躺在病人家的炕上，呜里哇啦唱着神曲给病人诊断病情的时候，口中含含糊糊唱出，病人的魂灵早在半个月之前就跑了，现在是一条死狗的魂灵附身在病人的身上。家属吓得不得了，一大家子人跪在王三跟前磕头不止，请马童救救苦命的病人。王三闭着眼睛，灵活地掐着指头说，这条狗的魂灵已经成了精。家属更是磕头不止，不停地祈求，盼黑虎灵官马童快快救人。附身于马童的黑虎灵官，在这里是至高无上、无所不能的神灵。王三的表情看上去异常痛苦，他的唱调是以信天游为主，撒手锏是唱道情。大家都知道，神灵开始看病的时候，要附在凡人身上，也就是说要附在王三身上，这样神灵会折磨王三，驾驭王三。因此每一次出去看病，王三的表情都很痛苦。所谓的撒手锏，就是病人病得很重的时候，就要唱道情。道情是当地的一种民间小调，旋律既委婉哀怨又粗犷奔放，有时候如泣如诉，有时候大喊大叫。当在场的人听到马童唱道情的时候，就知道病人的病不轻，要治好有难度，但是又相信神通广大的黑虎灵官能治好。

　　王三的嗓子天生就是唱道情的，不说装神弄鬼看病救人，单是那一曲罢了又一曲的道情唱腔，也会感染人的。王三正唱得兴起，连打几个喷嚏，直打得鼻涕流到口里。打罢继续唱，但是显然没有了刚才营造的那种哀伤的气氛。现场被这突如其来的喷嚏搞得有点尴尬，罗小急中生智给家属们说，这是黑虎灵官显大灵了，这几个喷嚏是给咱们凡人透露消息，看来你家病人的病真的很重。躺在炕上的王三听到罗小这样解围圆场，激动地站起身对罗小连着跺脚，大声说道：神才。

　　罗小跟着王三出去伺候王三，就是混一碗鸡蛋面。一般家户请神汉神婆来驱邪看病，招待的饭就是一顿鸡蛋面，然后再给二三十块钱。

　　罗小渐渐地也学会这一套装神弄鬼的法子。他曾给一个工友说，一天晚上有个白胡子神仙给他托梦了，说他是神仙下凡，孙悟空的替身。工友看他这么瘦，就是孙悟空的样子。他还对工友说，如果有人生病中邪了，就叫他去治。工友说，正好他村里有个人害了好几年的软病，请了几次马童都没治好，要不让罗小去看看。罗小说可以，不过最低要二十块钱。

　　罗小背着王三跟那个工友去给别人看病。他模仿王三的那一套，哼唱着信天游，告诉病人说自己是孙悟空的替身，病人的软病是一个女妖精附身。这个女妖精是被孙悟空抽过筋的，所以浑身发软，走路没精神，全身没力气。病人家属觉得罗小把病诊断得很准确，一再祷告要把这病看好。罗小有点得意，他平日里也喜欢喝酒，对病人亲属说，孙悟空现在要喝酒，赶快上酒来。病人家属赶紧拧开一瓶子烧酒递过去,罗小一口气就喝完了。没过一会儿,酒量不是很大的罗小醉得一塌糊涂,爬都爬不起来,给人家吐了一炕。工友和病人的家属看到这一幕,顿时傻了眼,不知罗小怎么收场。来看热闹的一个后生发话了,说罗小根本就不是马童,是个酒鬼。工友显得十分难堪,他不知道该怎么给村里人解释。病人的父亲问工友,罗小是不是真神?工友说,应该是真的啊。病人的父亲说,真神还能喝醉?工友没办法回答,不作声。那个后生一拳打在罗小的头上,骂道,你就别给老子装了,赶快滚回去。罗小动也不动,直挺挺地睡在炕上,口里往外冒脏物。工友拉起罗小,架着他离开。后面有病人家属追来,要工友赔那瓶烧酒。工友从口袋里掏出几块钱,一把扔下就走了。

罗小装神弄鬼的事传遍了煤矿。王三狠狠臭骂了一顿罗小,把罗小赶了出去。罗小只好到一家矿上打工,一个人住在煤矿上一间没门的旧房子里。罗小也在想,自己为什么啥都干不成?世上的事人家能做,自己就不能做?捡几天煤,被红头欺负了,招架不住;当个马童吧,人家王三哄人哄了好几年都没被识破,自己第一次就被识破了。他越想越觉得自己的命不好。于是,他在这一夜陷入深深的思考,思考以后自己怎样才能在煤矿上站稳脚,怎样才能娶到老婆,怎样才能活出个人样来。他辗转反侧,无法入睡,突然想起了村里的民办教师,那个民办教师平时戴副近视眼镜,说话慢吞吞的,一看就是有文化的人。人家现在受村里人尊敬不算,还早就娶了老婆,生下一儿一女,活得跟神仙一样。罗小想,可能是因为自己没有读书，才导致做什么什么不成，干什么什么出错。他决定从第二天开始要学着识字，把眼睛学得近视了，也戴一副近视眼镜，那样的话，出了门就能得到别人的抬举。

第二天，他让矿上过磅的老王用几张废纸写了自己的名字，然后带回来，拿起老王给的那半支铅笔学着写。他学得很认真，一笔一画很快就学会了写自己的名字。尽管写得歪歪扭扭，如牛头一样大，但是能认得出"罗小"这两个字。他也喜欢画画，到煤矿前边的那个小卖部买回几本小学生写生字的本子，每天下班后，借着十五瓦灯泡微弱的光线，在每页纸上画着一个个形态各异的娃娃头像，然后在下面写上自己的名字。

罗小迷恋上写字画画了，他到地摊上买回好多小人书，每天照着写字画画。尽管有不少不认识的字，但是他也不愿意向别人求教了。因为前几天他又去磅房向老王学认字，老王说他麻烦死了，于是他宁愿认不得，也不在老王面前低三下四了。他只是自己写自己看，看见本子上密密麻麻的字，心里就很开心。他多么想早点让自己的眼睛近视，有一次他到县城的一个眼镜店让老板看看他的眼睛近视了没。老板让他认一个牌子上画着的"E"，他站得老远能一个不差地认出来这个符号上下左右的开口。老板说他的视力超过了1.5。罗小问，我的眼睛啥时候能近视呢？老板说这辈子都近视不了。罗小受到了打击，沮丧地离开了眼镜店。

矿上的人慢慢知道了罗小喜欢写字画画，纷纷到他住的屋子里来看。罗小给大家说要给他们每人画一张像。工友们东倒西歪地摆出坐着、蹲着、站着、跷着二郎腿、背着手、露个侧脸等姿势让罗小照着画。罗小兴奋极了，他画的速度很快，不到半个小时就画了七八个人。工友们争着看像不像自己，有的说像鬼，有的说像猴，也有的说是个四不像。

罗小不管他们怎么评论，依旧每天下班后学着写很多不认识的字，照着小人书的图画不停地画。一次，他画到《西游记》那套小人书里的孙悟空被压在五行山下的时候，不由得伤感起来。当看到孙悟空被压在那座大山下，咧着嘴，瞪着眼睛，两手抓着草时，他心里很难过。他觉得自己就是孙悟空，有很大的本事却被别人压着。他的眼眶湿润了。他是一个很少掉眼泪的人，很多在常人眼里的苦难，对于他而言都不算什么，他习惯了被别人冷落、淡忘。他觉得自己就像一棵草，自生自灭，无人问津。

罗小听到一个好消息，说是那个曾欺负过他的红头从煤堆上掉下去摔死了。为了确认这个消息，他连夜赶到那个煤矿上去打听。从他现在工作的这个煤矿到红头村里的那个煤矿有十多公里的路程。罗小翻山走近路，不到一个小时就到了。快到红头家门前了，他远远地就抻长脖子看红头院子里有什么动静。如果院子里有人哭，有很多人走动，有挂起的白纸条子等，就说明红头真的死了；如果一片安静，没啥动静，那就说明红头没死。罗小看到了他想看到的景象，红头院子里有很多人在说话，也有人在哭，最要紧的是，他看见一口棺材放在院子里。罗小长出了一口气，觉得老天爷替自己报了仇。

受王三的启发，他准备攒钱，想娶个老婆过正常人的日子。他觉得自己每天写字画画浪费那么多的纸和铅笔是不应该的，他决定一分钱一分钱地节约，要攒下一笔能够娶到老婆的钱。在这里，要娶到老婆，彩礼钱是根据女方到男方家的路程、男方的年龄和家庭情况来计算的。像他这种条件想要娶个老婆，最少要一万元。在当时来说，出现一个万元户都是整个村子的荣耀。罗小决定不去煤矿的食堂吃饭，每天两顿饭最少需要一块钱。他自己买回小米，做干米饭吃。没有一点菜，他就将吃了会害肿脖子病的那种看上去脏兮兮的大颗粒盐巴撒在小米饭上面，就是一顿饭了。有时候小米饭太干，咽的时候把食道蹭得疼，他就喝一口凉水冲下去。这样一算，一顿小米饭不到两毛钱就够了，吃饭成本远远低于煤矿的食堂。

罗小在这个煤矿上干了将近三年时间，攒下的钱有三千多块了，这也是一笔不小的数额。他渐渐觉得自己是个有钱人了，心里面开始瞧不起其他人。有一次，罗小下班后到煤矿一个工友的宿舍里转悠，看见几个人在玩一种"掀老牛"的扑克牌赌博游戏，便以目空一切的表情一言不发地斜视着他们。有一个工友因为输下几元钱给不了对方，被那个赢钱的工友催着要，两个人没说几句话就打起来了。罗小指责那个输钱的工友，说，没钱就别玩，这点小钱都不带，还出来混世事。那个工友一听罗小在这里添油加醋，转身就是几拳头，把罗小打倒在地上。罗小站起来拍了拍身上的土说，不跟你这样没文化没教养的人计较了。说完就转身准备离开，不料那个工友一把抓住罗小的衣襟，又是几拳打在罗小的脸上，罗小的鼻子和口里流出了血。其他人在劝架，那个赢钱的人说，他赢的钱不要了，别再打了。那个输钱的工友不依不饶，依旧抓住罗小不放，骂道，你这个野种也敢在爷爷跟前骚情，看爷爷今儿个敢不敢要你的小命！罗小有点心慌，他担心这个人真的要了他的命。罗小忙说，你别打我了，你输的钱我来出行不行？那个输钱的工友说，好，你给爷爷出，再给爷爷出去买一瓶烧酒，今天就饶了你。罗小说行。这样才算完事了。

罗小这次受挫后，很快就恢复到原来的样子。他虽然有几千元钱可以撑底气，可是他的骨头太软，觉得自己好像天生就害上了和那个曾请他去看软病的人一样的病。罗小再一次陷入万念俱灰的绝望中。他觉得这个世界没有自己的立足之地，更觉得这个世界根本就不把他当回事，处处跟他过不去，处处要把他逼到绝路上。他没脸面在这个煤矿上混了，他必须离开这里。

罗小不知道自己该去哪里，他装上攒下的那几千元钱，走上煤矿的那条煤尘飞扬的公路，站在公路边呆呆地望着一辆辆拉煤车呼啸而过，被笼罩在一阵又一阵汽车扬起的煤尘里。

合子

有人说，再过半个月过了年，合子就五十一岁了。过了五十岁的人就会安静下来，那些棱角和锐气被层层加码的年龄打磨得没棱没角、没有了硬度。寒冬腊月里的合子穿的衣服依旧是刚入冬时的那身棉袄棉裤，这套衣服满是污渍，分不清是什么颜色，看上去微微发亮，亮光之下的衣服表面上没留下一点洗过的痕迹。这不曾洗过的衣服对于合子来说，穿在身上更自在一些。

合子的左腿似乎有点毛病，走起路来不能与右腿相协调，导致整个身子在走路的时候向右倾斜着。他的嘴很大，从来没有闭住过。有人说他睡觉时也是张着嘴巴，哈出的气白生生的像飞机的尾气。上下两排从未刷过的黄牙从宽大的口中露出，十分抢眼地展示出他时刻都想吃东西的欲望。他的腰间缠着一根胳膊粗的布条，布条上挂着一把长把子斧头，有时候他会把斧头扛在肩上从人群中走过。他当然从不洗脸，有人说他脸上的污垢有一寸厚，有人说他更像个挖煤的。

那辆没有闸的自行车是一个收废品的老板送给他的。他每天骑着这辆简易到只有轮子和把手的自行车到处转悠。

他喜欢冒险，在龙虎山一路飞车从山上向下飙。如果遇到障碍，他会伸出双脚，通过直接与地面摩擦来减速。有一次他的一只脚被卷入前轮，他摔下时右脸先着地，擦出半张脸的血印子。

合子的故事颇多，人们津津乐道地谈论着，颠覆着大众对乞丐的一贯认知。

早些年，合子跟着一群乞丐到处赶红白事，每天饥一顿饱一顿地混日子，过着无所事事的生活。有一次，在一家迎亲的喜事上，宽厚大气的事主家安排了一桌饭给这些乞丐，并吩咐掌盘者给他们上好酒好肉，管个够。这可让大伙开心极了，他们握着筷子，迫不及待地站起来，眼睛齐刷刷地朝着上菜的那个方向望着，等着上菜，而十七八岁的合子则习惯性地微张着嘴笑嘻嘻地坐在椅子上，一点都不像他们那样。终于等到掌盘者上菜了，大伙的筷子在没有落稳的碟子里挑起油水滴答的菜放进自己的碗中，上来的菜等不及放到桌子上，就被抢光。有的直接用手去抓；有的干脆离座，到半路上等菜；更有甚者将碟子抢过来，直接把菜倒进自己事先准备好的口袋里。合子实在看不下去了，他站起来吼着让大伙都坐下。但是根本没人听他这个刚出道不久的毛后生的话，有的还骂他多管闲事。合子提起平时走路当拐杖用的那根枣木棍扫过去，将半路上等菜的一个家伙手里的碗击落。大家对合子的这一举动感到十分意外，被击落碗的乞丐转身一拳打过来，合子躲开，然后一棍砸过去，砸在了这个乞丐的头上，他的头上顿时流出了血。乞丐们都傻了眼，面面相觑，刚才饭桌上混乱的局面一下子静止了。围观的人来了很多，事主家赶快过来劝架。合子不依不饶，挥舞着手里的棍子指着被吓到的其他乞丐，大声呵斥道：咱们遇上这么好的事主家，不规规矩矩坐下吃饭，还他妈的抢吃抢喝，给咱们丢人现眼！

经过这一事件，合子的地位在这个群体中顿时升高了，同时确立了他的帮主地位。从此这个混乱的江湖局面被统一了，小镇上二十多个乞丐大多数在合子面前言听计从。后来他们去赶红白事和商铺开张等事时，负责事情的总管把打发他们的钱都交给合子，合子再平均分给大家。合子给大家立下了规矩：不许阻拦迎亲队伍要钱，不许在场子上赖着不走，不许偷盗，不许没良心等。

合子的名声渐渐传了出去。他看上去咧着嘴嘻嘻哈哈地穿行在大街小巷，其实心里明白着呢。有路人迎面跟他打招呼，他总会以微笑回敬。他骑着的那辆自行车过些天就会多一件东西挂在车上，自行车的两侧挂着小板凳、喇叭、绳子、气球等，远远看去像个走村串户的小商贩。

有一次，不知道谁给了他一个破旧但声音响亮的音响，他挂在自行车后面骑着一路狂飙，音响里发出的声音像一条带子随风而过。这下逗乐了大家，有人拦住他的自行车想把音响看个究竟，合子依旧是咧着嘴笑嘻嘻地不作答，任凭别人问这问那。这是一个充电式音响，里面储存着十来首老歌，如果打开开关，歌曲循环播放，电量足够用一天时间。城管给他说，以后不要早上起来打开，晚上才关掉，这样会影响到别人的。合子知道是什么意思，从此他尽量不在人多处开音响，也不在中午和晚上开。

合子在大众眼里的身份从乞丐渐渐转化为娱乐者。他的出现总能让大家眼前一亮,不管是他的外在形象,还是言谈举止,总是不按套路出牌,与常人格格不入。而这种娱乐性不是他装出来的,是天性自带,如同隐藏在他骨子里的忠厚公正。

一个夏天的傍晚,正在河边墙角靠着墙眯瞪的合子听见河里有东西掉进去,他睁开眼看见有一个人正在河水中挣扎,赶紧起来拿起棍子伸入水中,喊着让那人抓住棍子,试图将落水者救上来。可是他怎么喊都无济于事,尽管棍子已经递到这个人跟前,但是这个人根本就不用手去抓棍子。合子急了,直接下水去救。既不会游泳,腿脚又不利索的他刚下水没多久也被淹了。河堤上面就是街道,围观的人早就站了很多,这时有几个穿着警服的人跳下河,救起了合子和那个落水者。

合子被水呛得脸盘子憋得很大,咧开的口中河水哗啦啦流出来。警察说送他去医院检查一下,他摆着手说不去,随即从地上站起来走了。

后来合子听说这个落水者是专门去自杀的,却被合子阻止了。有人开玩笑对合子说,你看似做好事,其实对那个自杀者来说是做坏事。合子笑嘻嘻地说,我就爱做这样的坏事。

冬天很冷,零下二十摄氏度的夜里,大桥旁的自助银行里有暖气,合子就在这里过冬。白天的时候他把自己的破被子、破衣服和碗筷装进一个蛇皮袋,放在大桥的栏杆外面,晚上再带到这里来过夜。与他一起过夜的,或者说陪他一起过夜的,是很幸运的两名乞丐。因为在这个群体里,合子的地位没人能撼动，显然，他的排行老大的名头也不是空穴来风的。所以说想跟合子一起混的人，必须是合子容得下的人。比如那两个跟他一起在自助银行里过夜的人，平日里都跟合子走得近，而且天天帮忙收拾铺盖。自助银行的玻璃门之间有缝隙，挡不住外面的寒风，因此他们需要喝酒来取暖，他们的酒是靠那两人白天从别人家红白事上带回来的，大多是半瓶或者更少的。

他们不一定每天能喝到酒，有酒的时候，三人拿着酒瓶轮着喝。有一个不胜酒力，喝一点就摇摇晃晃地歪头倒地入睡了；另外一个喜欢看书看报，喝酒后拿起书报要看很久；而合子酒量还可以，喝完酒后钻进被窝里瞪着眼睛看着大街上来来往往的人和车。不知道啥时候入睡的他们，第二天会被银行的工作人员早早地叫醒赶走。冒着清晨的寒冷步入大街后的他们显然迅速陷入茫然之中，他们的方向从来都是迷茫的。在没有红白事的时候，下一步去哪里，谁也说不出个东南西北来，于是他们走着走着就走散了。

合子有时候会来到医院的大厅里避寒。医院大厅里很暖和，他在入冬前首先考虑的晚上过夜的地方就是这里。他第一个晚上住在医院大厅靠近卫生间的那个角落，还没睡着就被赶出来了，后来才选择了那个自助银行。

医院大厅里的早上是一派繁忙的景象，坐在椅子上的合子猫着腰闭上眼，双手插进衣袖渐渐入睡。他的耳朵里时不时听到人们排队挂号买药的嘈杂声和急匆匆闪过去的急救室的哭叫声。他像一个老者，大厅里发生的一切似乎都触动不了他的神经，即使有人大喊着说死人了，他眼皮也不抬一下，必须要将这种睡眠状态保持到自然醒。

合子腰里挂着一把长把子斧头，小镇的人大都知道他的用意。一年春上，合子骑着自行车路过街道，忽然冲出一个人，一脚把合子从自行车上踹了下来。毫无心理准备的合子被那人压在地上打了个半死，他的双腿不停地抖动着，整个身子也出现了抽搐的情况，那人把合子打得直至昏迷过去。赶来的警察控制了打人者，并叫来救护车把合子拉到医院抢救。

被抢救过来的合子转到住院部后牵动着很多人的心。有的人是出于同情去看望，有的人是看个热闹，也有的人是不声不响远观合子的喜怒哀乐。合子头上戴着一个医用网状绷带帽，透过网格可看见两块拳头大的白色纱布包扎着伤口。医生说这两处伤口总共缝了十三针。他住院期间没有亲属和朋友护理，有人想到跟他一起睡在自助银行的那两个人，问合子为什么不见他们来。合子微张着嘴笑嘻嘻的，不作答。医院里专门安排了一名护士来照顾他，每天给他买饭、洗脸，以及买卫生纸、牙缸、牙膏、牙刷等生活用品。

合子在病床上闲不住，更不想打吊针，总是找理由要下床。一次他给护士说要上厕所，护士等了好一阵子不见他回来，出去找，听别人说见到他在大街上溜达。护士给医院院长汇报了情况，院长立即安排了几名后生到大街上把他找回来。合子不想回来住院，说闻见医院里的那股味就很恶心。围观的人说，你一辈子不洗澡，身上的味道比医院里的都难闻。合子才不理会，他就是不想回来，说自己的伤口好了，说着就要把头上包扎的纱布撕掉。医生赶忙拦住，安慰他说再住两天就好了，就能出院。

出院后的合子不知道从哪里找来一把长把子斧头，他把斧头挂在腰间，每天在大街上四处转悠，声称在寻找打他的那个人，要复仇。打他的那个人是一个间歇性精神病患者，发病时暴力倾向严重，会偷袭陌生人。那天合子骑自行车刚好碰见这个正在发病的人，就吃了这个亏。有人这样看待这件事，说是应了一句话：歪嘴吹喇叭，偏偏的遇了个端端的。

他带着斧头招摇过市的行为让派出所的人有了顾虑。警察给合子说打他的那个人是个憨憨，已经被抓走了，你不用找他了。合子微张着嘴露出似笑非笑的表情，不理睬警察说的话。合子依旧带着斧头穿行在大街上，或者骑着那辆破自行车到处穿梭。

后来不见那把斧头了，也没听他说复仇的事了。合子恢复到了之前的状态，笑嘻嘻地出现在红白事的人群中。

被定义为乞丐的这个群体，在当下的含义与过去完全不同。过去的乞丐是真吃不到饭，生命常常处于死亡边缘，一旦不勤于讨吃，就会让自己的生命得不到保障。而现在做乞丐更多的原因是跟吃饭无关的，是在衣食无忧的条件下寻求另一种生活方式。但这只是一部分乞丐的做法而已，不是对这个群体全部适用。因此当下的乞丐有了懒惰、颓废、游手好闲的特点，形成了一种具有负面色彩的乞丐文化，由原来的被人怜悯、布施转变为当下的令人唾弃。特别是他们拦住迎亲队伍索要红包的行为已经到了令人愤慨的地步，这种行为尽管能让他们得到一点好处，但是反过来看，其实他们正在遭受物质与精神上的巨大惩罚。

而合子不这样做,他还劝阻其他人也不要这样。但是小镇的乞丐太多了,合子视线内的乞丐毕竟只是少数。迎亲队伍被一些乞丐时不时地拦住要钱,已经是众人看热闹的一件有趣的事了。合子能做到的是,只要他在现场,就决不允许这样的事发生。因此合子的好名声在社会上渐渐大了许多,以至于他的知名度也一再提升,他成为这个地方的一大名人。

三叉街上一个小饭馆的老板经常给合子饭吃,合子便成了在这个饭馆吃饭不付钱的常客。老板说合子这人心善,从不作恶,饭馆里随便都能腾出一口饭给合子吃。合子每次吃饭的时候把自己的碗递给老板,老板盛好饭后,合子便端着碗离开饭馆,到一个偏僻处去吃。虽然老板让合子坐在凳子上吃,但是合子从未这样做。大家心里明白,合子怕自己的形象影响饭馆生意,才会选择到其他地方去吃。前年老板生病去世,合子知道后直奔老板家,有人看见合子来了,以为合子跟其他乞丐一样是讨钱的,便打算给两元钱打发走。合子不要钱,跪在灵堂前磕了三个响头后站起,大家看见他双眼含泪,嘴角抽动。合子一言不发地坐在灵堂一侧不吃不喝,若有所思地望着远处。那几天合子哪也不去,一直守在灵堂前。送葬的那天,合子拐着腿扛着花圈上山,当他看见新的坟头渐渐堆起来时,放声大哭起来。送葬的队伍都下山了,唯独合子没有动,他在这里又守了一夜后,第二天才下山。这件事迅速在小镇传开,合子的有情有义让许多人动容和尊敬。

那天晚上,合子三人在自助银行入睡前,合子和其中的一个在喝酒,另外一个在看书。合子对看书的说,你天天看书,能看出个什么来？那人说，书里头有酒有肉有女人，什么都有。合子说，什么都有的话，那有没有饭馆老板？

情义，在合子的身上凸显出来，也为这个小圈子的乞丐文化赋予了新的内涵，改变了大众的认知。

乞丐这个行业历经数千年的发展和变迁，他们的身份和地位、角色与形象，以及边缘化的生活方式，仍然可以从现今的乞丐活动中窥见孑遗。这是一种底层乞丐的文化，这种文化在社会中广为发散，产生的影响既深且广。而合子不自觉的行为，试图改变人们对这种文化的固有观念，让他们知道，乞丐不是耍泼的无赖，乞丐也是有血有肉、有情有义的人，他们甚至是有情怀的人。每天晚上坐在自助银行里看书的那个乞丐，一直坚持着阅读。他的书籍或是别人赠送的，或是从垃圾堆里捡来的。他无法选择书本内容，但是只要拿到手的书，必须要认认真真地读好几遍。合子和另一个同伴已经适应了他的阅读，在喝酒的时候尽量不打扰他。合子说他是秀才，以后还有几天当官的时候。

他们留宿于自助银行里的时间久了，引起了银行的注意。银行方面说他们住在这里对前来取钱的客户有危险，因此决定赶走他们。合子三人之后再也没有到这里过夜，从此各走各的，合子如同他们那个群体的其他人一样居无定所。最难熬的是冬天，需要一个温暖的地方来度过漫长的冬夜，他们尝试过到一些单位的锅炉房，但是没住两天就被赶走了。合子后来找到的那个地方是一家超市的入口处，超市门上会挂着厚厚的黑门帘，他等到晚上9点多超市打烊后，就来到厚门帘后面，蜷缩在自己铺下的那堆破旧的棉被和衣服中，听着大街上来来回回的汽车声入睡。第二天天未大亮，他起来把自己睡过的地儿弄干净再离开。

而之前与合子一起的那两人到什么地方过夜，合子不得而知，也不是合子所要关心的事，他们能见面的时候一般是在白天的某一件红白事上。难熬的冬天终于过去了，春天的到来不仅仅令农人和喜欢风景的人开心，对于合子他们来说，是终于迎来了可以不再受冻的好日子。

从农历二月开始就进入刮大风的时候，沙尘暴会间歇性地刮到清明前。

在沙尘暴肆虐之日，遮天蔽日的沙尘中，有碎小的石子啪啪地打在脸上，有干柴枯草满天飞，有黄土像浓烟搅乱了整个世界。大地上一派世界末日般的恐怖之象，身体消瘦的孩子走在路上会被风卷起来，身体胖点的人会被吹得左右摇摆，站不稳脚跟。因此就有了流传很久的陕北说书《刮大风》：

　　　　弹起三弦定好个音，
　　　　说上一段《刮大风》：
　　　　春天刮风暖融融，
　　　　夏天刮风热烘烘，
　　　　秋天刮风凉飕飕，
　　　　冬天刮风冷个森森。
　　　　一年四季风沙大，
　　　　铺天盖地黑风刮。

刮的马风赛驴风，
圪里圪崂刮的山鸡风，
黑里黑廓刮的母猪风，
哞哞哞刮的跑牛风。
刮得大山没了顶，
刮得小山平又平；
大树连根都拔起，
小树一刮无踪影；
刮得磨盘翻烧饼，
刮得碌碡骨碌骨碌耍流星。

避风的合子站在一间破旧的屋子里关上门反复地大喊着："风、风，你不要刮，二大回来你再刮。"这是长久以来沙尘暴对陕北人造成的恐惧心理衍生出来的乞求。每年都要遭受沙尘暴侵扰的陕北人，在大自然面前以自己微弱的生命，渴望获得大自然的庇佑，因此就诞生了这么一句。二大是伯父，在陕北人眼里，他有万能之力，能解决所有困难。等到二大回来再刮风，二大就有神奇的力量可以制止沙尘暴。

而真正能够终止沙尘暴的并不是二大，而是退耕还林二十多年来的郁郁葱葱。如今的黄土高原不再是光秃秃的了，沙尘暴已经远离这片土地，它昏天暗地地大规模横扫，只不过是留存在陕北历史记忆中的一个现象，一个再也不会卷土重来的过去的现象。

合子和沙尘暴，就是那个过去时代的人和事。

老窑

后湾村的那几孔老窑是在一座大山向阳的那一侧的土崖上挖的，三十多年前这里的人都迁走了，土窑洞相继坍塌。近年来生态好了，雨水充足，土院落里的杂草长得一人多高，也有野生的槐树和榆树，长得有胳膊那么粗了。

三十多年前，这个三面环山的小村子里上演着人间的酸甜苦辣和悲欢离合。穷苦和劳碌是整个村子的宿命，那些苦难缝隙的片刻愉悦，无非就是听一个古老的故事，吼几嗓子信天游，以此来缓冲和减少苦难的折磨。

后湾村是这个小村子的名字，村子里住着三姥爷和他传下来的三代人，全村老老少少不到五十口人，他们都生活在这七八孔土窑洞里。三姥爷八十多岁，他会整整一个冬季蹲在炕头抽着旱烟，说山说水，谈古论今。三姥爷家有几棵老核桃树，秋天采下的核桃到了冬天才能风干。风干后的核桃才算是真正意义上成熟了，吃起来肉脆油香。来到这里听三姥爷说古的人不少，小脚三姥姥是个善人，每天都会抓出几把核桃散给大伙。冬天嘛，村里人除了喂猪喂鸡，捎带着用大便把狗也喂了，其余时间闲得浑身不舒服，没事可干，没处可走，大伙就都拥到三姥爷家的土窑洞里。

窑洞里确实很暖和，蹲在炕头的三姥爷不停地抽着旱烟，窑顶上浮动着一层厚厚的烟雾，烟雾里也包含着人的各种气味。三姥爷的话稠密而沾满水汽，如同从解开口子的麻袋哗啦啦倒出一地湿漉漉的玉米粒。他是八十多岁的人了，但气很足，话音高，情绪饱满，花白的山羊胡飞扬着。

三姥爷说他年轻的时候在瓦窑堡开过店铺，店铺里卖的主要是煤油、大颗粒盐、布匹和棉花，也有从南路的深山老林里打回来的豹子皮，从北路贩来的骆驼皮等稀罕物。

三姥爷的经历是鲜为人知的神秘话题。有的人说他的店铺是共产党的一个地下联络点，有的说这个店铺有一间暗室，暗室里住着打仗受伤的军人。三姥爷说，都是假的，那就是个做小本买卖的小店铺。

那段历史不太被三姥爷提起。他讲的故事与自己的经历无关，有关的那些事无非就是打土窑洞、抓野兔、抽签问卦等有着浓烈生活气息的鸡毛蒜皮之事。而这些故事被三姥爷讲得百听不厌，越听越好听。

打土窑洞是技术活，更是苦力活。三姥爷年轻时力气大，一个人放线画弧，打过好几孔土窑洞。如今住的这几孔土窑洞就是先由他一个人抡起铁镐挖，后来来了其他人帮忙打成的。

陕北人的生活习惯中没有一日三餐的概念，无论干多重的活，一天就是两顿饭。两顿饭支撑起一整天高强度的体力劳动，磨砺的是陕北人的意志和精气神，而可以在巨大而直接的皮肉之苦中硬撑下来的方式，无非就是用力气来担负和消解生命中的种种苦难。那个时代的两顿饭几乎毫无热量，也没有现在人们追求的人体必需的多种营养元素，能够把肚子暂时填饱就很不错了，那些野菜和糟糠做的窝头可以把喉咙划破，但是为了活下来，得失的关系被他们处理得很好。一天两餐的暂时饱腹无法支撑他们一天的劳苦，因此他们大多时间是在饥饿状态下卖力去干活的。

　　三姥爷打这几孔土窑洞时，同样是在饥饿中硬撑着去完成这项使命的。因为对于散落在四处旧窑洞的同族而言，一起住在这几孔窑洞，可以相互照应，同甘共苦。当时正是夏天，日子长，气温高，在这样的天气打土窑洞，每日完成的部分能够被太阳烘干。一日两餐的小米粥和小米干饭对于出苦力的人来说是上等饭了。由于打土窑洞的时间太长，从夏天到入冬前都不能保证打好一孔土窑洞，所以一日两餐的小米饭根本无法正常供应，其间就要夹杂进去野菜和其他可食而不好吃的东西了。

　　周围的山鸡和野兔不是很多，那年月太穷，野物都会被饿死。存活不多的山鸡太灵活，即使不飞起来，在地上跑起来也犹如一股黄尘，看得见摸不着。野兔的灵活在于跑的时候会跳跃，三姥爷等人饿得慌啊，过年时吃罢肉，到现在见都没见过肉了，当然不包括自己的肉。于是他拿出老祖宗传下来的办法，设置陷阱，争取套到一只兔子解解馋。

　　三姥爷用几根很细的麻绳打几个活结，活结的圈子露出地面，机关埋在土中，然后把兔子最爱吃的马奶奶草放在活结的另一边，只要兔子经过此处伸头去吃马奶奶草，触及这个活结，它的头或者腿就会被死死套住。三姥爷等了两天，没有一只兔子上当，好像这里的兔子都知道这是一个陷阱似的。第三天中午，三姥爷在老榆树下歇凉的时候，听见陷阱那边传出孩子一样的哭声。他一跃而起，飞跑过去查看，正是一只野兔的左前腿被这个活结死死套住了，挣脱不开的兔子发出的叫声甚是凄惨。看见三姥爷的兔子更是挣扎着要逃出陷阱，可是它越是挣扎，腿被套得越紧。三姥爷用脚重重地踩了几下兔子的头部，兔子不再叫唤了，它已经死了。兴奋的三姥爷把兔子提到老榆树下，三下五除二剥皮去内脏后，架在一堆生好的柴火上开始烤兔子肉。

跟三姥爷一块儿打土窑洞的那两个后生用沾满黄土的手吃着野兔肉，连连叫好，他们迎合着三姥爷得意的表情说出一大堆抬举的话。三姥爷打发其中一个后生提着陶罐到沟底里的那眼泉水处提水。三人仰起脖子就把一罐子水喝光，然后开始啃骨头。一阵过后，地上只是一片干干净净的兔子骨头，骨头上几乎找不到一丝肉。三姥爷说，如果有热水把兔子皮上的毛煺掉，皮也可以吃。显然一只兔子无法满足他们三个人的胃，那个提水的后生说，用火把兔皮上的毛烧掉也可以吃啊。三姥爷说，不了，这张兔皮留下能做顶帽子。三人站起后，发出一阵响屁，谁也没有拍去屁股上的尘土，径直走向土窑洞里闷着声去干活了。

饥饿状态下的人，吃肉的欲望已达到极点。三姥爷意外地套到兔子，无疑成了村里人的一个大话题。当吃肉的想法被付诸行动并有收获时，村里人有喜悦，有惊奇，有嫉妒，有恨意。

窑洞打成的那天是八月十五，三姥爷选了八月十八这个双月双日的好日子入住。那天他炖了一大锅烩菜，煮了一大锅玉米棒，蒸了一大锅麦子面和玉米面拌在一起的两面馍，村里几十号人一起热热闹闹地吃了这顿饭，算是暖窑了。

在出现楼房之前的漫长岁月中，窑洞是这片土地上人们唯一的居所。这里的人们在窑洞里生老病死，度过生命中所有的悲欢离合。在连绵的起伏之中，大山与沟壑有秩序地铺展开整个黄土高原的辽阔，而这样大面积呈现的自然地貌，好像是上苍足够悲壮的心情的袒露。这种袒露中释放出的是土地与人构建的一种神秘而苦难的关系。窑洞适时地陈列于大地的皱纹中，如同大地的眼睛，平视着眼前被大山层层阻隔的远方。

三姥爷和村里的人每天抬眼望见的是一方蓝天，放眼看前方，不到三百米，目光就会被四周的大山拦住。如果是春夏秋季节，村里人在上山劳作的时候，可以站在山头望望所谓的远方，舒展一下心情。而到了冬天，天寒地冻的日子总会被裹上厚厚的白雪，他们只能蜗居在窑洞里，顶多就是在邻里间走动走动而已。时间一长，人就压抑。压抑是一种心理感受，是被时空和环境排挤到边缘的一种有别于肉体疼痛的症状。过度的压抑会导致一个人的思维、思想、灵感等意识领域的各种因素交织于一起，发生矛盾和冲突，深思能够替代和缓解这种类似于焦灼的情绪。陕北人会用乐观而抒情的方式消解这种压抑，信天游的诞生与流传，就是最完美最动人的表达方式。

大冬天的日子是在严寒中一点一点挨过来的，特别是到了夜晚，没有方向感的寒风在后湾村打转吹着。这风像是迷了路，挨门挨户地用雪片和卷起来的树枝蒿草敲打着门窗，偶尔有一股风像拳头一样，擂着松垮的两扇木门。三姥爷赶紧跳下炕用双手顶住即将被掀开的门，一阵又一阵的寒风从门缝里灌进窑洞，睡在炕上的人赶快用被子蒙住头，整个人缩成一团，像是隆起来的驼背。

冬天是难熬的，而冬季又是漫长的。

个头一米八，体重不到六十公斤，留着山羊胡，穿着黑棉袄和黑色大裆棉裤的三姥爷，头上戴着一顶旧毡帽，双手插进袖口，站在门前晒太阳，一眼看上去就是一个旧时候的人了。

三姥爷的故事讲不完，他的故事要么是与自己有关的，比如说打窑洞、设陷阱套野兔等，要么就是一些道听途说的和流传下来的。根据村里人的分析整理，发现三姥爷的故事在他三十岁之后的十多年时间里断线了。这里的中断，更让村里人怀疑他年轻的时候去瓦窑堡开商铺是幌子，而给共产党提供地下联络点才是真相。三姥爷摇摇头说，没有的事，就是做点小本买卖而已。

这个谜团在村里继续发酵着，三姥爷的故事总会绕开这一个时间段继续被村里人乐此不疲地讲着。

腊月里最有意义的娱乐活动无非就是排练秧歌了。三姥爷是组织者，他将几个村子的年轻人组织在一起排练秧歌，等到春节的正月初三，带着秧歌队到周围几个村子去拜年。排练秧歌的热闹劲不仅仅来自扭秧歌的人，那些围观者也会把情绪带入这支队伍中。锣鼓家什一响，整个村子就动了起来，回响在山谷里的锣鼓声，一下子把这沉寂的千山万壑激活了。惊飞的乌鸦、喜鹊和麻雀，以及花色的野鸡从山洼的这一头飞到那一头，犹如天空和大地之间的抛物线，叽叽喳喳地升降着精灵般的身影。

秧歌队的排练场地是后湾村这几孔老窑的土院子，土院子不算很大，但是找不下更大的平地了。寒冬腊月里一群人转着圈扭着秧歌，土院子的黄尘扬起，不一会儿秧歌队的人都灰头土脸的，那些看秧歌的老人和小娃娃的头发上和肩膀上都落了一层尘土。

秧歌队最前面的那个瘦高的中年男人口里含着一只反光的白铁皮哨子，他面向秧歌队不停地挥舞着两只手指挥着，腮帮子一鼓一陷地吹着口里的哨子，哨子底下的口水结成一根三厘米长的冰凌了。他倒退着带着秧歌队向前走，不料一脚没走稳摔倒了，口中的哨子掉到地上，他忙捡起来，看到那根冰凌折断，面露不悦，然后将哨子重新含在口中，鼓着腮帮子吹哨子，继续带着秧歌队排练着。大家说，哨子上的那根冰凌是他自诩有功的证据，或者是他心目中自己导演身份的象征。

三姥爷一刻也不离地坐在门槛上，抽着旱烟锅子看着秧歌队的排练。他让三姥姥烧开一大锅水给秧歌队喝，让三姥姥拿出一簸箕核桃散给大家吃。他说闹秧歌也是个苦力活，看似跳得红红火火，其实也要出力流汗。

正月初三已过，秧歌出台了。三姥爷带着秧歌队先到村子里挨家挨户去拜年。热情大方的村里人会在院子的窗台上摆好水果糖、南瓜子、香烟等东西，等秧歌队拜完年后送给秧歌队。这样一天下来，秧歌队能收获不少东西。三姥爷便要分配这些东西，参与秧歌队的每个人都有份，能多拿一点的是家里有老人和小孩的，拿得更多的是家里无依无靠的。三姥爷自己不要，每天分发的时候，只是吃一颗糖就好了。大伙说这样不行，三姥爷为秧歌队跑前跑后也很辛苦，应该拿一份。三姥爷微笑着挥挥手说，我一把老骨头了，不稀罕这些东西。大伙心里一致想着，三姥爷年轻时在瓦窑堡开店铺时，也许早就吃够了糖果和瓜子了。

三姥爷年轻时开店铺的事儿一直是村里人疑惑的事儿。外面的人传说三姥爷开的那个店铺是地下共产党的联络点，但三姥爷从不承认自己做过那些事儿。他越是不承认，村里人越是不相信。后来三姥爷跟村里人喝酒的时候喝高了，被村里人套出了一句话。他口齿不清地说到谢子长、阎红彦在店铺后窑里的事时，好像立即就醒了，摇着头说自己刚才是瞎说，没有那样的事。

三姥爷撤了店铺回家打土窑洞时依旧身强力壮。打好土窑洞后他就开始了大半辈子平静的乡下生活。他很少去城里逛街，很少与外界有来往。他耕种着几亩自留地和几块菜园子，过着粗茶淡饭的清闲日子。他说土窑洞好住，老窑洞更好住，因为时间一长，老窑洞的墙面上就会沾上人气，人气多了就养人。

三姥爷爱窑洞，他在自己打的土窑洞里住了有四十多年，四十多年的窑洞已是老窑了。三姥爷说大地方的人都住房子，房子是用砖块垒起来的，没咱土窑洞牢靠。土窑洞是从天生的一块土疙瘩上挖出来的，没有一条缝儿，牢固；而大地方的房子是一块砖一块砖垒起来的，满房子都是缝儿，肯定没咱的土窑洞好。他的个人观点造成了村里人对平房和楼房的偏见，认为这些房子容易垮塌。

三姥爷在九十四岁的一个冬日里，盘着腿坐在热炕头抽着旱烟，打了一个盹，把头低下后再没有抬起来。三姥姥以为他又坐着睡着了，就没理会。过了好一阵子，三姥姥不见三姥爷的山羊胡子有任何动静，发现不对劲，因为平日里三姥爷坐着睡觉时，山羊胡子会随着他的呼吸一动一动的。三姥姥喊了一声老汉，没有应答。她用手推了一下三姥爷，三姥爷倒在炕上，双腿蹬直，没有任何反应。

三姥爷辞世了！

三姥爷走后，老窑好像也老了很多，窑面子上的蒿草凌乱地在这个冬天飘荡着。三姥姥一个人守着老窑，站在门口就能看见门对面山坡上三姥爷的坟头。村里人知道三姥姥一个人孤独，便会过来陪她坐坐。有人在聊天时有意无意地聊到三姥爷生前在瓦窑堡开店铺的事。三姥姥说人已经走了，这些事也可以说出来了。

三姥姥讲道，三姥爷那个时候开的店铺就是共产党的一个联络点，当时谢子长、阎红彦和郝怀仁等人经常到店铺来商量事情，三姥姥也多次给他们做饭吃。三姥姥说，他们都爱吃酸菜，她到了冬天就烩一锅子酸菜，熬一锅子干饭让他们吃。三姥爷是个仗义之人，有时候会把积攒的鸡蛋煮上一大锅，捞到筛子里让大家吃。三姥姥讲，中央红军到了这里的时候，店铺继续开着，一个姓杜的江西人带着他的弟弟长征过来，弟弟身体非常虚弱，姓杜的红军因为要工作，顾不上带弟弟，就把弟弟安顿在三姥爷家。三姥爷和三姥姥比照顾自己的孩子都认真，不出半个月，这个不到十岁的小后生的身体就有了明显的好转，三姥姥说他脸上有了肉，人也精神了。姓杜的红军时不时过来看看弟弟，一来二往，与三姥爷建立起了深厚的感情，他们在某一日烧香结拜为兄弟。

在此期间，国民党多次进犯，双方你退我进、我进你退的拉锯式战斗持续了好长时间。不管面对怎样的局势，三姥爷的店铺一直发挥着地下联络点的功能。姓杜的红军曾对三姥爷说，这个点一定要保密，如果被国民党识破，宁死也不能说出红军的任何秘密。三姥爷用手拍了拍姓杜的红军的肩膀说，我就是被他们千刀万剐也不会说出一个字。

店铺后面有一孔小窑洞，陕北人称后窑。偶尔会有受伤的红军被秘密送到这里来养伤。三姥姥便熬出一碗不稠不稀的小米粥来喂他们。姓杜的红军非常感激三姥爷一家人，时常过来给三姥姥家劈柴，以表感谢。

中央红军离开后，三姥爷一直带着姓杜的红军的弟弟，整整带了他五年时间。这个弟弟在战火中也长大了，后来离开三姥爷家，随着哥哥去往延安。

中华人民共和国成立后，姓杜的红军在某军区任职，曾六次写信联系三姥爷，三姥爷一次也没回信。三姥姥说三姥爷这个人从不麻烦别人，尽管家里的几个孩子都需要帮助，但是他的性格让他永远也不会开口求别人。当时三姥爷每次收到姓杜的红军的来信，就会几天不说话。

三姥姥讲完三姥爷的这些事后对村里人说，这些事是我说出来的，不是你三姥爷说出来的。所以说啊，你三姥爷对得起谢子长，对得起共产党。

如今，那几孔老窑已被掩没在繁茂的草木枝叶之中。后湾村已经是一个没有人烟、被废弃了的小村庄。那些多年不见的喜鹊、乌鸦、野鸽、野兔等野生动物再次出没。这里，再现大自然那派生机勃勃的景象。

离时

父亲去世前的那两年，浑身有些浮肿。哮喘带来的痛苦，让父亲在上坡时总要停下来，仰起头，抻直脖子，张开嘴巴长喘几口气，方能继续走路。

母亲过世得很早，父亲一直跟我们住在一起。随着他逐渐步入暮年、我结婚生子，似乎父子间亲密无间的关系渐渐有了一层隔板，而这层隔板是一向沉默寡言的父亲自己立起来的。尽管我和妻子尝试过好多办法，试图消除我们与父亲之间若隐若现的距离感，但是日渐苍老的父亲始终笑眯眯却又坚定地拒绝着。父亲住的窑洞与我们的紧挨着，他的生活简单，毫无波澜，每天就是吃饭、睡觉、讲故事。讲故事需要有人听，我无数次听过他讲的故事。同样的故事他每次讲的时候，我都当成他第一次讲。他讲得认真而绘声绘色，讲得自我陶醉而乐此不疲。我要出去做事，每天晚上才能回来，睡觉前到他的窑洞里，就听他讲几句。他讲的时候要依我的表情表现出的情绪变化而决定故事的长短，有时候发现我要急于离开，就匆匆讲几句，有时候发现我想听，就会慢慢讲下去。

他沉默寡言的状态只有讲故事可以打破，讲故事可以唤醒他的活力与情绪。没有人听故事的时候，他会走出院子，来到路边的那棵老槐树下，等过路的人在树下歇脚时，给人家讲。那些故事他讲了好多次了，过路的人也就听腻了。有一个年轻人又在树下歇脚时，父亲讲的故事让他有点不耐烦了，他言语上表现出明显的不敬。父亲停下了，侧头看着他，深邃的眼神里流露着不解和孤独。那个年轻人直视着父亲，眼神很凶，父亲低下头来，好像犯错的人。

后来很多次，父亲不经意间流露出这样的眼神，甚至有些无助、哀怜、茫然。而这样的眼神也被我无数次看到，只要看到就会心疼。时隔好多年了，父亲的眼神成为我心里永远也挥之不去的痛。那眼神一旦碰触就会碎了，一旦想起就会碎了。

而这种细节性的举动缘于我们之间形成的那层隔板。一个老人会自觉与某个环境和群体脱离，哪怕是他的亲人。而老年人这种心理现象的出现，已然成为一个社会问题。日常生活中年轻人形成的那种对老年人漠视的态度和偏见，导致老年人逐渐被这个社会边缘化。这样的风气渗透到家庭，哪怕是一个非常和谐的家庭，也会被这种风气所割裂。

老年人渴望介入、分享、被接受、被在乎的心理，一直被压抑着，被禁锢着。他们的生命后期究竟隐藏了多少秘密与诉求，究竟掩埋了多少个人追求与理想？我不得而知。他们类似于父亲那样的眼神一遍遍扫视自己熟悉的事物，却又被那些事物渐渐推开。

他们在一生收尾时，被冷落、被边缘化、被旁观，这是老年人孤独的主要原因。

后村的老罗已是七十多岁的老人了，一辈子干体力活使他落下一身病，腿脚不利索、弯腰驼背、咳嗽气喘等老年症状和大小毛病不少。儿子怕老婆，儿媳妇长得五大三粗，出口就喊着老罗的名字叫骂。这种大不孝不是因为老罗自身有什么问题，而是这个媳妇野蛮、没教养。老罗的老婆前些年去世后，老罗就跟着他唯一的儿子在一起过日子。儿媳妇嫌老罗没有家产，又跟自己一起过，是个大累赘，动不动就破口大骂，有时甚至会出手打他几下。老罗不敢正眼看儿媳妇，每天躲躲闪闪、心惊胆战，度日如年。儿子看在眼里，却没办法阻止，偶尔说她几句还招来劈头盖脸的谩骂和殴打。一个初秋的黄昏，老罗拄着拐杖到一孔砖窑旁坐下打发时间。儿媳妇过来看看四周没人，就把老罗推进砖窑，本想将其杀死，不料老罗摔成重伤，直接卧床不起，需要有人长期照料，这给儿媳妇带来了更大的仇恨。没过多久，在一个半夜里传来儿媳妇的哭丧声，从哭词里传递出的信息来看，老罗过世了。

老罗当了一辈子粉条匠，每年在秋天收洋芋，寒冬天在冰水中磨洋芋，开春时加工粉条，到了夏天卖粉条。他顺便种点庄稼，一辈子的日子过得不赖。但是到了老年，因年轻时手脚冬天长时间泡在冰水中磨洋芋，关节变形发炎，整个外形都有扭曲感，严重影响到他的正常生活。儿媳妇曾多次拷问老罗，说他一辈子做生意，不可能没攒下钱。老罗解释说，挣下的钱修了三孔窑洞，给儿子娶了媳妇，老婆死后抬埋了老婆。儿媳妇不相信，硬说他还有钱不拿出来，骂老罗，说死了就把钱全部给塞进他嘴里，给他做口含钱。

老罗即便是正常死亡，也没有人会相信。村里人都知道儿媳妇的狠毒。人老了都遭嫌弃啊，老罗的命运何尝不是其他人的命运呢？村里人每每谈起老罗就不寒而栗。这种悲惨的命运，似乎成了每个老年人共同面临的问题。于是老人在自己与其他人之间立起一道隔板，并且已适应了他们说的那句话：黄土快埋到脖子了。而这层隔板就是面对死亡的最后一道防线。

王包子在村里当了几十年支书，一辈子活得有滋有味，有人抬举。可是步入晚年后，妻子早走一步，他只好跟两个儿子过。两个儿子商量好每家一个月，轮流伺候王包子。刚开始那几个月，儿子儿媳妇基本上把他当个老人伺候，后来就不行了，让他喂猪、干农活、淘茅坑。两个儿媳妇似乎攀比着让他干活，一直悄悄地在盯着王包子在对方家一个月时间里干了多少活。大媳妇更"心细"一点，把每天看到王包子给老二家干了的活记在本子上，以便下个月王包子过来了一一还清。在两个儿媳妇的竞争中，王包子的劳作被层层加码，直至有一次还累瘫在菜园子里。

王包子病倒了，两个儿子请来医生看病。来的是原来叫赤脚医生的村医，他开了一些药，让去村里的药店买。两个儿子拖拖拉拉，谁也不想去买。老大说王包子病倒在老二家，老二说因为在老大家受苦受得多，来到他家才病倒的。王包子说，你们别争了，我自己有钱。他掏出几十元钱递给老大。

王包子有钱，这一句话给两个儿媳妇带来了无限遐想，她们的态度突然转变了好多。她们跟王包子套近乎，说贴心话。王包子懂得她们的心思，主动拿出自己身上仅有的几百元钱，平分给了她们。她们不相信王包子只有这点钱,想着他当了那么多年村支书,应该捞了不少钱,于是继续孝敬着他。一段时间之后,她们发现从这把老骨头身上再也啃不下一点肉来,老二怀疑王包子把钱给了老大,老大又怀疑钱被老二迷惑走了。

王包子被老大老二双双怀疑后,迅速遭到抛弃。比如在老大家的一个月时间到了,老二故意出门几天不接王包子,老大会在这个月的最后一天把他赶出去。王包子来到锁着门的老二家院子里等着开门,几天不见人影,只好到邻居家讨吃的。经过这样的折腾,王包子生不如死的感觉越强烈。他选择了自杀,在一个正午从老大家院子脑畔上跳了下去。这一死,村里掀起轩然大波,这可是村里第一次发生儿子不孝敬老人,老人被迫自杀的大事儿。王包子的两个儿子在父亲的葬礼上杀猪宰羊请唢呐,把丧事过得有模有样,但是村里人不买账,纷纷指责他们,活着不孝敬,死了唱道情。

其实在当时的农村,老人或多或少都有被子女冷落和数落的遭遇,生存状况十分窘迫。他们是一群被漠视的人,而这种漠视并非整个环境所致,有的是源自他们自身。类似老罗和王包子这样的情况毕竟是少数。更多的是像我的父亲一样,自己一步步退却到自己封闭的世界里,裹足不前,覆灭在沉寂之中。

这不仅仅是父亲老年的境遇,也是很多老人在生命结束前的经历。死亡对于一个老者来说,有着诸多意味:离开、接受、无奈、疾病、痛苦,等等。还有一点就是距离,这个距离是代沟形成的,是与家人、与不同于自己年龄层的所有群体间的代沟。而这样的距离实则是一层像栅栏一样的隔板，把他们与世界渐渐隔开。随着年龄的增大，他们的世界被越围越小，直至生命之火熄灭。

父亲的哮喘导致他的身体有些浮肿，买回来的药似乎不能彻底医治他的病。他是一个刚强的人，一辈子不求人，也不肯给别人添麻烦。此刻，我也成了他眼中的别人，尽管我多次给他买各种保健品和好吃的食物，但是他总会淡淡地拒绝。虽然这样的拒绝常被我忽略，可是从他的眼神里我分明能看得出，他不愿意拖累我，不愿意给我添麻烦。

人活得再长，总有离开时。父亲和所有的老年人一样，都在一天天接近离开人世的日子。

类似于老罗和王包子这样的老人的命运虽然不是普遍性的，但是他们的内心都有着与人世逐渐剥离的意愿。他们深知自己的生命即将走到尽头，因此以有仪式感的方式告别，默默表达自己对生命、对死亡的感慨和沉寂太久的思考。

六婶去世前的那几天并没有什么症状，她的身体虽说算不上硬朗，但去哪里都不误事。她说这几天身体稍微有点不舒服，别人问哪儿不舒服，她说自己也说不清楚，有时候脑子迷糊了一下子，也就没事了。谁也没在意她的这个症状，大家以为上了年纪的人都会这样的。她临去世的时候正跟几个老太婆一起坐在自家院子里的树下纳凉，突然头一歪，身子一斜，嘴里发出一声沉闷的声响，然后就没有任何动静了。在座的人有的以为她累了，有的以为她中邪了，也有的看出来她已经归西了。

村里人都说六婶"好回首"。好回首指的是一个人没有痛苦地死亡。六婶离世时显然没有任何痛苦,这是村里所有老年人理想的死亡方式。

老年人渴望这样的好回首,一来自己不受罪,二来不连累子女。不拖泥带水地撒手,本就是人生最好的归宿。这对于任何一个生命垂危之人来说,都是放弃生命的最好方式。六婶善良了一辈子,没对别人安过坏心,所以大伙说,只有好人才有这样的好回首。

父亲离开的时候,和六婶差不多,没有任何征兆,在姐姐家吃过午饭后,突然闭上眼睛,安安静静地离开了人世。父亲的好回首让其他老人羡慕,有人开始回忆父亲的一生。

父亲突如其来地离世对我的打击很大。我现在想,如果父亲能够住几天院,即使瘫痪在床,对于我来说也是好事,最起码我可以围在他的病床前像一个孝子那样伺候他。而这种奢望注定我一辈子无法拥有了。我的父亲一辈子没有去过省城,没有吃过海鲜,没有专门为了旅游而出过门。这些不属于父亲的人生体验,恰恰是我的痛苦,虽然父亲从未说过自己的苦。

而这又何尝不是父亲那一代人共同的生命境遇呢?特别是他们离世时,尽管有着不同的遭遇,但是他们的心里共同经历了生命末期的无奈与灰暗,以及踽踽独行的悲情。

父亲的面子

陕北古话说,人活眉眼树活皮,猫还活两个爪爪皮。一句古话,说出了人与动植物对面子的看重,同时也点穴式地道出了不同物种不同脸面的位置。陕北人把自己的脸面称为眉眼,由此看出,脸面的重要性被归到与生命的价值和意义同等的高度。

父亲也是好面子的人。他平日里的卑微和低调给人的感觉是没有任何遮掩的本色流露,也就是说没有任何心计的真实表达。

他是煤矿工人,挖煤的正式工。在当时来看,这份工作虽然很苦,却让种地的人羡慕。他的家一直在乡下安着,村里人大多是靠种地养家糊口,而父亲和其他几个是靠挖煤过光景。那个时候在村里的一家国营煤矿打零工挣工分的父亲和其他几个人,因政策转为正式工,这让那批与父亲一起去挖煤却因中途吃不下苦,而重新回到大队里干了农活的有本事的人眼红了一辈子。父亲虽然并不是有本事的人,但是干什么就要干到头,就像一句古话说的那样:死牛顶塌墙。

父亲二十岁之前处于兵荒马乱的年代,那个时候能够保住命活下来，已经是最直接和简单的生存理想了。爷爷一家子人多，仅靠爷爷的能耐养家糊口、保全一家人的性命是无法实现的。奶奶被国民党军队的流弹打死，父亲兄妹几个人一下子陷入极度恐慌中。在当时看来，当兵就保护自我生命而言已经是比较好的选择了。一次队伍招兵，父亲毫不犹豫地跟着部队走了，他和那一批去的人都被编入担架队。

相对于平日里只是听到枪炮声和远远看见山谷里升起的硝烟，那种直接参与到战斗当中的感受更令人害怕。父亲和其他担架队队员在每一次接到命令，猫着腰奔向作战一线运送伤员之前，都在内心祈祷，希望这次战斗不要有太大的伤亡。但是当他冲入枪林弹雨中时脑子里就啥也不想了，只有一个念头，就是迅速运送伤员，自己的生死早就不顾了。事前说好的一年时间到了之后，与父亲一起去的这个四人小组中的其他三个人都牺牲了，只有父亲活了下来。

回来后的父亲安心务农，而战争仍在继续。父亲说他在前村的一次战斗结束后，与村里人捡回一筐弹壳，然后送到铁匠炉那熔成了一小块铜，让铁匠打制了一把铜勺子拿回来。爷爷说父亲从小就懂得心疼这个家。

成家立业的父亲成为一名煤矿工人后，尽管身份已变，但并没有褪去农民本色，他长期生活在乡下养成的习惯并没有改变。每天除了繁重的挖煤工作以外，他还要面朝黄土背朝天地在河滩里的一块沙砾地里种蔬菜和玉米，来填饱一家人的肚子。他之所以要承受这种双重的负重，是因为要养活几个正在成长的子女。

那个年代的财富表现是能修建起一排窑洞。谁家能有三孔以上的窑洞，就是那家男人活在世上的荣耀。院落里栽上几棵枣树，支起一张石床，垒好猪圈和鸡窝，都是这家人值得炫耀的人生财富。如果再打一盘石磨放在院子里供村里人推磨，那更是一件大善事了。

而这样的财富主要靠出苦力来挣得。父亲以此为理想，每天上班之前和下班之后到河滩里捡石头背回来。石头是修窑洞最重要的材料，一孔窑洞要用的石头能堆起一座小山包，父亲的目标是修三孔窑洞。

一个人的理想表达方式很多，有的是大声说出来；有的是从不说出口，默默努力去实现；有的甚至是把自己的理想埋在心底，羞于说出口，似乎说出去会冒犯别人，招来不解，被人耻笑。

父亲的内心有过很多理想，大大小小的理想碍于面子而从未说出口，怕别人不理解，反而笑话和打击他。

养活好自己的子女，并能修建几孔窑洞，对于父亲而言是最大的理想。当然这也是那个地方所有男人一辈子拼命实现的目标。而父亲不同于其他人的是，他以自己的蛮力苦力起早贪黑地劳作，却很少说什么。他碍于面子，怕别人笑话一个看上去很老实的人也会有修建窑洞的念头，于是每天在上班之前和下班之后，趁着大家早上没有起床和黄昏看不清人的时候，到河滩里一块一块地把石头背上来。一年下来，院子一侧堆起两座山峁一样的石头堆，这些石料足以修建三孔窑洞。村里人知道这件事后，便有风凉话传来，说一个老实疙瘩只会出蛮力，就算暗地里背下十万块石头，也修不起一孔窑洞。

父亲的面子遭到了这些风凉话浇泼，不卑不亢的父亲表面上不在乎这些，但内心有波动，有不甘。他开始了第二步工作：烧砖。

砖是修窑洞的主要建材。父亲开始起早贪黑地在一块自留地里做砖坯、打烧砖的窑子，然后请来后村的烧砖匠烧出三窑子青砖。三年时间里，父亲备好了用于修建窑洞的大大小小的所有材料，这让村里人刮目相看。又有风凉话吹来，说啥时候能把窑箍起来才算是本事。

而父亲在很长一段时间里并没有把窑箍起来，原因是他要在自留地里修建窑洞的行为被大队支书拦下了。大队支书说这块自留地大队打算用来办个烧焦炭的厂子。

那些石头和青砖被安静地闲置在一边，十多年未动，有的生了青苔，如同父亲的面子，因憋屈得太久而生出了皱纹和青气。

父亲在受到了巨大的打击之后，理想的覆灭和重生，也成了他多年来思考和解决的一个重要问题。在想办法赚钱养家糊口的基础上，父亲又做出了一个决定，那就是在村里买几孔窑洞。但是仅靠煤矿的工资只能勉强让一家人吃饱肚子，根本没有闲钱能攒下来。父亲如同当初背石头一样，在上班前和下班后去河滩里挖一种白色的胶泥去卖，一次几毛钱的收入，要让父亲消耗几个小时的苦力。父亲一天都不间断地挖着白胶泥，甚至在冬天严寒的天气里也不会停下，直到结实的冰面彻底封住了河流。

　　这样攒下的几十元钱距离买窑洞所需的钱相差甚远。秋天里，父亲的菜园子茂盛，蔬菜根本吃不完。有一次父亲提着一筐子蔬菜到前村的一个单位去卖，碍于面子，他并没有走公路，而是顺着河边走到这个单位的大门前。他还没开口说要卖菜，就有这个村的熟人开玩笑，说是不是自家吃不完送别人吃。父亲随口应道是的，这一筐蔬菜就倒进了这个人的菜篮子里。有点沮丧的父亲往回走的时候选择了公路，有人问他提着筐子干啥去了，他说给别人送菜去了。

　　买窑洞的事在父亲心底压得更沉了。

　　煤矿上每年元旦这天给工人免费吃一顿大餐，饭桌上要摆红烧肉等八个硬菜。一年中吃不到几顿肉的人对此极端渴望，常常在这一天前的几个日子里表现得无比兴奋。这对于工人而言是很好的福利，令村前村后的农民羡慕不已。开席那天，大礼堂里的几十张桌子摆着酒菜，几百人在人声鼎沸中开吃。大礼堂门口和外围有村里的数百人围着，他们吃不到但是能闻得到、看得到。肉香味儿在这一天弥漫了整个村子。父亲如同往年一样，悄悄掏出一张塑料纸，将自己的那一份红烧肉包起来装进口袋。他知道家里的孩子正在等着他带回这几块红烧肉吃呢。矿长看见后大声批评父亲，说父亲不遵守纪律。原来每年元旦开席前，矿长都在讲话中说，自己的那份肉必须自己吃掉，不准带走。

　　父亲被批评得抬不起头。矿长越骂越激烈，他当着父亲的面指桑骂槐地说，某些人这样不遵守纪律，就是不要眉眼！

父亲被惹怒了，抬起头呵斥着矿长，我就是不要眉眼，你想怎地？我又不是偷不是抢，我是给我家里的几个娃娃吃！矿长背着双手走开，那个给矿长当文书的人对父亲狠狠地说，慢慢收拾你！

父亲本来隐藏得很深的面子被别人一次次刨出来羞辱。父亲不善言辞，只想默默地活着，他的理想被那些人和事瓦解得支离破碎。而父亲依旧保持着他安静做人过日子的态度，尽管他的性格里潜藏着炸药一样的烈性，但是几乎从来不曾表露出来。

如果修窑洞、买窑洞在一个人生命最好的青壮年时期没有实现，那么他只能渐渐麻木于物质的积累，过着无欲无求的生活了。

有一天，正在村里路边的那棵老槐树下乘凉的父亲，被一个骑自行车的人问话，问父亲是不是打过仗。父亲回答，参加过打仗，但是是抬担架的，没开过枪。那人拿着一个本子记着，又问，有没有人能证明你参加过战斗。父亲说多的是。那人说，那你让三个人给你开个证明，你就是老红军了，就可以拿一份工资。父亲说，我不是打仗，是担架队的，算不上老红军。那人有点无奈地走了。第二天有前村的老红军找到父亲，主动要给父亲开个证明。父亲婉拒，说如果这样胡来，岂不是在做鬼而不是做人。人就活个眉眼，那是不要眉眼的事。

那一年父亲六十多岁，已从煤矿退休在家。

那一年，父亲因一棵枣树与人发生争吵。说是争吵，其实是默不作声的父亲被村里的一个女人谩骂。那个女人整整骂了一个上午，父亲一直蹲在院子的一角。那女人骂的话很难听，时不时还跳跃着骂。而父亲依旧不理不睬。那女人跳得更高了，跑过来指着父亲骂，忍了几个小时的父亲一怒而起，接着就是几个耳光，那女人倒地。父亲搬起一块石头要砸去，那女人一骨碌爬起来跑了。愤怒的父亲被其他人拉住，而那女人却被家人用架子车送到二十几公里开外的县医院住院了。

住进医院，就意味着要钱。那女人把医生开的药转卖给其他人，或者扔进厕所里，故意糟蹋父亲的钱。父亲没有多少钱给她看病，她的几个家人把父亲围住，推搡着要钱，父亲没还手，也没告诉其他人。他回到家后，在一个装满谷子的纸筒里拔出一把杀猪刀，压在枕头下睡觉去了。第二天那家人又来跟父亲催看病钱。父亲抽出刀子举着追过去，那几个人一溜烟消失在村口。后来派出所来了人调解，父亲说，我被她骂了大半天，被她花了几百块钱，被他围住打，我都不耍赖，也不假装受伤住院，他们却没完没了。他们让我的眉眼没个搁处，那我就让他们尝尝真正受伤挨刀子的滋味。

派出所调解的结果是父亲将医院里欠下的医药费出了就算完事。父亲借来钱处理了此事。那个女人以后倒乖了不少，再也不敢欺负老实人了。那棵枣树被父亲砍掉了，他说留下来只会让争执继续下去。

父亲的窑洞

那两孔窑洞在向阳的坡上。院子里有两棵枣树，到了冬天，枣树上会落满叽叽喳喳的麻雀。父亲说，这些麻雀饿了，大冬天的没个吃食的地方，来到咱家门前要饭来了。说罢，父亲从谷桶里抓起一把谷子撒过去。

窑洞是砖窑，砖窑在陕北窑洞建筑中是最具有技术含量的建筑物。陕北的窑洞，先由土窑洞升级为石窑洞，然后由石窑洞升级为砖窑洞。砖窑洞就成了陕北窑洞中最高级别的窑洞了。

这两孔窑洞是父亲亲手修建的。从选址到烧砖，再到修建等所有流程都是父亲经手的。

在陕北，拥有坐北向南的好风水的窑洞不是很多，一个村子不会是所有窑洞都坐北向南的，因为一座山的阳坡面积有限，不能满足所有窑洞想要的这种格局。一个村子的窑洞坐向，除了向西的方位，其他方位往往都被占尽。如果是一个大一点的村子，那就没什么讲究了，只要能削出一块平地，哪怕是向西的方位照样会修下一排排窑洞。

我们这个村子人少，独占一座大山的阳坡地，父亲的选址理由跟所有修建窑洞的人一样，要把自家的窑洞建在坐北向南的方位上。窑洞要在平地上才能修起来，而在陕北，要找到一块平展的地并不容易。面对起起伏伏的山坡，祖祖辈辈从依山掘洞而住，到现在修建砖石窑洞，不知道上演了多少愚公移山的故事。每修建一孔窑洞的底座，都要移走半座大山。陕北人硬是靠人力在一座大山的坡上削出一块平地来修建自己的居所。父亲要修的那两孔窑洞，主要靠父亲和母亲两人完成。他们为了早一天把窑洞建起，等不到开春就用镢头开挖冻土，用苦力给起早贪黑、披星戴月等词语注入了更深沉、更厚重的人间之苦。

挖砖，即制作砖坯。制砖坯和烧砖的砖窑就在削平的窑洞原址上。父母亲在冬天来临之前将修建两孔窑洞的砖全部烧制好，等到第二年开春后择日开始动土修建。

挖砖和烧砖的活应该是世界上最苦最累的活了吧！黄土和水均匀搅拌成泥，然后用铁铲拍打泥堆并反复铲翻，再等一个时辰后，才开始用只能装得下两块泥砖的木质砖斗模型，扣在坯场里，一天下来能制作七百块砖坯。第二天一大早起来将第一天的砖坯全部垒在场子的边上，再开始在土崖上挖下黄土，进行搅拌。就这样干两个月，才能制好两孔窑洞所需要的两万块砖坯。如果遇上连绵阴雨天，前些天挖好的砖坯会被毁于一旦。因为那个时候的防雨材料是相当紧缺而又昂贵的塑料布，父亲当然没钱买塑料布来防雨。他跟别人家一样，会事先准备不少谷子和糜子的秸秆，遇到下雨天就把这些秸秆遮盖在砖坯上。但是如果是大雨或连绵阴雨的话，秸秆也不能保证砖坯的完好了，因为雨水会将最底下的那层砖坯泡软，致使所有的砖坯轰然倒下，变成一堆稀泥。而每一家挖砖的人都会遇到这样的情况，在自然环境恶劣的陕北，白费一些天的功夫，是再正常不过的事了。

砖坯好了，就要开始将砖坯装进砖窑里，用煤炭火烧。父亲是聪明人，他之前给别人家帮忙挖砖烧砖时就学会了烧砖的手艺，所以自己烧砖完全不用请别人来帮忙。

最让人受不了的活是出砖。

砖坯在砖窑里烧成砖后，必须尽快腾出砖窑，因为要把坯场里的其他砖坯转入砖窑进行烧制，避免暴露在外的砖坯遭到雨水破坏。刚刚烧好砖的砖窑里温度会高达一千多摄氏度，因此要打开砖窑口子晾两三天。之后温度会下降到五十摄氏度左右，父亲和母亲便会走进砖窑开始出砖。砖有点烫手，不过不要紧，父亲会在半秒钟之内抓起砖块，然后迅速抛出去。尽管这样，没多久两个手掌就被烫得发红而肿胀。

父母亲的身体似乎是铁打的，出砖的十多天里，他们的手上、胳膊上、腿上会出现很多被砖块砸出的青紫色的痕迹。有句话说，宁叫官打了，也不愿让砖打了，是说被砖块砸了的痛远比官府的刑罚厉害得多。而我的父母和很多陕北人都经历过无数次这种疼痛。

父亲每天会累得挺不起腰板，但他的眼睛里发出的光，犀利而具有穿透力。他的目光已经宣告了他的理想，这个理想就是再苦再难也要把窑洞如期建起来。

第二年开春，父亲到前村子里找了阴阳先生，花了一块钱测了一个好日子，在农历的三月初六动工修建砖窑。三月初六是个好日子，春暖花开的陕北大地，一下子退去了阴晦和冰冷，大地好像死而复生一样。

在陕北人眼里，修建窑洞可是一项大工程啊，需要邻居们来帮忙。父亲之前给别人家帮过很多忙，所以自家修窑洞自然而然会来很多人，有时候来的人多，父亲会打发几个回去，说是缺人手了再叫他们。

几个匠人也是前村的，父亲这一代修建的窑洞基本上都是他们这帮匠人来做工。一年中这些匠人活很稠，不早点请就请不到了。因此他们吃香喝辣的生活着实让吃一顿麦子面都觉得奢侈的村人们羡慕。有一个姓王的匠人比较难伺候，他总是对事主家做的饭不满意，要不说饭菜咸了，要不说肉放得太少，甚至说昨天晚上喝的酒像假酒。大家都知道是匠人在瞎说，因为没有一家人会亏待匠人。如果亏待了匠人，匠人在修建窑洞的时候会故意浪费砖块和石灰，有的匠人会悄悄把一件铁器工具"遗忘"在窑洞墙里，就像在医院做手术，医生把手术刀或者镊子留在病人腹腔内。据说修窑洞时，把铁器工具留在墙中会破了事主家的风水，带来灾祸。

王匠人如同平常一样，给大家散布父亲招待不周的话。父亲假装没听见，安顿厨师给菜里不断地加肉，晚上吃饭喝酒的时候，多给他斟酒。尽管如此，王匠人还是不满意，做活的时候拖拖拉拉。人家其他几个匠人是把帮自己抱砖提灰的人催得跑得老快，而他跟前一直是堆着很多砖，不见有动静，有时还索性坐下来抽着烟喝着茶给大伙讲笑话。连续几天下来，他这样的表现不仅让父亲感到不高兴，也让其他人觉得不满，包括跟他一块儿来的其他匠人。父亲不是一个容易发火的人，在这种情况下，依旧是笑脸迎合着王匠人。母亲有点受不了，在父亲跟前说，把王匠人打发走。父亲说，这不行啊，这样会伤他面子的。母亲没办法，父亲开导母亲说，咱们一辈子能箍几次窑？就这一次，所以咱也就用他这一次，咱不惹他。

王匠人正是被好多像父亲一样的人纵容，才养成了这种习气。在窑洞工程即将合龙口的前一天，王匠人提出第二天合龙口的时候要给他送两块花红，花红指的是绸缎被面。这完全是找事，对于所有人来说这是闻所未闻的事情，本来合龙口的那天最多是给每个匠人送一块花红，要不就是给一块手帕。而王匠人的这个要求直接惹怒了父亲，父亲当场拒绝。王匠人说，如果不给他两块花红，那第二天他就走人。父亲说，你赶快走吧。其他几个匠人无法面对这件尴尬之事，劝说王匠人不要胡搅蛮缠。王匠人说，他十八岁出来箍窑洞当匠人三十多年，从来都是自己说了算。父亲说，这次你说了不算。父亲让母亲给王匠人把工钱算清，打发他走人。王匠人面子上下不来，他抽着闷烟，不要工钱也不走。其他匠人给父亲说，王匠人是跟你开玩笑，你别当真。王匠人也赶快说他刚才喝了酒，说的是醉话，让父亲别介意。父亲话头一转，说这就好啊，我也是开玩笑呢。最后父亲给每个匠人送了两块花红。弄得匠人们把花红悄悄地放下，一块也没拿。合龙口后第二天父亲到前村去，逐家逐户给匠人们把花红送到家里。

窑洞终于建好了，过年前，一家人住进了新窑洞。住进窑洞那天，父亲买了羊肉、炸了油糕，请来几个朋友吃。那个时候不兴随份子钱，就是来吃顿饭凑个热闹，给新窑洞添点人气。有一个朋友爱唱陕北民歌，特别是喝点酒后，不用提醒他，他就开唱了。他一边吃着羊头一边喝着酒，唱着高亢嘹亮的民歌。对于陕北人而言，陕北民歌就像地上的草，或者天上的云，低头抬头就能看得见摸得着，而且是一种日常性的生活。所以说一个陕北人可以不会唱很多民歌，但是那几十首经典的几乎人人都会唱，即使是一个天生就五音不全的人，也会哼出几句来。

父亲和着朋友的歌声，和他们一起唱，完全沉浸在民歌的旋律和住新窑洞的喜悦之中，一曲高过一曲的民歌在这个名叫石头坪的小村庄的山沟里向四周扩散开。从不饮酒的父亲这次也喝酒了，他很开心，尽管有点头晕。大家都说母亲做的羊肉好吃。母亲说是羊肉好，不是我做得好。父亲说陕北的羊肉里有信天游的味道，因为这些羊都是听着陕北民歌长大的。

窑洞作为陕北人最主要的居所，就成了陕北人最需要竭尽全力去打造的庇护生命的一个场所，有的甚至穷其一生为了修建窑洞而劳作，倒在向阳的山坡上。父亲的窑洞经石灰刷过，亮堂堂地呈现在大家眼前，对于这里的男人来说，这是他的业绩，而且是值得一生骄傲的业绩。

窑洞在这块土地上存在的意义远远超过了居住这单一的功能，它更多地承载着这里的人们祖祖辈辈在此繁衍生息的各种希望。从某种意义上来讲，从土窑洞到现在的砖窑洞，蕴含着他们在不同时期对自然和生命的情感认同。这种认同源于他们天生就把自己置身于自然秩序之中，对自然充满敬畏。因此，基本上在陕北每个村落的山头上或向阳的山坡上都有一座小庙，庙里供奉着一尊泥塑的神像，或者刻有一幅有故事情节的壁画，或者摆放着一个神牌位。而这些都是自然界神奇力量和公道与正义的化身，更是陕北人对自我生命审视之后，对建立于苦难之上的自然力量的崇拜，也是对个体命运的精神寄托，这种精神寄托的秘密就是与自然法则严丝合缝地咬合。窑洞，终究成了陕北人生命意义的一个象征，人们在这里悲欢离合，在这里生生不息。

　　陕北窑洞的坚固性和耐用性出乎意料，往往在一二百年后的一场大暴雨中，窑洞的前半部分塌陷了，但是经过维修后，照样能住人，只不过是窑洞的面积小了一点而已。窑洞就像一块窝头，被时光一口一口吃掉，直到剩下最后一口了，这里的人们仍会很好地利用，比如可以当储存粮食的库房，当养牛羊驴的圈棚。

　　父亲说，他箍的窑洞最少能用三百年。他知道从打地基到制砖坯，从烧砖到修建，用的全部是真材实料，没有偷工减料。父亲还说，这两孔窑洞看似是用砖块箍起来的，其实是用一家人的心血箍起来的。

　　父亲说，人没百年的活法，但有百年的做法。他这样实诚地箍窑洞，就是给自己的子孙们留下一个念想。这念想就是做人做事做实在了，世上的人就会常常念着你。如同这窑洞，你只要箍得扎实了，留存的时间就会很长。

　　原来，父亲的窑洞是一个念想！

爷爷的额头

我没有见过爷爷,对爷爷的印象来自父亲无数次的描述。父亲说爷爷额头有一道近半尺长、一指头深的刀痕,那是过了黄河去山西打日本人时,在一次血拼中留下的。父亲说爷爷在山西打死了好几个鬼子呢。

在我的印象中爷爷就是英雄。他那留在额头的刀痕是一个英雄特有的标志和荣耀,虽然我没有见过。

动荡不安的社会中,如果是战争导致的一切不利于和平与安宁的生活,那么一个人身上出现的伤痕,必定是与对战争的深刻记忆有关,而这种记忆唤醒的是这个人对生命的深度认识和对社会的重新打量。爷爷经历的那些战火纷飞的日子里,自我生命的显现只不过是在一次战斗中烟消云散的瞬息存在,而对于一个鲜活的生命而言,在残酷的战争中,生存与死亡之间是没有缝隙的。因此,爷爷常说,人活着就好啊,受点罪吃点苦也是有福人。

父亲讲不清楚爷爷参加的那个部队的番号,只知道爷爷是八路军。爷爷十六岁的时候就是能抱起一扇磨盘,能挑起二百斤牛粪的壮汉了。爷爷弟兄十个,他排行老四。在那个兵荒马乱的年月里，一家人常常是饿着肚子避战乱、躲子弹，曾祖父根本照顾不了这个大家庭，十个弟兄有染了瘟疫死掉的，也有走了南路钻进深山老林求生的。爷爷在十七岁那年开春的时候，跟着他的三哥参加了一支路过村子的部队。一开始爷爷不想去当兵，三哥对爷爷说，为了活命，为了能吃到饭，只能参军打仗了。爷爷都顾不上跟曾祖母告别，就跟着队伍走了。过黄河之前，部队打了几次小仗，伤亡不大，但是三哥在一次战斗中死去了。爷爷跟几个战友就地挖了坑把三哥埋了。爷爷都没来得及跪下磕头，头顶上飞机就开始扫射地面。爷爷一骨碌躲到一条水壕里，回头看埋着三哥的坟头，已经出现了几十个弹坑。

在一个晚上爷爷跟着部队乘小船过了黄河。十几条小船往返多次才将这支部队全部送过黄河。过了黄河就是山西，山西正在遭受日本人的疯狂掠杀。爷爷的部队休整了几天，统一换上了灰色的服装，被编入八路军。接下来的十多天，来了教官给他们教授作战时打枪、刺杀等技术。训练的十多天里，伙食不错，基本每天能吃到肉。爷爷的饭量大，一顿能吃下四五个馒头和三四碗肉烩菜。爷爷的脸上有了点光泽，身板更硬朗。部队开拔前线的时候，因爷爷力气最大，连长安排他拉装有弹药的架子车。一次在雨夜中，后面的一辆架子车陷入泥泞中，几个人都拉不出来。爷爷过去拽住车辕，憋住气使劲一拉，这辆载有近五百公斤军用物品的架子车被拉出泥潭。随行的部队领导笑着拍了拍爷爷的肩膀说，这家伙能吃也能干啊！

终于等到了跟鬼子面对面打仗的机会了。爷爷总以为日本鬼子长得像我们这个地方传说中的坏家伙毛野人一样不顺眼，没想到，这些鬼子的长相跟自己差不多。爷爷心想，这日本人太不算人了，他妈的大老远跑到山西杀跟自己长相一样的人呢。爷爷对日本人的恨不是来自部队宣传的救国救民，而是根据自己内心做人的标准。他认为日本人不好好待在自己的家里过日子，跑出来祸害别人，跟村里的恶霸和疯狗没什么区别。爷爷想到这些，就对日本鬼子恨得咬牙切齿。

在第一次跟鬼子作战时，爷爷身边的战友死了不少，爷爷却毫发未伤。他用手中的那支步枪打死了三个鬼子。多年后，爷爷给父亲说，这是一次近距离交火，他隐蔽在草丛中正面射击进攻的鬼子。第一颗子弹打在鬼子的脑门上，第二颗打在鼻子上，第三颗打在嘴上。爷爷的部队在这次战斗中伤亡很大，最后撤退。日本鬼子进村后，烧杀奸淫，无恶不作。村里的人只要是有一口气的全部被抓走打死了。爷爷说，那次打仗，打得他心里都疼。

爷爷在山西打了大大小小十多次仗，因为总是有人牺牲，身边的战友换了又换，最先基本都是说着家乡话的战友，后来成了说着听不懂的外地话的战友。战争间隙，爷爷就想起与自己一同过黄河的那些战友。爷爷很少说话，也不幽默，就是一个老实疙瘩。他是一个能踏踏实实地干三天三夜都不说一句话的人。在部队短暂的休整中，他闲不住，就帮炊事员做饭。他不会做饭，但是推磨切菜是可以的。

在一次切洋芋中，他用劲过大，把左手中指的第一个关节切断了，白生生的骨头露在外面，就靠一块皮连着。卫生员跑过来要缝伤口，爷爷说不用缝，说着就用右手把这截被切断的指头扯下来扔掉了。被惊呆的卫生员睁大眼睛，不知该如何处理。爷爷伸出这根滴着血的残指说，包扎一下就好了。

在别人眼里，爷爷对疼痛似乎是麻木的，但爷爷也是血肉之躯，不感觉疼是不可能的。那是一个依靠意志力支撑起顽强生命的年代，爷爷的内心深深地埋着人世间很多的苦难和疼痛，这个不轻易喊疼和流泪的男人，遭受了太多的磨难。于是，将这截指头扔到地上，对于爷爷而言，是减少疼痛最直截了当的办法，也是减轻内心痛苦的好办法。

爷爷额头的那道刀痕，是1943年在洪洞县韩略村伏击战中与日军拼杀时留下的。那天天气很冷，田地里偶尔有着几棵挂着霜的大白菜。爷爷和几十名战士埋伏在这片菜园子西侧的一排土墙后等鬼子进村。鬼子的一队人马气势汹汹地进村了，随着一声冲啊，爷爷等人一跃而起，前后夹击鬼子，用刺刀和大刀刺杀砍杀鬼子。惊慌失措的鬼子没有退路，亮出刺刀开始抵抗。爷爷力气大，只要刺刀捅进去就能穿透鬼子的身体。一个鬼子在跟爷爷拼刺刀时，用刺刀直刺爷爷的颈部，爷爷低头躲避，刺刀刺在了爷爷的额头上。爷爷在躲闪的同时，用刺刀刺进鬼子的胯部，并用力一挑，把鬼子挑在空中又甩出去。血顺着额头流下来，遮住了爷爷的视线，爷爷用手背不停地擦着。满脸血迹的爷爷像是一头雄狮，他大吼着，不顾一切地猛刺着，直到这场伏击战结束，他才知道自己的额头掉了一块头皮，露出了头骨。这次战斗中，爷爷刺死四五个鬼子。

爷爷说自己在这次伏击战中没死是命大，也沾了自己平日里饭量大的光。他说，饭量大力气就大，力气大打架打仗就占强。

那次战斗后，爷爷因受伤就过黄河回家了。回到家里才知道一家人只剩下五个兄弟了。村里开了一个小煤窑，爷爷去下煤窑，自那开始爷爷就一直在煤窑上干。他额头的那道刀痕刚好是在煤窑里顶着油灯的地方，时间长了，那儿就被油灯磨得生疼。

这个隐藏着故事的刀痕，伴随着爷爷往后的生活。爷爷很少跟人讲起这道刀痕的来历，虽然有很多人好奇地问。有人得不到爷爷的回答，就给这道刀痕赋予了丰富的想象。比如说跟别人打架被人家用刀砍了，也有说从高山上摔下来，头先碰在一块石头上。最吸引大家的一个说法是，伤痕是爷爷被一只饿狼叼走时啃下的。不爱说话的爷爷不理这些，他日复一日地下小煤窑养家糊口。爷爷额头留下刀痕的真相只有家里的几个人知道，而这样的真相对于爷爷而言也是毫无意义、不值一提的，尽管父亲及叔叔姑姑谈到的时候，脸上都会流露出骄傲的神色来。

在战争中，受伤和阵亡是战士时常要面对的。没有退路的冲杀，是一场战争赋予战士最残酷而别无选择的结局。爷爷是战争中存活下来的幸运者，他经常对自己的孩子说，能活下来就是最大的胜利。显然，对于普通老百姓来说，自我生命的价值高于整个战争本身的价值。只有活下来才能打败敌人，只有活下来才有机会在战败后重新杀回去。爷爷说他根本不是英雄，比起其他战士来说自己差得太远了，爷爷眼中打死打活打不垮的人才叫英雄。他讲到一个战友跟日本人打仗的时候，因腿部受伤不能走动，便用手死死拽住一个要逃的日本人，然后压住，用牙齿咬掉这家伙的一只耳朵，最后硬是用拳头把这家伙的头砸扁。这个战友因为在打这个日本人的时候用力过猛，后来失血过多牺牲了。爷爷说这才叫英雄，因为这个战友受伤后完全可以倒在地上装死，等战斗结束了就有可能被救回去。爷爷认为英雄就是跟敌人玩命，玩命的同时能活下来就好，万一活不下来就跟敌人一起死掉算了。

爷爷额头上的刀痕成为爷爷特殊的生命符号。村前村后的人记住的不是他整个人，而是这道刀痕。刀痕显眼，在额头处提醒所有见过他的人。

一次乡村的庙会上，一群人聚集在龙王庙的榆树下赌博。一个人输了买猪崽子的钱，老婆来哭闹，他却追着老婆一阵打。戏场里尘土飞扬，那女人的哭闹声压住了戏台上的锣鼓声。锣鼓声渐渐停下，她一边奔跑着一边加大哭闹声的分贝，整个庙会的重头戏显然不是唱戏和赌博以及卖香纸、卖凉粉煎饼的了。那女人绕着戏场跑，老公后面追，像一场赛跑，前面的就是第一名，第二名一直在后。几圈跑下来，老婆体力透支，披头散发地瘫在地上，老公上来一阵脚踢。爷爷看不惯，上前对这赌棍一把推去，赌棍被推出几米远倒下。赌棍爬起来向爷爷冲过来，爷爷一把抓住他的领口拎起来，那人像只小鸡，在空中蹬着双腿嚷着。爷爷骂他，我活了这么大岁数，还没见过你这么个不好好过光景的龟孙子！

事后村里人劝爷爷别管闲事。爷爷说，看见那龟孙子满场子追着打老婆，就好像看见当年日本人追着人打的样子，忍不住啊！

爷爷额头上的刀痕始终是一个英雄的标志，而这个标志的高高呈现，似乎给爷爷赋予了强大的使命感。在爷爷的日常工作和生活中，处处彰显着一个曾在多次你死我活的战斗中幸运活命之人对生命的倍加珍惜。而这种对待生命的态度不仅仅是对自己生命的热爱，更是对朋友、对村人，甚至对陌生人生命的尊重和呵护。

下煤窑是最受苦的体力活。爷爷要养家糊口，别无选择地长期下煤窑。经过战争洗礼的爷爷在下煤窑的时候懂得团队精神对工作的重要性，所以他一直团结同事，争着干重活、苦活。爷爷是个有经验的老工人，给新来的工人传授挖煤、拉煤、上罐笼等技术。有新工人安全意识淡薄，在工作时一不留神就会出事故。有一个刚结婚的年轻小伙子下煤窑，跟爷爷在一个班，爷爷是班长。这个班的工作是在巷道深处向井口拉煤。拉煤的驮子如同一辆加长版的冰车，一次能拉一百五十公斤煤。从巷道深处到井口有五里路，黑暗中仅靠工人头顶的那盏矿灯的光照着窄窄的巷道，拉煤的工人弯着腰，四肢撑地，吃力地向前一步步移动着煤驮子。

通常爷爷是第一个，随后跟着一个班里的几个人。爷爷会把新来的工人安排在中间，刚结婚的那个小伙子排在第四个，他的后面还有三个。有一次大家都把煤拉到井口了，等罐笼降下来装煤。本来装煤的活是另有人干，爷爷平时自己的活干完了，闲着也没事，几乎天天帮装煤的人干一会儿。这次罐笼上去一会儿了,还不见下来,装煤的人焦急地向上喊着,让赶快把罐笼降下来。这个新来的小伙子也在帮忙喊着,却不知不觉直接站到井口正下方抬着头向上喊,爷爷赶紧喊他过来。不料正在下降的罐笼绳索断了,直接砸下来,小伙子没来得及躲闪就被当场砸死。爷爷扑过去一把将五百多公斤的罐笼掀翻,抱起血肉模糊的小伙子喊着他的名字。小伙子的死刺激了爷爷,爷爷跪在巷道里大喊大叫着磕头,口口声声说自己没有保护好这个小伙子。爷爷被其他工人拉起来,他的额头早已沾满煤屑,渗出殷红的血来。打那以后,爷爷情绪低落了好一阵子,他的额头上多了密集的坑坑洼洼的伤痕。

有人说爷爷性子太急,天生就是个玩命的人,谁都不知道,他把每一个生命看得有多重要。

吃饭

　　一碗饭或一桌酒席都是为人准备的。人生在世，说到底就是为了一口饭而撑起对生活的种种向往。有的人吃到了山珍海味，大腹便便的样子就是发家发福的表现。有的人吃的是馒头稀饭腌白菜，如果身体健康体能好，上山下坡不费力，不见得就是没福。大凡胃里容得下五谷菜蔬之人，都是有福的人。

　　没有饭吃，甚至连树皮和埋在深土中的软石也被饥饿的人吃掉，那么接下来还能吃什么来活命呢？在中国历史上局部地区发生的大年馑中，这样的悲剧轮流上演过无数次。

　　父亲说，旧社会就是人吃人的社会。其实这句话从政治角度上来讲，是对当时的社会制度的鞭挞和批判。而从普通人的角度去理解这句话，直接联系到的是天灾，是老天爷的安排。在苦难深重的那些历史片段中，纯朴的老百姓并没有抱怨国家和当时的各种制度，而是把一切不幸归结于上苍。

　　这就是我们身边的老百姓，深陷于人为造成的苦难中时，却把苦难的根源移植于与人、与社会毫无关联且虚无缥缈的另外一种力量上。

　　吃饭是人每天最直接的一种本能需求。首先是能吃到饭，然后是能吃到好饭。吃饱喝足后，你才觉得自己是这人世上有福气的人，觉得你这一天活得有了意义。因此，当一日三餐还能被你的身体需要和接受的时候，能把肚子喂饱，对于生命而言，这是最好的生活现状。

二十多年前，我在老家的窑洞里住着。这个院子里有七孔窑洞，住着三户人家，其中一户是来自另外一个村子的挖煤工。年龄三十多岁的挖煤工家里有五个孩子，前四个是女孩，最后一个是男孩。孩子之间的平均年龄差距不到一岁半，每天是最大的孩子抱着最小的哄，最小的缠着母亲要吃奶。仅靠挖煤工一个月的工资养活一家人有点难，好在我们这里的人都能吃苦受罪，难归难，但总要一天一天地过下去。几个孩子根本没有奶粉可吃，吃的全是用小米做的一种面粥，我们叫这种面粥为米茶。平日里吃的以小米干饭为主，每天早上挖煤工下煤窑之前吃的那顿饭是白面馒头，挖煤工的妻子和孩子吃的就是小米干饭和米茶了。

院子里住着的另外一家人是我们村的支书，也是挖煤工的房东。支书平时饭局不少，加之本人喜欢喝酒，很多时候都是在前村子的一个小饭馆里喝酒吃肉。支书家养一条黑狗，每天靠泔水养着。支书有个习惯，每次出去喝完酒，会把饭桌上的剩菜剩饭以及啃过的骨头捡回来喂狗。一次，支书从县城喝完酒回来已是晚上，他把捡回来的一塑料袋子剩菜挂在院子里的枣树上，等第二天起来再喂狗。这也是他习惯性的做法，几乎每次喝完酒都是晚上回来，然后把提回来的剩菜剩饭挂在枣树上。这次，第二天起来找不到挂在枣树上的袋子了，他以为是掉到地上被其他野狗叼走了，不料一转身，看见挖煤工家的几个孩子围着一个塑料袋，每人手里拿着一块骨头在啃。

吃得津津有味的几个小孩子坐在院子的地上，争着把手伸进塑料袋抓里面的东西。挖煤工的妻子披头散发，怯生生地偷偷观察着支书，生怕支书发现自家孩子偷吃。支书并没有责怪他们，假装没看见，走开了。之后，支书每次喝完酒都将拿回来喂狗的剩菜剩饭放在家里，再没有挂在院子里的枣树上。

2016年12月27日下午3点多我打完吊针，医生说从这天开始可以稍微吃一点饭了。医生的这句话，好像是赦免令，解除了对我的惩罚。我决定到靠近医院的一条巷子里的面馆吃一碗香菇面。从医院出来向左一拐，面馆的味道顺着巷子飘来，浓浓的人间烟火味让我从这几天与食物彻底隔绝中，瞬间得到解脱，感觉自己是真正融入红尘之中了。盐、布匹、谷子这些铺垫在大地之上的意象，这一刻似乎跟自己建立起了一定的关系。因胃病住院治疗已整整一个礼拜，七天滴水未进的我，在这一天吃了有生以来最好吃的一顿饭。人间烟火味此刻不仅仅涌进了我的空腹，也接纳了我整个人。

吃进第一口面，我觉得胃里面装进去的是人间美味。这一刻，我觉得自己是属于这个世界的，这个世界也属于我，同时我分明觉得自己是很幸福的人。我对坐在身边的女儿说，这是爸爸几十年来吃到的最好吃的一顿饭。不知不觉中我的眼眶湿润了，一种莫名的倍感委屈的情绪弥漫开来，似乎觉得自己被这个世界抛弃了一个礼拜，被这个世界开除了一个礼拜。

平日里吃饭，是为了填饱肚子，而在禁食之后吃饭，那是生命的重归。吃饭的重归仪式在自己的内心是如此隆重而有着纪念意义。吃饭，必将是每一个生命日复一日重复举行的生命仪式。每一餐，都是供养整个身体并使之鲜活的唯一动力。

不仅仅是人对吃饭有着不可一日断绝的密切关系，动物也是。小时候，家里养了一条黑色的土狗。在乡下养狗，不会把狗关进笼子，也不会给狗脖子上拴绳子，是充分给其自由的放养。尽管是自由的放养，也保证不了狗每天能吃饱肚子，因此村里所有的狗每天都会溜达在猪槽旁边，趁主人不注意时叨几口猪食，或者跟踪上茅厕的人，没等蹲下拉完屎就猛一头扎到茅坑里吞吃。所有的狗，因为抢吃，显示出了狗的本性；所谓的对主人的忠诚，仅仅表现在院子里来了陌生的人，冲上去赶走，或者冲着陌生人叫几声而已。面对食物的诱惑，狗的忠诚程度大大降低，甚至会背信弃义，做出令主人生气的事。当然这样的事无非就是偷吃，就是因为吃饭。

中秋节，父亲买回一块白条肉。母亲把肉洗干净放在案板上准备切肉，就在母亲转身剥蒜的时候，不知啥时候就潜伏在灶台旁边的黑狗一跃而起叨走那块肉冲出窑洞。父亲看见后急忙去追，黑狗边跑边囫囵吞下那块肉。因此，我们一家人十分讨厌黑狗，好端端的一顿猪肉擦板粉的中秋节大餐竟被黑狗独吞了。父母商量后对黑狗做出了处理决定，命令大哥开着手扶拖拉机，把黑狗装在一只线口袋里，送到六十公里以外的一个集市上。可是到了晚上，院子里传来了黑狗熟悉的叫声，狗类惊人的记忆力让我们吃惊。送不出去的黑狗，之后依旧本性难改地活在我们的眼皮底下。我们一家人对它有了更高的警惕性，特别是当家里买回猪肉羊肉的时候。

食欲是生命的本能。在生命所有欲望中，食欲是最基础的一个欲望，也是保证其他欲望存在的根本。"饱暖思淫欲，饥寒起盗心"，可见食物对人的作用有多么重要。一些人吃饱了肚子，就会有非分之想；而吃不饱肚子，就意味着生活陷入穷困潦倒的境地。到了这种地步，有人会铤而走险，去损害别人的利益来满足自己。当然不是所有的人都会这样，但是不可否认的是，人一旦在食欲的控制之下，就容易做出动摇意志的极端行为。

吃饭是人的本能。吃饭是为了活命，只有活下来才可以实现其他理想。人类在地球上出现之后的第一欲求，就是寻找食物来满足天然的食欲本性。吃饭，推动了人类社会的进步。为了找到好吃的食物，也就是说为了找到一口好饭，在漫长的吃生食时期发现了火，开始改变吃法——煮熟和烤熟，这样吃起来更加美味。火的利用，极大地促进了人类历史的文明发展。

因为吃饭的问题，世界上发生过很多次人为的灾难，这对人类物质文明是巨大的摧残，更是人类的浩劫。从整个社会呈现出的问题来看，其实很多社会问题的发生都源于吃饭。

而吃饭永远是普通人衡量幸福的基本标准。2002年发生在陕北子长的五百年不遇的"7·4"洪灾，因突发山洪灌顶，一个煤矿下井作业的九名矿工被困井下八天。因救援环境复杂，难度不断加大，所有人对他们的生还不抱什么希望了。在等待营救时，他们在黑暗中靠喝污染严重的水和吃皮带活了下来，创造了世界矿难史上的奇迹。他们被成功救出后的第一心愿就是要吃饭，吃饭对于他们来说是高于生命的一种本能需求。有一名矿工后来说，那个时候心里想着，只要吃饱肚子立即死去也愿意，不愿做个饿死鬼。

我们都知道，从古至今的死刑犯在行刑前都会吃到一顿比平日里要好的饭。从这一点来看，吃饭是整个人类意识中最为强烈的需求，即使对一个十恶不赦的死刑犯，人性深处迸发的光芒也会普照到死刑犯阴暗的行为之上。乞讨是人类社会中从来没有停止过的一种生存方式。乞讨的目的最直接最明了，那就是解决吃饭问题。我们每年都会遇到多种方式的乞讨者，他们有的靠技艺乞讨，比如唱歌弹吉他耍杂技；有的靠残疾的身体，裸露受残部位获取同情。凡此种种表现形式为的就是能讨得施舍。吃饭，成了他们迫切需要解决的重要问题。

在乡下居住的那些年，每年过年的前一两天，或者是除夕当天，家家户户要做"八碗"。八碗是把肥肉做成红烧肉，把瘦肉做成酥肉和丸子，然后再做些鸡肉羊肉，这就成了过年最好吃的菜了。作为乡村最丰盛的大餐，每年做八碗的人一般都是家里男人，因为这不仅仅是项技术活，也是项体力活。我们家当然是父亲做了。临近过年的这几天，山村里充满了炸肉的香味儿，喜庆的色彩笼罩着这里的每一条山梁和沟壑，而这喜庆的色彩就是做八碗的香味儿。八碗作为村人岁末年终的大餐，意义尤为重要，一则是辛苦一年了，一家人虽没有分开过，但是到了除夕这一天聚在一起饱餐一顿大肉，也算是对自己对家庭的犒劳和安慰；二则是过了除夕就是新年，这顿八碗一吃就是两年，寓意着满年过上好日子，吃上好饭。活着的人要吃饭，死了的人要吃饭，神仙鬼怪也要吃。过年这几天，杯子盘子盛上酒肉，敬天神敬祖宗，也要敬孤魂野鬼，三界同乐。酒足饭饱本就是世界大同的理想。

　　人要好好活着，只有好好活着才能吃饭。能把饭吃进肚里的是有福的人，有福的人吃啥啥香。比如那个常年睡在大街旁一个银行屋檐下的老汉，每天半个身子伸进垃圾桶里面捡食被冻成冰疙瘩的饭菜，这么多年来从未见他生病，也不是如许多人所预言的，说他这么个活法很快就会死去。他的问题不是直接的健康问题，而是智商较低。恰恰是这样一个人，生命力如此顽强，能够在人们的意料之外一年又一年地活了下来。

庙会

　　赶庙会和逛骡马会一样美。骡马会一般设在县城或者镇子上，庙会是在各种大小寺庙的地方集会。骡马会是最简易的贸易会，交易的不仅仅是骡子和马，还有各种小吃和日常用品等。庙会是请来唱戏的或者说书的给供奉在寺庙里的大神大佛演戏。庙会上来的大都是十里八乡的人，而且赶庙会的人大多不是善男信女。对于大多数中国人而言，他们信仰的并不是虚无的神。庙会上一天要演三场戏，最热闹的是晚上那场，而这三场戏才是吸引很多人来赶庙会的主要原因。

　　河对面的龙王庙在每年的盛夏会迎来三天大戏，戏种有秦腔，有陕北道情，也有山西的地方戏。村里的人爱看秦腔和道情，若是请来了山西戏，村里不少人会骂庙会的会长，说会长胆子太大，为了捞钱，嫌本地的戏太贵，竟敢把外地的便宜戏给龙王爷请来，就不怕神怪罪下来！"头上三尺有神明"这句古训，在需要诅咒别人的时候，便成为一些人振振有词的信仰。话虽是那么说，但是大家还是要去看的，尽管不是完全能听懂，但只要看到戏台上那些穿着戏服的唱戏人打打闹闹哭哭啼啼地跑来跑去，也能获得一些满足。

庙会的热闹是有巨大诱惑的。从乡村文化这个角度解读这种混杂在戏场里腾起来的尘土中的喧哗，可以说来自民间最直接的精神娱乐表达得更为痛快，或者说是文化享受更为充足。戏台上下的人都是这种文化的创造者和受益者，这个巨大诱惑所形成的本土文化场景，源自人们在沉闷生活的禁锢中可以得到短暂的解脱和情绪释放，于是庙会成为乡村文化高度的一个凸显点，其必然性已经延续了很多年。

深入这种文化背景，就是走进庙会本真的人生万象。戏台作为分界线，高高建立在现实与虚幻中间。台上的或是虚幻或是夸张的表演，都与台前和幕后的现实群体有着近在咫尺却相隔遥远的距离。而在依靠人的表演支撑起来的戏台上，恰恰看不到人性的真实袒露，掩盖或者虚浮成为戏台之上这出"迷糊戏"的衣裳。

其中最为真实的是后台，也就是幕后。台前黑压压的观众的情绪随着台上剧情的推进而一同波动，在假情假意的戏剧中，演员的公式化表演和观众的情绪介入，形成了台上台下以假乱真的情绪化现场。这个现场的掌控者是台上的人，他们一旦走上戏台就像一根棍插入如水潭的观众群中，一搅动，便激起涟漪，一圈一圈荡漾开去。

台下观众的年龄结构完全是一个国家整体民众结构的缩影，从这个现象来看，人的娱乐空间被集中在戏台上的时候，所谓的文化生活也在此正式开启，台下的人群显然是情绪化的观众，习惯于把喜怒哀乐线条分明地写在面部。随着剧情的发展，这些年龄有着很大差别的人，随之有了规则性的统一，情绪化下的表情，齐刷刷地表达出扬善惩恶的伦理道德观念。

乡村的庙会因为几出戏，就有了看戏的人看台上演员的表演和演戏的人看台下观众的表情。如同一首小诗：你站在桥上看风景，看风景的人在楼上看你。其实我们都是演戏的人，平日里难得有几个说真话。人与人之间是强化的演员和观众，你演我看，我演你看，你看不到我卸装后的容貌，我也看不到你的素颜。

我喜欢看戏，更喜欢掀起后面的幕布，看下台后的演员。

陕北的庙会一般是清明节开始，然后紧跟着在农历四月初八等一系列的农历节日展开、深入。到了盛夏，干旱的土地需要雨水的时候，给龙王庙唱戏成为一年之中的庙会高潮。

前些年的一个夏日，我过了黑山寺隧道，到新寨河的一个村子的庙会上看戏。我赶上的是这一天的第二场戏，戏台子的最上面挂着山西某剧团名称的横幅。因为天热，戏台下看戏的人不是很多，围着戏台一圈卖香纸、卖西瓜、卖凉面、卖煎饼、卖馃馅等的小商贩个个被腾起的尘土包裹着，盖在摊子上的那块白布也落了一层尘土。

戏台后面掀起帆布看演员化装卸装是很有意义的事，总有一帮人不去前台看戏，跑到后台来。夏天天热，后台围裹的帆布太严实，唱戏的人就揭起一块帆布让风吹进来。后台内部的事儿也就完全晾开了。喜欢偷窥的小孩们不用把头伸进帆布之间的接缝里就能看到里面的花红柳绿。

我曾在后台看到过一个在台上扮演威风凛凛的女将军的女子刚转到后台的情景。她摘下帽子刚坐在装戏服的一个大箱子上，一条白色的小狗立马跳到她的怀里。这个女子抱紧小狗，用手摸着它的小脑袋，小狗伸出舌头舔着女子的手背。小狗看上去很脏，本是白色的毛却多了一些杂色，比如背上那一溜好像是烟熏过的黑色，浑身沾着米粒，显然不能匹配宠物这个名称。但谁又敢说在这个女子的眼里，这条小狗不是宠物呢？

这时一阵急促的锣鼓声在前台响起，女子迅速站起来戴好帽子，吆喝着从后台冲上戏台。小狗跳下去钻进两只大木箱间的缝中趴下，眼睛滴溜溜地望着挂在架子上的一长排戏服、帽子、胡须、大刀。

不到三分钟，女子一手叉腰一手握刀，大喊着"追——"，拉着长长的尾音快步从前台走到后台。小狗再次跳进女子的怀中。坐在大木箱上的女子喝着一瓶矿泉水，小狗抬起头张开嘴也要喝，女子像卖油翁似的将瓶中水倒进小狗的口中。小狗咽下水后摇着头，头上有一点水星溅到女子脸上，女子用手背擦去。

女子约三十岁，坐在后台跟其他人少有语言交流，她的沉默里蕴藏着一个巨大的内心世界，而这个世界也许没有人走进去过，那条小狗或许是她的世界里唯一容得下的生灵。在我们的印象中，流落到乡间庙会唱戏的人和说书的人，在现实生活中都是没有好的际遇的人，他们的命运也许在此刻，甚至此生正经历着不如意。而这个女子在后台看似冷漠的表情，却掩不住她对生活的热情。大木箱、戏服、矿泉水等都是她的生活道具，而这些道具的存在对于她而言，都不如小狗重要。小狗在她眼中是生灵，是一个能与她交流的生灵，而这个生灵对于长期在外演戏的女人来说，是某种情感寄托的载体，比如思念、孤独等。

人是独立的个体，但是个体需要在一个群体的环境中滋养。而很多人却又在排斥别人的存在，喜欢停留在自我营造的独立空间中。生活，部分是由物质组成的，没有物质的生活会是什么样，这个问题根本不需要再去寻找答案，这是人类依赖物质生存的天性使然。而物质又不是生活的全部，类似上文的这个女子，看上去冰清玉洁、清心寡欲的，那是因为她的某个遭遇改变了她对世界的态度。物质对于她而言，也许已经不是最重要的了。

庙会上人多且杂。台上台下闹哄哄的，人声、锣鼓声、二胡声、笛子声等声响混合在一起的意义大于庙会本身。这是人为聚集在一起的乡村盛会的声响融合。是否和谐不是很重要，重要的是戏台上的表演和戏台下的喧闹能够在互不干涉的碰撞中找到契合点，并能迅速交融在一起，发出神灵无法发出的声音，而且能使台上台下的各种心情找到合适的表达和倾诉方式。

庙会显然是一种古老文化的传承。寺庙是宗教信仰的一个载体，而会场是民间文化的一个载体，二者合二为一后其意义更为广泛，似乎人间之事在此无所不有、无所不能。庙会作为一种信仰的仪式和供奉诸神诸佛的祭祀场所，唱大戏是最隆重且最有仪式感的一种崇拜和祭祀方式。在这三天的庙会中，周边的人会聚集在一起，庙会的功能扩展为社会活动的场所，张家长、李家短，柴米油盐生活琐事统统搬到庙会上来。

庙会早已经成为人间烟火味最浓的地方之一。作为民间盛会的一种独立的存在形式，在中国北方的乡村，再没有像庙会一样能够将人与人之间的恩怨和喜怒，户与户之间的瓜葛和对立，村与村之间的帮派和风气召集在一起发酵了。庙会有时候就是一个是非窝子，是恩怨发泄、善恶表达、人性裸露的场域。

喜欢杀猪的老二，本不是一个行家里手的屠夫，却喜欢在逢年过节时给村里村外的人家杀猪宰羊，好处是能得到一块被血浸红的槽头肉，或者一副羊下水。老二杀猪的技术实在有点差，有一年腊月里给邻村一户人家杀猪，几个壮实的后生死死压在猪身上，即使不用刀子去杀，猪也会被压死的。老二一刀捅进猪脖子，猪大叫。老二抽出刀子在猪嘴上将刀子上的血擦净，然后点着一锅旱烟坐在猪身上吧嗒吧嗒悠闲地抽着。他说，我杀猪从来不回刀，一刀夺命。话音刚落，那猪一个骨碌翻起身，朝公路冲去。老二被掀翻在地，他站起来大喊一声：追！一群人便大喊大叫地追着脖子滴着血的猪，一直追到公路上。惊恐万分的猪慌不择路地从公路上跳下去，下面是结了冰的河滩。猪在冰面上摇摇晃晃地向前跑着，追猪的人不敢直接跳下去，绕着小路来到了河滩里。老二捡起一块石头向猪砸过去，猪号叫一声继续向前跑着，一群人效仿老二，纷纷用石头砸向猪，不一会儿猪倒在地上了。有人说那猪没被杀死，却被累死了；也有人说是被石头砸死的。没了颜面的老二不好意思地对主人说，另外叫个人给你收拾这头死猪吧。主人说，那你不要那块槽头肉了？老二无奈地说，没脸要。说完转身就走了。

第二年村里关帝庙庙会，会长说老二杀生太多，到庙会忏悔一次吧。

庙会上的热闹一点也不减，人头攒动中的那个神仙附体的男人，头上裹着一块红布，手里握着一把大刀，口中念念有词地穿过人群，来到关帝庙大殿。老二在会长的指导下跪在高大的关帝爷塑像前，那个头裹红布的男人用刀在老二的头上来回挥舞着，口中含糊不清地哼唱出杀、赦、放等字词。随后裹红布男人将一瓶白酒猛喝一口，向老二头上喷去，大殿里满是酒味。从不饮酒的老二闻着浓浓的酒味有点不适应，他的头偏着，躲开飘过来的酒气。裹红布男人直接将一口酒吐到老二头上，老二无奈地用手擦着流在脸上的酒水，斜视几眼裹红布男人，然后埋下头。老二被酒熏得有点头晕，而正在兴头的裹红布男人将一瓶白酒连喷带喝，大概喝下去有半斤多。看上去有点醉酒的裹红布男人站着都摇摇晃晃，口中说词含含糊糊不停，而且尾音很长。老二再也坚持不住了，他扑通倒在地上，这时裹红布男人也一个趔趄软绵绵地倒下了。

庙会这个场域，本就是事故发生的高频地点。在日常生活中没有条件发生的各种事儿，在这里就有了平台。特别是一些以信仰的名义发生的事儿千奇百怪，荒诞可笑。信仰是支撑一个人的精神力量，也是指导一个人言行的风向标。而当我们的愚昧混杂在不严肃不崇高的所谓的信仰之中，其实是在不停地上演着闹剧，比如老二和那个头裹红布的神汉。

庙会作为乡村文化的一种重要存在形式，确实备受十里八乡人们的喜欢和支持。庙无处不在，几乎每个村子都有。有庙的地方就有人，有人的地方就有庙。寺庙的大小无关紧要，重要的是有委屈、有欲望的人能够来到这里祷告和祈盼，能够安慰自己和鼓励自己。寺庙存在的意义很广泛，似乎无所不能。庙会显然是寺庙意义的延伸和升华，寺庙里供奉的那些不动声色的神，在繁杂喧哗的庙会中却不能主宰自己的命运，毫无存在感和神圣感，恰恰是被凡夫俗子掌控着，而这种掌控表达出的却是人的意愿。

我身处北方庙会之中，所看到的都是在腾起的黄土笼罩中来来往往的形形色色的人。人是庞杂的庙会系统中鲜活生命的真实呈现，而由人主导产生的庙会等其他活动，都是围绕这种有着渊源历史的乡村文化而丰富其内容，扩展其领域，提升其功能。

庙会是人聚集的地方，是人将自己的诸多情绪和想法交付并诉求于此的地方。

冻

　　一场大雪后的隆冬，天气更冷。树枝上挂住的雪是堆积起来的冷，土路上铺下的冷是一尺厚的雪，河面上蜿蜒而去的冷是白雪覆盖下的听得见的流动之冷。陕北的冬天，就是冷日子一个接一个连起来的冻得住高天厚土的季节。

　　冻得不行！

　　这个冻字，是持续加剧的动词，一旦说出口，就会越说越冻，大地就会越来越硬，大雪就会越下越大。

　　大雪是北方属性中的一个动态与静态相结合的意象，尤其对于缺水的陕北来说，是一个有担当而剔除了浪漫色彩的载体，是一个实实在在有利于土壤的气候的福音。这个意象的务实和质朴是陕北人最喜爱的理由。因此，大雪作为水的另一种存在形式，即使变幻成漫天飞舞的花朵，在老人眼里那就是会飞的水而已，并不是年轻人眼里的一首诗，或者一首歌，更不会与风花雪月沾边的。

　　后村的老崏子一年只洗一次脸，等到冬天下第一场大雪的时候，站在院子里掬起一捧雪在脸上揉搓几下，就算是完成了这一年最重要的仪容清洗。他的老婆说，你这辈子算是把我恶心到了。老崅子回道,后沟里的王老大一辈子才洗了两次脸,第一次是结婚那天,第二次是死后那次。老婆说不过他,转身走开。

老崅子走得最远的地方是县城。到了冬天,陕北人基本上停下了所有农活。人闲下来了,结伴而行去县城的次数也就多了。老崅子爱去县城的原因是可以到下河滩吃一碗羊杂碎、一份煎饼、一碗绿豆凉粉,如果放开一点,再加一个油旋(千层饼),这次县城之行就圆满了。

一场雪后,天气很冷,冻得人走起路来都要双手插在袖子里,猫着腰加快脚步向前赶。老崅子和村里几个人要去县城逛逛。他们不会全程走公路,而会选择一部分没有弯道的水路。冬天的水路是结了冰的冰路,好多人选择走冰路和公路交替的那条水陆之道,是因为可以绕过公路上的那些弯路。冰面上不仅仅走着老崅子等几个人,其实去往县城的不少人跟他们一样,都会选择这条比较方便的水陆之道。

走在公路上的人可以走得平稳而有秩序,而走在冰路上那就大不相同了。冰面很滑,时不时滑倒惹来大伙的笑声,这笑声似乎也会被冻住,在冰面上久久无法散开。孩子们是滑着冰车一溜烟从身边而过的,老崅子等人会猫着腰一边溜着冰面向前滑行,一边几个人手牵着手一起向前大步滑行。这样徒步行走的乐趣不仅仅是走了捷径,更多的是在几个人嘻嘻哈哈的跌倒后又爬起来的开心之中。陕北人整体性格内敛而深沉,很少有人在大庭广众之下开怀大笑表露自己的情感。而在冰面上类似于游戏的行走,让大家情不自禁地袒露出内心深处的愉悦,即便是摔倒时头磕在坚硬的冰面上有着阵阵疼痛。而这样的痛并快乐着从来都是陕北人的生命体验。

当然这是20世纪陕北人的生存状态。

老峁子们经过一个小时的行走后，会穿过县城的一条建于明代的老城巷进入县城唯一的街道。这条通往街道的老城巷叫鸦巷，左侧二十多米高的城墙基本上保存完好，高高在上的几孔老窑洞的建筑群，据说是很老的县衙。而在城墙上的那处只留着一个一尺见方口子的砖房，据说是那个时候的牢房，里面关押过很多杀人犯。当小孩子路过此处时，不由得会朝上望望，生怕这个方口子里跳出来青面獠牙的杀人犯。鸦巷的名字由来是这样的：从前婴儿成活率低，夭折后送到这条巷子，之后被成群结队飞到这里来的黑压压的乌鸦吃掉了，所以取名为鸦巷。婴儿被乌鸦吃掉是吉事，这有点类似天葬的说法了。在陕北，人们对一个人的定义是有年龄界限的，十二岁以下不能称之为完整的人，因为魂不全，魂不全意味着这个人的肉体是羸弱而不完整的。在陕北人眼里，对一个人的认识不仅是他的肉体，而且包括他的灵魂的完整程度。所以说十二岁之下的人一旦死亡，就不能按照一个成人的礼仪入土安葬。不能入土，只有被送到偏僻的山沟里，让飞禽走兽吃掉。如果送出去三天之内没有被吃掉，就会给家属带来阴影，而这个阴影就是夭折的孩子并没有投胎，不完整的灵魂还在家里纠缠着亲人。如果很快被吃掉，那就是吉祥之意，说明孩子投胎转世了。

鸦巷是靠近县城西北处的一条窄沟，县城里夭折的孩子都会选择送到这里。因此周围树上和土崖的窟窿里有很多乌鸦和老鹰的窝巢，它们生存的主要食物来源就是送来这里的夭折的小孩。

老峁子穿过鸦巷很快就进入街道。街道上的冷是从一群又一群黑色的棉袄里散出来的冷，也表现在十字街向东的那两排破旧瓦房里散发出来的浓浓的白色热气。蹲在十字街上卖荞麦煎饼和绿豆凉粉的手艺人并不吆喝，他们一排儿蹲着，口里嚼着半尺长的旱烟锅，吸溜吸溜地吸着清鼻涕，吱溜吱溜地等着食客。最惹眼的是在半人多高的火炉边打油旋的那个人，看上去很是享福啊，大冷天的他绝对不会受冻，炉子里散发出的暖气可以让整条街感到温暖。他熟练地摔打着面团，变魔术般的从火炉里取出一个个金黄色的油旋，整齐地放在火炉上的木盘子里，极大地诱惑着来来往往的人。

打油旋的火炉一旦烧起来，一整天就会有不少的人围聚在这里。虽然没几个人买油旋吃，但是打油旋的人也不会介意。这群流着鼻涕和口水的人在一起谈古论今、说三道四过得也很开心。

羊杂碎饭店开在十字街右边的那间瓦房里。瓦房里热气腾腾，人声鼎沸，吃饭时发出的急促的声音，空气中混合着的羊膻味，足以让每一个人无法抗拒这种美味的诱惑。一碗羊杂碎里有白菜、土豆粉、羊血和内脏，红艳艳的辣椒油漂浮在汤上，更加渲染了这一老碗羊杂碎的美味。

老峁子几人走进来了。

按照惯例他们找位置坐下，服务员上来熟练地给每人倒一碗面汤，然后问大碗还是小碗，精的还是烩的。老峁子不假思索地脱口而出：大碗，烩的。这个回答同时代表了大家。

　　精的，是方言，意思是这碗羊杂碎里不添加粉条、白菜和羊血。精的好吃而过瘾，但是价钱是烩的三倍。所以一般人觉得吃精的，是不活人的做法，毕竟家里婆姨娃娃老老小小一大家子人呢，能省几个算几个。

　　老崽子跟其他人商量，要不要每人再买一个油旋？其他几个人有点犹豫。老崽子说，买吧，来一趟也不容易。其他人不应答。老崽子喊来服务员，让他出去买几个油旋回来。吃完饭付钱的时候，老崽子把大家的油旋钱一起付了。大家心里过意不去，眼神里流露出感激。老崽子用衣袖擦了擦嘴巴，挥着手臂说，走。

　　他们走出来，双手捂着耳朵说冻死了。老崽子等人快步走到打油旋的火炉子旁站下取暖。有人说今年冬里冻得骨头疼，有人说这风直接就钻到肉里头了。

　　是很冻，时不时有看得见和看不见的风吹来，黑棉衣的御寒功能似乎不再是隔绝寒冷的唯一屏障了。运动，已是大家形成的御寒共识。老崽子说，咱赶快吃一碗煎饼回家吧，回家的时候走起来，脚片子底下就会发热，这一发热就浑身不冷了。人暖腿狗暖嘴的道理大家都懂。

　　一摆溜坐在煎饼摊前的木凳子上，几个人每人吃一碗煎饼后再喝一碗凉汤，凉汤是凉水里加了蒜泥、米醋、芝麻的一种煎饼汤。大冷天吃煎饼喝凉汤，在外地人眼里不可思议，而在这里却是一种饮食传统。即使大雪纷飞，这里的人也会蹲在大雪中吃煎饼喝凉汤。

还有冒雪吃绿豆凉粉的，外面寒风飕飕，一碗凉粉下肚，一个冷战，上下牙敲打一阵，中间的骨头和肉紧缩、扩张，抵御性极强的人的本能之力瞬间爆发。这种带有自虐性的吃法不乏乐趣和刺激感，凸显了大家精神层面的意志力。

吃完煎饼该回家了。原路返回的老崾子几人吃饱喝足了，心情很好。他们热热闹闹地唱着信天游，冒着一身热汗回到村子里。

天地静止，夜长昼短，更多的冻是黑夜里刮过的看不见的风。风声是冻的代言，它的声音越大，就意味着那层糊窗纸外冻得越厉害。厉害的冻，可以把沟里的巨石冻开裂缝，可以把大山冻得开了口子，可以让一些飞禽走兽冻死在雪地里。这是陕北的冬天，是在我和我的父辈赖以生存的土地上，生命融入自然的日常生态。

风雪总会在某一个寒夜里到来。一层糊窗纸挡不住窗外的寒冷，随风铺开的漫天大雪在大地上写下寒冷，整个黄土高原不再是传统的色彩，而是被雪赋予了浪漫的白、晶莹的白。这种泛着光的白是刺骨的冷，是厚衣服遮不住的冷，是人难以抵挡的冷。

推门而出，便是一片白茫茫的大地。凸凹起伏的地面成为一道道缓缓而行的白色线条，粗略地勾勒出大雪覆盖下的景致。那条连接着村子的土路，弯弯曲曲延伸出去，让人感到刺骨的冷，滴水成冰的冷。

即使是很冷的天气里，村里那帮穿着漏风的棉衣的小孩也喜欢在雪地里奔跑。院子里那根晾衣服的铁丝像冬天的一根筋，紧绷着这个冬天的寒气。孩子们爱闹，故意用舌头舔这根铁丝，舌头立即被铁丝粘住。铁丝像张了嘴死死咬住舌头不松开，孩子们赶快深深地呼出几口热气融化舌头与铁丝间被冻住的那层似胶的冰。一帮孩子反复用舌头舔铁丝玩着游戏，把冷冻的天气搞得十分有趣。站在一旁的大人们笑看此景，说这些娃娃是无人管，狗舔碗。

漏风的棉衣挡不住呼啸咆哮着的冷风。孩子们棉衣的袖口和膝盖处已经摞了几层补丁，但是还有旧棉絮露出来，风就会从补丁的缝隙中钻进去。风里奔跑的孩子似乎与这个冬天毫无关系，嬉闹声完全抵挡了户外的冷风。他们会奔跑着滑到结冰的河面上，会穿梭于打雪仗的白花花之中。袖口上已经发亮的那部分是层层鼻涕结在一起的硬层，大人们说这里可以擦着火柴了。这是冬天的印记，冷的印记。

一场大雪让整个山村回到古代。电线杆和电线、柏油马路和机械等现代文明的象征物都归隐到大雪之下了。唯有人和天空是动态的，人出门扫雪犹如白茫茫的大地上的一只蚂蚁在蠕动，天空里飞舞的雪花好像密集的花瓣盛开在天空之中。古代的样子莫非就是人与自然的二元结合？一场雪让大地和天空变得质朴而回归到原样，而这场大雪中的古代的标点符号，每一句话的串联，都要经过人的断开和起承转合。

毛再长的狗都会冻得把尖嘴巴深深埋在身子底下的天气里，人的高级智慧就体现出来了。靠穿棉衣戴耳套、烧热炕、喝开水等方式来取暖，就可以度过三九四九冻死狗的严寒天气。

天气很冷，再冷也挡不住陕北人的诗性。诗性是一种潜在内心深处的日常性情，对于在自然条件艰苦的环境中生活的陕北人而言，通过信天游表达的诗性情怀，可以归结到一句话上：亲戚路人。陕北人的热情与善良，往往会体现在这句话上。如果一个陌生的路人被冻得哆哆嗦嗦地路过村子，会有村里人上前说，回窑里来喝一碗热水再上路。在他们眼里，人分两种，一种是亲戚，另一种是路人。而这两种身份的人的称呼，他们从来都是一起说出口，身份并列，陌生由此拉近。于是，陌生的路人虽不是亲戚，在遇到难处被察觉后，也会得到素不相识的人的帮助。

　　这种比较淳朴的诗性落在具体的动机方面，就是用那种比较浪漫的诗性来化解自然之苦，从而给不好的心情和不好的处境带来心灵的慰藉。老峁子在下大雪的时候就会仰面说，他闻见雪花香了。这句话一出口，整个天空就变得芬芳。

重耳川

在陕北子长的白于山区，有一条以河流为走向的川道由东向西蜿蜒前行数十公里，这条川道叫重耳川。这条原本没有名字的川道，因为一个历史人物的出现和一段历史故事的支撑与滋养，就有了这个厚重、深沉的名字，并且流传至今。这个历史故事就是当地妇孺皆知的春秋时期的重耳在此流亡十二年的故事。创造这段久远历史的主人公晋文公重耳，在他辗转流亡各国长达十九年中，在这里就生活了十二年之久，后开创了晋国长达百年的霸业。此后，重耳川作为一个地名，以其固有的高度触及永不黯淡的历史天空。在这方水土哺育重耳十二年的非常时期，重耳川呈现出自己特有的温暖和情怀。

重耳川拥有大山、峡谷和石头，盛产小米以及黑色的蝴蝶，而这些产物无不与流亡在此的重耳有着密切的关系。那么，就让掩映在群山之中鲜为人知的故事和景致，随着时光的脚步打开神秘的历史之门，请这里多情的山水草木讲述重耳在此的春秋往事。

黄米山的小米

　　小米，不再是停留在一种粮食作物的本质含义层面上的食材，这种被陕北地域文化的地理概念和重耳逃亡生涯、中央红军进驻瓦窑堡等历史故事赋予更深刻内涵的金黄色米粒，承载的不仅仅是填饱肚子解决饥饿的基本意义，更多的是一种尊重历史、敬畏生命、成就大业的具有仪式感的历史意义。小米，对于外面人而言，最直接的联想或许是与这里的民俗、风情、生存、文化等黄土元素有关，是关乎命运和生息的重要粮食；而对于蕴含着苦难色彩的白于山区来说，小米的意义早已超越了世俗的东西，上升到人性修行这个高度。

　　如果说小米是陕北的一个文化符号，那么坐落在子长高台的黄米山就是这个符号的坐标。

　　黄米山，高高耸立在群山之中，山顶触及云朵，山腰系着春风，坡上长满谷子，山脚溪水流过。这样的自然结合似乎有意为这个名叫赵角村的村庄打造了一个世外桃源。小米在此年年岁岁生长着、丰收着。此山原本没有名字，祖先给起了黄米山这个具有生命气息和丰收意义的名字。是的，这座大山非常适合生长小米，适当的海拔、适宜的气候完全符合小米生长的环境需求，因此这里的小米蒸的干饭米粒紧密发光、余味不绝于口，熬的小米粥金黄黏稠、喷香可口。

　　重耳担惊受怕，一路颠簸逃亡到这里时，身体消瘦、严重的营养不良。热情的黄米山人收留重耳后，一日三餐用小米饭把他的身体养起来。重耳感恩于小米的神奇功效，携家眷随从耕作于黄米山，种植谷子，收获小米。山上视野开阔，放眼群山，面对自己当下的境遇，胸怀天下的重耳无数次感慨万千。小米，在这里成了他卧薪尝胆、养精蓄锐的象征物，黄米山小米被重耳赋予了新的内涵，那就是枕戈待旦、宵衣旰食。而这一点被后来长征落脚瓦窑堡的中央红军再度予以深刻解读，那就是这里的小米养活了1935年冬天结束长征的中央红军。

重耳在由小米饭陪伴的流亡生涯里，与村人和睦相处、肝胆相照。一年深秋，正是收割谷子的时候，黄米山上风啸尘扬，不一会儿，一场秋雨袭来，被尘土包裹的雨滴纷纷落在人们的身上，正在与村人劳作的重耳便跑到一棵老榆树下避雨。这时有一名叫季隗的女子摔倒在地，滚落至半山腰，重耳不顾雨大路滑，冲下山救起季隗。他的这一举动得到村里人的尊敬和爱戴，同时得到了季隗的爱慕，两人后来喜结连理，相濡以沫、苦乐相依。从此，失意、低落的重耳在妻子的陪伴下度过了生命中最需要抚慰的苦难岁月。

小米饭的味道里不仅仅是甘甜和香气，更有重耳上山播种收获的苦乐味道，以及与季隗患难与共的爱情味道。

如今，黄米山的小米依然保持传统的耕作方式和古老的加工手段，这里的小米千百年来年年丰收，年年飘出香味，年年念故人。

养生谷的石头

从黄米山下沟，向西而行，便是重耳养生谷。陕北缺石头，黄土山峦典型土质结构的山沟，因水土流失导致山体滑坡、山沟无限制地加深，犹如一道道刀痕，深深地刻在群山之中。而重耳养生谷却是一条石头峡谷，这在陕北并不多见。

峡谷两岸石崖挺立，石头形态各异，石花千奇百态，沟底青石铺底、溪水流淌、清澈见底，有关重耳的故事俯拾皆是。

养生谷长度约三公里，这是一段地理的长度，也是重耳在此放牧的苦难岁月的长度，它是重耳修行、彻悟、逐渐强大而实现理想之地。

养生谷两岸石崖上的石头很老很老了，那些老石头被时光纷纷雕琢出上天的意愿。比如窗格子，窗格子里的秘密是不是上天的耳语？比如整装待发的军队，那些曾被重耳指挥过的千军万马如今马放南山，留守养生谷的某个高处，目睹过眼烟云。比如一盏天灯，灯光只有有缘人方能看到，那灯盏是上天的眼睛，还是上天手执的烛火？比如无数神兽，是当年陪同重耳在此养生修心，还是镇守这方水土的神的力量？它们如今安卧山谷，接受时光洗礼。比如谷底巨石开花，风雨浇灌的时光之石，如同上天降下的吉祥，这些石头开出古老的花朵，世世代代不会凋谢……

百丈摩崖，两岸瑰丽；一溪清流，蜿蜒绕行。每一块石头都暗藏风骨，每一个造型都富有含义。养生谷精彩纷呈、绚丽多姿的三公里，对于那段历史而言，是典藏历史云烟的所在。

峡谷里柳树榆树间隙布阵，青草野花次第铺开，偶有古人留下的碎石垒起的羊圈，也有青石堆起的神秘石阵，以及消失的神龙的遗迹等，让整条峡谷充满了神秘色彩。

两岸石壁上挂满了形态各异的由风雨和时光雕刻的图案，这些完全超出想象空间的图案，如同祖先的图腾，隐喻着人间万般事情的发生和消失。在石壁的多处石檐下和石窟里，居住着成群的银色野鸽，它们口衔金色的野菊花，在峡谷的天空里飞来飞去，把野菊花一遍遍带到天空之上。

重耳正是在此心怀虔诚，拜天地，敬自然，修自身。洗心池、养心潭、抚琴台、转运石、聚贤崖等被重耳眷顾和后人命名的地儿，无不与人心高处的境界有必然的联系。这些听上去就让人感受到超脱的名字，若能亲临其境，生命在此定然能够得到升华。

油然而生的神秘意味会使人与山石草木迅速建立起某种因果关系，使轻浮的东西渐渐落下来，使无知的心渐渐走出迷雾。

传说重耳在一个隆冬的日子里来到养心潭，这时大雪也开始落下，养心潭白茫茫一片，不一会儿整个峡谷在大雪中现出隐隐约约的轮廓，犹如一幅有着人间最美景色的画。这时，一群野鸽从大雪中徐徐落在重耳的跟前。重耳非常高兴，他伸出手，一只野鸽飞起来落在掌心。他对野鸽说，重耳落难，承蒙狄国此地乡野恩宠，留全性命。我当重铸心志，胸怀苍生，自品甘苦，定当报恩。重耳言毕，掌中这只野鸽一跃而起，向天鸣叫三声，地上野鸽纷纷飞起，在他头顶盘旋，久久没有离去。雪下得更大，那群野鸽与重耳在养心潭一起沐浴在雪中，直到天色暗下，雪色映亮整个夜晚。

一年四季，重耳养生谷风景各异。春天的青草叶片上、流溪微波中，落下明亮的春光；夏天的枝繁叶茂中，峡谷里荡起的清爽，把整个酷热的夏天阻止于峡谷之外；而秋高气爽的金秋季节，遍地的野菊花盛开，让峡谷的每一块古老的石头有了灵性和生命的迹象，那些看上去不会说话的石头，此刻在野菊花的芬芳中讲述着每一块石头从古至今的来历；冬天的美，是这条峡谷承载起的壮观的北国风光，石头不再是只有重量的物质，而是像飞舞在天空的雪花一样的精灵，它们在不断地涅槃，不断地重生。

　　人是俗人，俗气的人不能长期沉湎于浮躁功利的环境中。一个凡夫俗子应该要活那么几天远离红尘的日子吧？那么，重耳养生谷的清澈、纯净、安宁，足以让一个疲惫而贪心的人静下来、空下来、轻下来，足以让一个缺乏信仰的人在此有所抱负地蓄满正能量。

黑蝴蝶

　　峡谷中段，沿右侧不高的山梁上的一条羊肠小道而下，有一开阔处，一边是百余丈高的石崖垂直而立，另一边是那道山梁，正前方是一条高处流下来的溪水。溪水在此汇聚，形成一个大水潭，此潭名曰黑水潭。黑水潭周围长满芦苇，芦苇间有不少野花绽放。盛夏的黑水潭在一片安静里，滋养着这里的草木和石崖，以及飞舞在水面上和栖息在草尖上、石头上的黑蝴蝶。

　　黑水潭的蝴蝶本是五颜六色的，因重耳的离去，这里的蝴蝶一夜之间全部变成黑色。公元前643年初秋的一个日子，重耳告别众乡亲和拯救他的这片黄土地，即将踏上返回晋国的路，走进历史的洪流之中，去实现伟大的理想。他绕道再次来到养生谷，想最后一次看看那些老石头，抚摸这里的老柳树。他来到黑水潭，蹲在水边，双手掬起黑水潭里清澈的水喝下一口，然后再掬一捧水洗脸。旁边的人赶忙将手帕递过去，他摆摆手，站起来说，不用擦，这里的水养活了我们十二年，这一别，或许再也回不来了，我舍不得离开这里啊。我无法带走这里的一滴水，就让我的脸颊最后一次挂着这里的水珠告别吧，这样我心里会好受点。

这时，成群的蝴蝶从草丛中和石崖上翩翩而来，飞舞在黑水潭的上空。看着美丽的花蝴蝶快要将黑水潭的上空遮蔽，大家为这一奇观而顿生兴奋，都觉得这是吉兆，预示着重耳定能成就大业。

前来送行的乡亲们目睹此情此景，一一与重耳再次握手道别，个个泪流满面。重耳不忍转身回望，径直向峡谷的出口走去，这时身后山梁上传来高亢、悠扬、深情的信天游：

　　　　今早上送你吃了枣糕，
　　　　不晓得你是不是没吃饱。

　　　　你要走来我不想叫你走，
　　　　说不下个日子不让你走。

>　　老天老天你老人家要照看好，
>
>　　出远门的重耳你要走好。

　　重耳等人回头含泪望去，山梁上站着几个十二年来与自己一起上山耕作一起出去打猎，一起下河戏水一起习武健身的伙伴，正唱着信天游为他送别。重耳向大家弯腰鞠躬致谢后，将穿在身上的那件黑袍脱下，放在一块老石头上，便上马赶路，绝尘而去。这时有人惊呼，黑水潭的花蝴蝶全部变成黑蝴蝶了，而且那群黑蝴蝶纷纷飞到重耳的那件黑袍前，一只又一只落在黑袍上。大家不解其意，有老者说这是重耳留恋大家啊。老者说蝴蝶也有灵性，懂得人心，所以宁愿褪掉美丽的外表，穿上重耳的黑袍，以解众人思念之情。

　　两千余年来，黑水潭的蝴蝶仍身穿黑袍，以其特有的方式寄托着这里的人们对重耳的无比怀念。

　　斯人远去，故事流传至今。温度是一个生命存在的最具说服力的佐证。重耳的故事依旧温暖，他率众人不仅仅上山种五谷，还栽桑养蚕，改革农具，读书识字。重耳受恩于这里的人们，这里的人们也感恩重耳十二年来用勤勉、专注、智慧、勇敢教化了大家。

　　而这条美丽幽静的峡谷和高高耸立的黄米山，承载起的是重耳成就霸业的历史使命，是他获取生命养分和情感归宿的神圣之地。

　　如今这里青山依旧，蚕桑兴盛，重耳的故事依然回响在这里的山梁沟壑间,回响在每一只飞向天空的野鸽的翅膀上,回响在无数只黑蝴蝶的翩翩舞姿中。

圆头峁

门对面那座最高的，山头滚圆的山叫圆头峁，山上埋葬着村里人的老祖先。每到除夕那天，一村子几十号人便要去那里上坟。冬天的陕北，每一座大山上都是白雪皑皑，没有人的踪迹，只留着鸟和野兔踪迹的大山上，被上坟的人踏出一条蜿蜒的山路。

上坟是很有意义的一件事，全村的老少爷们儿几乎是倾巢出动。小孩子们手里拿着鞭炮，兜里装着自己做的纸炮，大人们手里提着给亡者祭祀的年茶饭、纸钱和奠酒。年龄大的老者平时的节日里不去上坟，到了除夕这天一般是要去的，在积着厚厚的雪的山上走路，就是年轻人也会多次滑倒，年长者更不用说了。年轻的小伙子们会扶着年长者上山，一路上就有顽皮的孩子从高处嘻嘻哈哈滚落下来，有时候滚到年长者脚下，年长者朝孩子屁股踢一脚，孩子故意再翻几个滚，浑身沾满了雪，活脱脱的一个雪人儿。

一路上大家很是快活，亮开嗓子高吼着，让对面山上的回音一波又一波地在空旷的大山里回荡，惊飞的麻雀和野鸽在头顶哗哗地飞过。一只苍鹰在高空里来回盘旋，一个猛扎，便会用利爪抓走一只受到惊吓后慌不择路的野兔。

祖先们埋在圆头峁的阳坡上，上坟的人先是把带来的祭品摆放在供桌上，然后上香、奠酒、烧纸。接下来要按辈分跪下，同一个辈分的跪一排，这样一排排地跪着，第五六辈的人要跪到最后一排。年长者一声呐喊：磕头。大家三磕头一拜算是结束了祭祀仪式。最后就是放爆竹，接二连三的爆竹声顿时吵翻了沉静的大山。有村人将从煤矿上拿来的雷管和炸药包点着，一声巨响让万籁俱寂的山谷轰鸣，回声悠长。

从早饭后去上坟，到快吃下午饭的时候才能回来，来回大概要走好几里路。大家扫落身上的雪，换掉灌满了雪的鞋子，穿上过年前就做好的新衣服，开始吃胡萝卜和羊肉馅的水饺。

到了除夕之夜，万家灯火亮起的时候，圆头峁又恢复了寂静。村里人说，有法师会在今夜一个人悄悄地到圆头峁上去收法。收好的法术积攒起来，就够用一年。这法术用途很广，可以治病，也可以驱邪，还能诅咒人。

法师不像神婆神汉那样几乎每个村子都有，好几个村子都出不了一个法师。记得有一年，上院里的一个疯婆，疯到连自己的儿子都不认识，一直觉得身边出现的人是要来索命的鬼，手里常常拿着菜刀和木棒追周围的人。一次，她的老汉出去干农活，忘记带两岁的小儿子，把小儿子丢在家里了。疯婆恐惧地盯着正在炕上大哭大闹的小儿子，退缩了几步，然后冲上去将小儿子提起来要塞进火势正旺的灶膛里。由于灶膛口太小，她试了几次都没把小儿子塞进去，就拿来镢头几下把灶膛刨开，把哭喊着的小儿子塞进去了。她又给灶膛里加了几块煤，把锅子放上去，然后得意地扭起了秧歌。

事情发生后，急死了一家人。而疯婆依旧拿着菜刀和棍子挥舞着，不让任何人靠近。之前她老汉已经找过几个神婆神汉来给疯婆看病，可是每一次神婆神汉还没开始发功，就被疯婆追得东躲西藏逃之夭夭。为了请一个高手来治好疯婆的病，家人四处打听。据说外县的黑法师法术高明，能治百病。但是黑法师一般人请不动，要价高不是问题，问题是他的活太多，没时间大老远过来。后来求爷爷告奶奶终于请来了一脸黝黑、满口金牙、披头散发的黑法师。黑法师从包里拿出一个小铜铃，摇得叮当响。正坐在崄畔上骂着路人的疯婆听见后，提着菜刀欲冲回窑里，被早就安排好的几个年轻人从后面抱住，夺下菜刀，压在院子里动不了。黑法师说，把这妖精捆起来。几个年轻后生用细麻绳把疯婆结结实实地捆住，抬回窑里。黑法师摇着铜铃说，这是一个千年食人妖附身，今天要用法术诅咒死这个食人妖。一家人心里安稳了很多，毕恭毕敬地伺候着黑法师施法。黑法师让人拿来辣子水往疯婆嘴里灌，说食人妖最怕辣子。村人端来一碗红通通的辣子水给挣扎的疯婆灌下去，只见疯婆鼻孔里口里耳朵里喷出了辣子水，不一会儿疯婆不挣扎了，软绵绵地躺在地上一动不动。黑法师说，疯婆的病治好了。黑法师又说自己很忙，要到另外一个地方去看病。疯婆的老汉给了黑法师钱后，雇来村里的一辆拖拉机把黑法师送走。第二天早上起来，老汉发现疯婆没气了，他大哭一场把疯婆埋掉，并没找黑法师算账。疯婆被埋在圆头峁的背洼里，她是妖怪，进不了祖坟。

圆头峁东边的山脚下有一家国营煤矿，南边的山脚下是这家煤矿的矿部。煤矿很红火，周围几个村子的人大多靠这个煤矿养活着。早早辍学的小伙子不会去上山种地，他们选择到煤矿上挖煤，要比种地的收入高多了。在煤矿上干，一月一结账，不用晒一天太阳，一年下来要比种庄稼强多了。

城里一些有钱的单位买了黑白电视机，习惯了看电影的人们被电视机里每天播放的节目深深吸引。矿上那些年轻的小伙子跑十来里路到城里去看电视。当时单位上的电视机放电视的时候都要放在院子里的一个高桌子上，看电视的人很多，就像看电影的人那么多。电影放过来放过去总是那么几部，大家早就没兴趣了，而电视节目让很多人感到新奇好看。

煤矿上的矿长被这一现象触动，他开会研究，决定买一台电视机，方便大家观看电视节目，丰富职工和群众的文化生活。买回的是一台十八英寸的黑白电视机。买回的当天，这个消息轰动了整个煤矿和周围几个村子。那是一个秋天的下午，几百人云集到矿部，等着看电视。电视机被放置在院子里的一张桌子上，人太多，后面的人看不见，矿长让再加一张桌子摞上去，把电视机高高地放在上面。可是电视机上一片麻点，一个人影也不出来。那几个举着电视天线的工人在大院东西南北的房顶上试遍了，就是收不到信号。最后矿长下令，让工人们背着电视机、电瓶、天线到圆头峁山顶上去试试。此时天色渐晚，人声鼎沸的人群浩浩荡荡地向圆头峁进发。一路上大家都很兴奋，有说有笑，像是要参加一场生命中十分有意义的大集会，男女老少相互搀扶着，没有人掉队，也没有人喊累。到了半山腰，天已经黑了，有备而来的观众们纷纷打开手电筒和矿灯照明赶路，没带照明工具的人顺手从山上折一根枯枝点着做火把。蜿蜒的山路上是一长串亮起来的灯火，在黑夜里犹如一条火龙，渐渐向圆头峁的山顶走去。

到了山顶，矿长背着双手选好一个地儿，让把电视机放在一块木板上，开始调试节目。经过一番折腾，终于收到了一个频道，内容是唱戏，而且唱的戏不是大家爱看的秦腔。大家已经不再关心节目内容了，吃惊于这个方匣子里竟然能有人演戏。电视机收到的信号不强，画面一点也不清晰，而且噪声很大，根本不能正常观看。这已经是最好的效果了，如果天线稍微一动，就啥也看不到了。三个举着天线的工人屏住呼吸，大气都不敢喘。观看了不到半个小时，大家都觉得没意思，就纷纷下山。直到最后一个观众离开，矿长才让收拾起电视机和天线返回矿部。

据说这座山的风水好，自古以来就是理想的坟地，山上埋了不少历朝历代的达官贵人，特别是很多征战而死的将帅。这里是边塞要地，历史上战乱不停，狼烟四起，从来都是兵家必争之地。历朝历代都有盗墓贼来到圆头峁上挖坟盗宝。说是在清朝的时候，一伙驻地的官兵成了这座山上专业的盗墓团伙，他们盗走了不少宝贝，有的进贡到了朝廷。到了现在，仍然有本村或专门从外地赶来的盗墓贼，在黑夜里一次次来到圆头峁上，疯狂盗墓。如今山上到处是被挖开的墓坑，一块块巨大的石板、棺木板和砖头等墓内的建筑材料被扔得满山都是。有一伙来自邻县的盗墓贼可能是第五次光顾圆头峁了。这个数字是村里的老白告诉大家的。老白是个没瞌睡的人，可以一晚上不睡觉，蹲在院子里抽着旱烟，盯着门对面的圆头峁。他说来的盗墓贼不少，但是熟悉的脚步声和熟悉的咳嗽声在山上出现过五次了。因此，老白叫醒村里的几个年轻人，说到山上看一看，把那些猖狂的盗墓贼赶走。他们长期深更半夜来到圆头峁动土，对埋在山上的祖先不利，破坏村里的风水呢。小伙子们跟老白拿着棍棒上山了。到了山上，老白大喝一声，吓得几个盗墓贼一溜烟跑了。他们打开手电筒向被挖开的一个墓坑里一照，只见那个在墓坑里挖宝的盗墓贼没来得及跑，双手抱着头，蜷缩在一角。老白把他喊出来，从衣兜里搜出一面铜镜、一块玉佩、一支金簪。老白朝着这个盗墓贼的屁股踢了一脚说，滚。那个盗墓贼头也不回赶紧跑了。

　　大伙像是获得了丰厚的战利品，高高兴兴地回到老白的家里。老白说这几天咱们打听着把这几件东西卖出去，卖的钱咱们几个平分。谁也没意见。等到第二天天亮，几个人四处打问买家。下午来了几个说着外地话的人，问村里有没有卖的"古货"。大伙明白，古货指的就是墓坑里挖出的东西。老白拿出这几件古货让外地人出个价，外地人说是清朝的，不值钱。老白一把从外地人手里抢回东西说，不值钱也是个钱啊，你能给多少？外地人说，铜镜八十，玉佩一百二，金簪二百八。老白说，再涨点。外地人说，最多三件东西给你五百元。那几个年轻小伙说，卖掉吧，昨晚咱们去了五个人，刚好一人分一百。老白说，五百太少，最少一千元。外地人转身要走。几个小伙子急了，说老白太黑，这么几件破东西敢跟人家要一千。再说这东西又不是自己挖的，没费力气得到的东西，差不多就行了。老白拗不过那几个小伙子，就把那几件东西卖掉了。

第二天，几个穿着橄榄绿警服的人来到村里，抓走了老白，说老白贩卖文物。老白的老婆哭喊着说冤枉，为什么不抓那几个年轻人，只抓老白一个。警察说，老白是主犯，抓回去审问出同伙了，都要抓。老白的老婆挡住那辆吉普警车不让把老白带走。她说，要抓就连她一起抓走。警察好说歹说，她就是不让路，最后警察没办法，就把老白的老婆也带走了，但是没给她戴手铐。

几个小伙子早就跑了，他们一直在外面打听消息。过了几天老白被放回来了，他如实交代了那件事的来龙去脉，警察认为罪行不重，罚了三百元就把人放了。老白回来后找到那几个小伙说，罚他的钱要大家认，不能让他一个出。大家说没问题，可是谁也没出一分钱。老白的老婆就站在崄畔上唾着唾沫骂那几个小伙子，说他们都活不成人，找不下婆姨，要断子绝孙的。

圆头峁山下的四周散落着几个村子，每个村子到了农历二月二那天便热闹非凡。白天男人们人人理发，寓意着这一年都有好运气；女人在锅内蒸十二个带有钵的糯米窝头，开锅后看哪个钵内水汽多，便认为哪个月份的雨量就多。到了天黑，家家户户院子里燃着一堆圪针，等火烧旺了，先是大人抱着孩子从火堆上跳过去，然后将衣服、被褥等物也抱着——跳过去，说是为了一年平平安安不生疾病，不生害虫。跳完火堆，村里的男人们敲锣打鼓要到圆头峁上去求雨祈福。这个时候几个村子的人一起出发了，打着火把的登山人流，从圆头峁的四面八方蜿蜒而上。大家都到了山顶后，一块儿用干柴在高山上燃一堆大火，每个村杀一只公鸡敬奉龙王，求得一年风调雨顺。这时，火势必须要旺，让熊熊烈火的青烟直上九天，祈求天地三界之主玉帝看到人间焰火后，为人间驱恶除邪，保佑平安。登山结束后，下山的路上可热闹了。前村的二小子五音不全，但是爱唱，他扯破嗓子地向着对面黑黝黝的大山唱"三十里的明沙二十里的水"，跑调不算，就连唱出的歌词也变味了，像是愤怒时发出的狂言，又像是压抑时释放的奔流。如果大家不熟知这首歌的话，会以为这首歌本来就是这样唱的。大伙被他逗乐了，嚷着让他继续唱。二小子索性不赶路，停下来为大家唱。他唱山唱水，唱人间烟火；他唱男唱女，唱红尘惆怅。他不是在唱歌，也不是在说书，分明就是用自己独特的说唱方式发泄着，倾诉着，怒吼着。看热闹的人群里，有人说二小子一点也不瞎唱，看起来胡拉被子乱扯毡，实际上那家伙唱的是解闷解愁的曲儿。二小子平日里话不多，更不唱歌，只有每年的二月二之夜，到了圆头峁才这样放胆大吼。

圆头峁每年热闹的时候也就是过年那天和二月二那晚上。平日里它像神，巍然屹立在那里护佑着山脚下的人们，谁要是累了就躺在它的胸怀里睡一觉。它不言不语，却得到了周围村人祖祖辈辈的敬畏。那里有山花烂漫，有清秋霜白，有寒冬飞雪；那里的草木年年在枯荣，就像山脚下世世代代的村人们，一年又一年地在悲欢离合中来来往往。

小煤窑

这里的小煤窑主要分布在南川里和县川里。小煤窑的历史有几百年了。20世纪80年代前后改革开放初期，村里的几个人凑个几千元钱就可以不需要任何手续在自家的自留地里开采。小煤窑的设施很简陋，几根废铁轨焊接的架子搭起来便是井架，所谓的罐笼也是废铁条和铁皮拼凑的，至于那个破旧的绞车和钢丝绳统统是旧的。把一个开着许多小眼的废旧矿车斗，搁在几块石头上，里面加满水，下面烧着火，用砖坯把这个斗四周围起来，抹一层拌着草的泥，就是浴池了。

县川里的小煤窑要多一些，因为这里的煤相比于南川里的煤要埋得浅一些，有时候在河滩里刨几下，就能挖出煤来。煤炭主要埋藏在县川里的甄家沟村方圆两三公里的范围内，这个范围内就有两家国营煤矿。后来相继开采的十多个小煤窑分布在这两家国营煤矿的周围。

小煤窑能吸引周围村子里的青壮劳力，原因有几种。一种是这里的人们祖祖辈辈靠挖煤为生，依赖煤炭生存下去已成为一种传统。还有一种是包产到户后，种庄稼的收入远远比不上下煤窑，而且下煤窑可以当月就拿到钱，不像种庄稼，一年下来卖些粮食也拿不到多少,而且总是赶不上急用。

另外,下煤窑可以避过严寒酷暑,冻不着也晒不着。煤窑里面冬暖夏凉。后来就有很多外村、外县,甚至外省的人到这里来下煤窑。来的人多了,小煤窑开得也多了,有的老板一个人就开三四个小煤窑。

每一个小煤窑都穿插在村子与村子之间的空白地段上,这些散布在黄土坡上的村子就被小煤窑连接起来了。村子连在一起后,前村后村的人联络似乎方便了很多。原来不怎么串门子的人,现在喜欢到外村走走,顺便圪蹴在小煤窑的场子上听南来北往的人讲些新鲜事。

外地的工人散住在小煤窑旁边的几个村子里,他们不用交房租,只要帮房东干点农活,或者从小煤窑上背回一块石炭就行了。每个小煤窑都有个不成文的规定,那就是挖煤工升井后可以不掏钱在炭场子里凭自己的力量挑一块石炭背回家。一个挖煤工这样日复一日背回家的石炭,可以垒砌成一堵高高的墙。房东喜欢招一些身强力壮的挖煤工住进自己家,这样一年下来,背回来的石炭自家烧不完,还可以卖给别人。

老牛家有三孔砖面子土窑空着,他只招到五个挖煤工。其中一个是个瘸子,别看瘸子走路一颠一颠的不好看,干起活来不比正常人差。井下的工作主要有两种:一种是"讨手",讨手是直接在生产面上用尖镐挖煤;另一种是"拉手",拉手是把煤从巷道深处的生产面用木托拉到井口下。瘸子是拉手,他一发力,把讨手催得挣命般消停不下,有时候讨手掏出一支烟递给瘸子说,歇会儿,别他妈的把你挣得不生养了。瘸子说,老子本来就不生养，还怕他个什么！

　　这里的煤矿瓦斯不大，每个挖煤工下井时都装着纸烟或旱烟锅，在劳作间隙抽烟是他们最好的休息。有的挖煤工烟瘾重，带一袋旱烟不够抽，就跟别人讨点。有一次瘸子不到下班时间就早早抽完了装有三两烟丝的那袋子旱烟，他烟瘾犯了，没精神拉煤，一屁股坐到讨手跟前，抢过别在讨手腰里的那包烟，抽出两支点着便吸。瘸子说，纸烟没旱烟过瘾，点两支抽都不如吸一口旱烟。讨手一把从瘸子手里夺过剩下的几支纸烟骂道，不要尿眉眼的孙子，你烟瘾这么大，为啥下井的时候不多带些烟呢？瘸子说，我给你当拉手，沾你几支烟的光你就受不了，什么人品嘛。讨手瞥了他几眼，骂道，越说你越不要尿眉眼了。瘸子哈哈大笑着一把又将讨手手里的那几支烟夺过来，猫着腰拉起装好煤的木托大吼一声走了。

　　开春的时候，一场毛毛雨湿透了脑畔山上的地皮。老牛家脑畔上的枯草中有一种叫地软的菌类一片一片滑溜溜地长出来，在当地人眼里这是一种做包子和饺子馅的上好食材。没等到这场下了一天一夜的毛毛雨停下，瘸子就跟村里的人争相来到老牛家脑畔上，拨开草丛摘地软。眼疾手快、经验丰富的瘸子不一会儿捡了一老碗。一个胖妇人开口了，她对着瘸子说，你一个外地人凭什么捡我们村的地软，把你碗里的地软拿来。瘸子满脸诧异地看着眼前这个个头不高却宽度夸张的女人说，我外地人怎么了？我外地人走南闯北吃遍天下。胖女人一拳打在瘸子的脸上骂道，你这个半撇子还吃遍天下，快滚！这一拳让瘸子始料未及，他怎么也没想到这女人脾气这么火暴。等他站起来后，被打翻的地软早被胖女人和其他人抢走了。瘸子一脸茫然地看着嘻嘻哈哈远去的胖女人等，不知所措地傻站着。他怎么也不相信刚才发生的一幕，这女人太不像个女人了。

瘸子吃了亏回来给房东老牛诉苦。老牛说，你就受了吧！那女人天不怕地不怕，除过没杀人，啥事没干过！瘸子说，就没人管吗？老牛说，派出所的人把她审问了三天三夜她都不说一个屁字，最后把她放回来了。瘸子问，为啥审问她呢？老牛说，她家的娃娃被上院里的一条老黄狗咬了一口，她就没完没了不依不饶，最后硬是偷着用一根棍打死了那条老黄狗，打死狗还不解气，又把人家的娃娃哄出来在屁股上咬了三口。

瘸子长叹一声，今天遇上无赖了！

瘸子的嘴唇很厚，向外翻出来大概有半寸之多。当地人吃肉爱吃肥肉，说肥肉香，咬着的时候咯吱咯吱地挤出的油特香。那个年代能闻到肉香就是福分了，一年能吃上几次肉那就是神仙的日子。五黄六月时，靠吃野菜高粱窝头充饥的这些挖煤工，都不敢做吃肉的梦。小煤窑的坡下开了一个小饭馆，卖的饭主要是肉炒面、猪头肉、羊肚之类的硬头货。挖煤工们被诱惑得实在不行了，就赊账吃一次。厚嘴唇的人吃肉厉害，瘸子吃肉厉害不厉害没有人见证过。有一次大家闲聊的时候，话题转到了吃肉，人人流着口水激动得咬不清这个"肉"字。瘸子说他能吃一个十斤的猪头，其他挖煤工纷纷说他吹牛。有人说，那就赌个输赢。瘸子说，行，最好大家先商量好。十个挖煤工跟瘸子打赌，如果瘸子能吃完十斤猪头肉，就白吃；如果吃不完，瘸子就输两个猪头。饭馆里正好有一个刚煮熟的猪头，用秤一称，十斤半。多出的半斤被中间人蘸着盐几口就吃掉了。其他挖煤工白了几眼中间人，心里骂道臭不要脸。瘸子坐在地上，跟前放着切碎的一盆猪头肉。中间人迟迟不说开始，围观的人越来越多，几条狗挤进人群把头伸向盆子，被人一阵乱打全跑了。眼看大家的胸前快要被口水浸透了，中间人还是不说开始。有人催着说，快点吧，把一盆子肉放在这儿不是诱惑大家吗？中间人假装没听见，只顾抽烟，头也不抬地蹲在地上悠闲地弹几下烟灰，看都不看别人一眼。又有人开始责怪了，再不开始，老娘可是撑不住了，几口给你狗日的吃了。中间人抬眼一看是村里那个胖女人也到了。胖女人恶狠狠地盯着中间人，嘴向一边抽了几下，口水流了一下巴。中间人站起来，对着瘸子说，开始。

瘸子双手伸进盆子抓起肉塞进口里，狼吞虎咽地猛吃。只见肉油顺着他的下嘴唇缓缓地在地上滴了一摊。大家随着瘸子的脖子一伸一缩的吃肉动作，也不约而同地伸缩着脖子。瘸子停下来要喝水，中间人让饭馆老板舀来一马勺凉水。瘸子一口气就喝完，把马勺一扔继续吃肉。吃到剩下有十几块肉的时候，瘸子可能实在是吃不下去了，用手按着肚子说，歇一歇。那十个挖煤工说，不行，要一口气吃完。中间人也发话了，赶快吃，如果吃不完你就要认输。瘸子端起盆子几口就吞下肉，把盆子扔到一边仰面躺下长出了几口气。

中间人宣布那十个挖煤工输了。十个挖煤工灰溜溜地站起身走了。瘸子躺了一会儿站起来往回走，回去的路上有一条小河。瘸子来到小河边蹲下撩起水把脸擦了一把，正要站起，头一伸吐了一河滩。有人赶快跑过来看个究竟，一个挖煤工用棍子拨拉着吐出的那些没来得及消化的肉，忽然他惊叫着说，看，一截肠子！瘸子蹲着埋着头一言不发地浑身哆嗦着。大家挑起那块像肠子一样的东西问瘸子，是不是把你的肠子吐出来了？饭馆老板跑过来一看说，哪里是肠子，这是一块没咬碎的猪脆骨。

十个挖煤工围住中间人说，他全吐了，不能算赢。中间人没办法，找到小煤窑老板让评公道。小煤窑老板的发言最具有权威性，他说一方认一半，猪头肉的钱挂到饭馆账上，月底发工资开账。瘸子心里不服，但没办法；那十个挖煤工心里也不服，但是也没办法。中间人溜之大吉了，那十个挖煤工骂道，这个孙子沾了光，白吃了半斤猪肉，他们自己连点腥都没沾到。

一年秋天，小煤窑上的一个挖煤工被断了钢丝绳的罐笼掉下去砸死了。目击者说那个挖煤工被砸成肉饼子了，死得太惨。遇难的挖煤工是被装进一个麻袋用绳子吊上来的。小煤窑老板指挥众人在靠近小煤窑旁边的小沟里搭了个草棚，把死人放进去。随后老板安排瘸子给死人洗身子穿寿衣。瘸子不干，质问老板，凭什么让我干？老板没法，说，给你挣两个工干不干？瘸子说，这还差不多。

瘸子提了一桶水洗去了。他三下五除二给死者洗净后，趁死者身子没僵硬，把衣服给穿好，给死者脸上盖了一张麻纸交工了。

死者家属直到半夜里才来，哭骂着老板不是人。老板是村里的支书，他让村里的几个小队长出面阻拦死者家属在小煤窑上寻短见、跳井等闹事行为。接下来是商量赔偿的事，死者家属要十万元，老板只给两万元，最后经过几天的调解协商，五万元达成协议。家属找到老板说死者手上那块电子表不见了。老板叫来瘸子问电子表哪去了。瘸子说他给洗身子的时候就没见到什么电子表。老板不信。瘸子赌咒发誓说谁要是拿了这块电子表一家人不得好死。老板还是不信，伸手在瘸子的衣兜里掏出一块已经停了的电子表。瘸子有点慌乱，他低下头满脸冒汗。老板骂道，你他妈的就不是个厚道人。

家属拿走电子表后，用雇来的拖拉机拉走了已经入殓的死者。小煤窑燃起一堆柴火送葬，瘸子躲在一角，目送着这个与自己曾一起干了一年多时间的挖煤工离去。老板一声大喊，开工了。穿好满身沾满煤屑工衣的几个挖煤工站在已经修好的罐笼里下井了。

后天就是农历腊月初八。腊八不吃糕，冻死一圪塝。这是在当地民间流传的一句谚语。到了腊八这一天，家家户户要做软糜枣糕吃。老牛家喂了一年多的那头猪不是很肥，但也有一百多斤。这天一早起来，老牛就把院子里的那张石床打扫得干干净净，并把窑洞腿子处的春锅烧旺，烧了一大锅开水，准备杀猪。瘸子等几个挖煤工帮着磨刀子、捉猪、把猪压住。凡是帮忙杀猪的人，都能吃到一顿猪肉粉条和小米捞饭。等把猪杀完，全部拾掇好之后，就开始做饭了。瘸子等人早上起来都没吃饭，就等着这顿饭。饭熟了，大家自己动手盛饭舀菜，每个人的老瓷碗都是冒了尖的。瘸子端一碗饭蹲在崄畔上，用筷子挑着菜里面的肉，骂骂咧咧地说老牛家太小气了，怎么好意思只放这么一点肉呢。老牛把猪肉卖给煤矿上的挖煤工和村里的人，割肉的人大多是赊账。老牛那个本子记着账，油渍渍的双手把记账的本子油透了。瘸子割了三斤多肉，他拿回窑里生火做肉，焖了一锅小米干饭，不到天黑就全部吃光了。

　　瘸子是个歪心眼很多的人，他吃饱后心想，啥时候才能还了老牛的猪肉钱。他寻思着晚上偷出老牛的账本，把记着自己赊账的那页撕掉，这样老牛空口无凭，自己就不用还钱了。

　　等到天黑后，瘸子假装到老牛那里去串门子，眼睛死死盯着压在席子底下的那个账本子。瘸子溜达着坐到跟前，悄悄拿出账本子装进裤兜里出来。他急忙找记着自己赊账的那页，由于十分慌乱，翻过来翻过去就是找不到。他忙到茅房里划根火柴把账本烧掉，然后回到窑里睡去了。

　　第二天老牛怎么也找不到账本子，最后在茅房里看到账本子被烧毁的灰烬，他冲出茅房站到院子里大骂，是哪个缺德的人干的这种坏事！老牛快被气死了，他接着骂道，谁家儿子要是做了这种伤天害理的事，谁家八辈祖宗也不会有一个人种子！老牛报案了，派出所的人带走了瘸子等其他几个挖煤工审问。起先大家谁也不承认，后来警察给他们几个人铐上背铐子，要用冒着火花的电警棍一个个电他们。瘸子害怕了，他赶忙承认，并如实供述了作案动机和细节。瘸子被关进了监狱，他在小煤窑挣下的工资被扣掉，用于偿还老牛的猪肉钱。

上山看蓝天

小时候的天是蓝的，是什么样的笔都画不出的蓝。小时候的山村是人和牲口、家禽生活的地方，农具从不闲置，即使到了大冬天，挂在窑面子上的农具也不会生一点锈，阳光照在刃上就闪出几道亮光。

小时候的生活方式是与土地有着密切关系的，不可分离，也无法分离。很多人说黄土地是贫瘠的，说这片土地的贫瘠养活不了这里的人。而事实是这里的人祖祖辈辈在没有任何外援的情况下，尽管活得很难很苦，但是一辈一辈地活下来了。活下来的唯一依靠就是这片土地的深情馈赠。

种庄稼、干农活就成了这里所有人都得掌握的生存技能。

学校在前村，放学后的家庭作业很简单，不到十分钟就能完成，剩下的时间就是跟着家人去庄稼地里干活。暑假是漫长的，也是一年中跟着父亲上山干农活最多的时候。陕北的夏天不下雨不刮风的时候，太阳盯着晒。大地上的一切似乎都停止了运动，安静地忍受着太阳的烈焰。黄土很烫，赤脚走上去，脚指头缝里挤进去的土烫得好像随时能冒出火，让人恨不得立即把双脚插进冬天的冰窟窿里。

我最喜欢后湾村旁边那座叫黄米山的高山，向南的山坡上有我家的三亩地。坡地不适合种谷子，谷子苗距远比洋芋、黑豆密集多了，谷苗之间的间距不到一寸，因为锄草的时候挖起来的土疙瘩落下去，会将下面的谷苗埋掉，因此这样的坡地上只适合种洋芋和黑豆，因为洋芋和黑豆苗间距大。而作为陕北最重要的农作物——谷子，只能选择比较平整的地来种植。谷子脱壳就是小米，小米跟陕北是紧密联系在一起的，这种联系其实是一种文化的相辅相成。陕北是一个具有标志性的地域名称，而小米是养活陕北人的主要粮食。俗话说，一方水土养一方人。外来食物（大米、白面、鱼肉等）和文化虽然已融入陕北，但至今无法让这里的人全盘接受，每一个陕北人每顿饭必然先用小米粥垫底，然后再吸收其他食物。当然就文化而言，不管是古老的，还是先进的，都必须以黄土文化为载体。其他文化的介入，必须要以黄土为底色，方得以发展。如同做人，必须以诚实、厚道铺底。

陕北与小米的属性便明确了！

我家的那三亩坡地年年种着黑豆。黑豆产量高于黄豆，那个时候只追求产量，不追求粮食的口感和营养。那个年代以填饱肚子为目的，有品质的生活，那需要强大的物质基础；而那个年代人们的肚皮从来都是扁的，里面装着苦难积累起来的杂粮粗饭。坡地上种黑豆是大家共同的选择，我家地界靠右的坡地上也是年年种着黑豆，而靠左的那边是山崖，足有二三百米高的山崖下面就是后湾村。

从后湾村上山到自己地里，要在一条羊肠小道上绕来绕去拐好多弯。陡峭的山路上长年有扛着农具或背着庄稼的人上上下下走着，即使到了大冬天，也会有人赶着羊群走在这条羊肠小道上。山路被人的脚和动物的蹄子踩得犹如石头一样坚硬，黄土小路被踩得发白。站在对面的山上看，羊肠小道如同一条白色的绳子捆着大山，而这样像绳子一样的羊肠小道捆绑着陕北的每一座大山。羊肠小道，成了把陕北人的命运和大山紧紧捆绑在一起的最结实的绳子。

跟父亲到后湾村上面的老雷峁上种、锄、收黑豆的春夏秋三季，看到的蓝天是最好的蓝天。春天的蓝天是俯下身子的蓝，是春风吹不散的蓝。我和父亲一前一后在山坡上种下一片黑豆，黑豆会在一场春雨后长出有两片叶子的小苗。夏天的蓝是白云映衬着的蓝。地里的黑豆长到半尺高，正是除草的好时机，父亲会选一个日头火毒的时间带我去除草，这样被锄下的草被晒干，就不易活下来。而到了秋天，蓝天是很高的，抬头望去，这片辽阔的蓝虽不能触及，但能嗅到它的味道，这味道是清风的味道，是收获的味道。父亲会选择一个雨后的日子带我去收割黑豆，雨后的黑豆没有了干枝棱角，不扎手，拔的时候手掌不会被弄破。

暑假在盛夏，与父亲一起去老雷峁锄地。正午毒辣辣的阳光让光着上身的父亲和我的双臂与背部迅速脱了一层皮。父亲说到山崖边的那棵老椿树下歇一会儿，我和父亲并排躺在树荫下休息。软软的黄土是热的，很快吸干了身上的汗水，我们的身体渐渐舒服起来了。父亲开始抽他的旱烟，一股浓浓的烟带着呛人的味儿掠过我的面部，然后升到天上去。我双目看蓝天，看天空中飞过的鸟，一直看到那一缕缕与白云相近的烟散尽于视野中。

陕北的山是滚圆的山，像一个个泥捏的摆放在一起的玩具。这种摆放有序而不凌乱，山与山之间隔着的沟壑宽窄基本一样。沟底偶尔会有一条小溪流出，那么这条沟里就会草木茂盛。这里的山壑因缺水长期裸露着黄土，若能遇到水，就会十分夸张地长出一片青绿。其实土壤里的养分是充足的，只是没有水的滋润而辜负了这片土地的厚待。

不是每一座大山都有名字，与庄子相邻的和被耕作的山才会有名字。这些看似相同的山总会被这里的人发现不同之处，发现的不同点就是被命名的理由。比如：山顶如圆规画过的半圆一样的山，取名为圆头峁；山形有点像老鹰的嘴，取名为江嘴沟；山体有点像一块巨大的石头，取名为石沟梁；山形有点长的叫跑马梁；山体的一侧有塌陷的山叫塌崖沟。陕北人是以象形的意义来给这些大山取名的。

与父亲在椿树下睡一觉，也叫歇晌午。歇晌午就是午休，这样的午休对于父亲而言就是侧躺在地上抽几锅旱烟，然后小眯一会儿。而对于我来说，闻着父亲的旱烟味怔怔地盯着蓝天，看看天空中出现的所有东西，想想天空最高处究竟藏着什么，究竟是怎么样的一个地方？每一次凝望，我都会带着这样的好奇心而慢慢入睡。山风从沟底徐徐吹来，整个人在迷迷糊糊的睡眠状态中享受大自然带来的惬意和舒畅。

这个晌午很漫长，根本就不会离去。于是父亲叫醒熟睡的我，继续锄地。酷热的天气里，我们的身体忍受着太阳的暴晒而再次大汗淋漓，水分迅速流失的身体一再提醒我们需要补充水分。口干舌燥的父亲打发我提着一个陶罐到山下的麻花沟提水。麻花沟有一汪山泉水，泉水清澈凉爽，是周围山上劳作者取水的唯一水源。我撂下锄头兴奋地冲下山沟来到水边，水里长出像马兰花一样的芊芊水草，有好几个人正在舀水。我正要蹲下舀水，看见一条花红蛇在水草间游动。猛然惊起的我被吓得不敢再去舀水，旁边的老王笑着说，娃娃，没事，有蛇的水更解渴。说毕，他双手掬起一捧水喝了下去。

父亲喝到了我提的水，他抬头望了望天说，老天爷不下一滴雨，是要咱们的命啊！

十年九旱似乎成为这片土地的宿命。田地里的禾苗经不住太阳的烧烤，看上去像丢了魂似的耷拉着脑袋，好在有夜晚可以使这些禾苗恢复元气。庄稼在昼夜更替中一张一弛地在大自然中活着，等到了秋天的那场雨，然后献上饱经风霜的果实。如同这里祖祖辈辈的人，在自然环境中就这样生生不息。

陕北的夏季是难熬的季节，父亲的感慨道出了那个时代所有陕北人无奈的痛苦。一滴雨也不下，无数条大大小小的河流断流，龟背一样的河床揭发了太阳的罪状，包括山上的草木和在清晨去吸吮草叶上露水的鸟都可做证。

麻花沟的这汪清水没有干涸，村里人认为是老天爷给大家留下的最后一线生机。

到山顶去看，正对面是圆头峁，后面是江嘴沟，沟里有大坝，右边是石沟梁，左边是老雷峁。老雷峁是一座有故事的山，传说山上有一只成精的狐狸，它不偷吃鸡，也不吃别的肉，只吃野果和草根。有人看到它在一片谷子地里跳舞，也有人看见它在一座山头像猴子一样搭手瞭望。村里有一个猎人，拿着自制的土枪去老雷峁打野兔和山鸡，当他瞄准一对野兔母子，就要扣动扳机时，这只狐狸疾速从眼前跑过，受到惊吓的野兔逃窜了。气急败坏的猎人端起枪就向狐狸开火，狐狸一闪而过影子都没留下。没有击中狐狸的猎人一把将枪扔到地上，望着狐狸消失的山垭口大骂，说迟早要消灭了这只狐狸。猎人连续几天到老雷峁找狐狸的踪迹。他给土枪里装足火药和子弹，只要发现狐狸就会将它一枪毙命。村里有人说，那狐狸已经修成精了，你不会拿下的。猎人说，就是成精了，我也要想办法拿下，不信你等着看。有年长者说，狐狸是神灵派来的，不要不识好歹，干这种坏事。猎人听不进去，他心想，这狐狸坏了自己的好事，就是庸俗之物，不会成精的。

第三天的时候，猎人的枪走火，把自己打死了。年长者痛心地说，你是一条命，那对兔子母子是两条命啊！活在世上，人跟兔子是一样的，你要吃饭要活命，它们也要吃草要活命。凭什么你能活下来，它们不能？凭什么你去杀它们，它们就不能受到狐狸的保护呢？

因此，狐狸成精的事儿越传越远，几十年来老雷峁上的狐狸没人敢动。至于狐狸是不是真的吃草吃野果，大家没有半点质疑。村里的鸡隔三岔五地被不明动物在夜间叼走，有些人认为是狐狸干的，但是没有人愿意说出来。

我在山上望蓝天的时候，多次看见一些白云像狐狸，在天上游动。一次我指着一朵像狐狸的云彩让父亲看。父亲抬头望了望说，这是咱老雷峁的那只狐狸上天了，它成精变成了白狐仙。

父亲的话太具有文学色彩了。独特的地域文化使这里的人有了非凡的想象力和艺术细胞，他们不仅仅在山上唱信天游，更爱在抬头望蓝天时把内心的一些诉求，以浪漫的手法付之于天空中游动的云彩、空中的飞鸟和地上的树叶等。

我和村里的人都爱上山看蓝天。每当站在一座山的高处抬起头，就会感觉到四周群山滚滚而来聚在自己的周围，与自己一起抬头望蓝天，望蓝天上偶尔轰隆隆飞过的飞机和偶尔见到的越飞越高、越飞越远的鹰。

秋扁食

母亲说,八月十五那顿扁食叫秋扁食。扁食吃进人的肚子里,其实是吃给秋天的:秋天是一年中最累的季节,你看那么多庄稼熬得弯下了腰,它也要吃饭,秋扁食就是做给秋天的饭。

一年的苦日子熬到深秋,算是到头了。八月十五那顿扁食是一家人尝到的这一年来最幸福的味道。

到集市上割一条羊腿回来,在自家的田里拔一筐子红葱和黄萝卜,就能做出香喷喷的扁食馅。每年的八月十五前后似乎都是一年之中的连阴雨天气,不大不小的雨下得天气凉了很多,大地在一片明晃晃的雨水中也显得安静了。在下个不停的秋雨中,到后山一个山洼地里拔胡萝卜是很有意思的一件事。那个时候雨伞是奢侈品,家里没有雨伞,戴一顶旧草帽,或者披一个对折后的麻袋,冒着雨去后山,并不是大人们独自去的。他们后面总会跟着几个调皮的小孩闹着,于是大人再拿出几个小一点的布袋对折后,给孩子披上。

三十多年前的一个中秋节前,我和姐姐妹妹每人披着一个布袋去后山拔黄萝卜。我在前面奔跑着,姐姐牵着妹妹的手在后面跟着。这是几天中雨之后的小雨天，雨水顺着头顶的布袋流在脸颊上，我们的脸庞冰凉且反射着雨水的光。首先要穿过一片高于我们的玉米林，玉米叶子扫在冷得有点僵了的脸上，麻木的感觉不能给大脑迅速传递痛感。整个脸庞在这样的天气里被玉米叶子一道道扫过，似乎是打了麻药，感觉脸部肿得很厚。走出玉米地，双脚上的泥巴，已经糊到了膝盖处。感觉脸上痒痒的，我用手去挠，却把泥巴沾在脸上，姐姐笑话我说像个唱戏的三花脸。

而这样的感觉恰恰是我们没有任何苦感的幸福感觉，因为到了黄萝卜地能拔出带泥的黄萝卜的喜悦，会替代之前的所有感觉。

在到达萝卜地前要路过一片向日葵地，沿着地畔向前走，被雨水淋得几近凋谢的向日葵花，垂在花盘一圈的黄色花穗挂着透明的雨水珠子，滴滴答答地落在湿透了的土地上。我顺手摇几下向日葵秆，不料花盘砸在我脸上，脸上沾了黄色的花粉，姐姐说这下子更像三花脸了。

我一把扯下花盘，剥出瓜子吃着。如同在水中泡过的瓜子显然没有成熟，我一把扔掉。姐姐瞪我一眼，骂我不像话。

到了自己的萝卜地，我们三个抢着拔，几分钟已经拔了一筐子。

回来的时候要路过一片苦菜地。姐姐从筐子里拿出一个缝了好几块补丁的布袋。不用姐姐说什么，我们三个便弯腰拔苦菜，家里的那头猪最喜欢吃苦菜。苦菜断开面有白色黏稠的汁渗出，和着泥巴沾在手上一点也不舒服。我们三个的手上沾满了苦菜汁，无意中揉一下眼睛，或者擦一下流进口里的雨水，就会眼睛发涩，口里发苦。

这些天的苦菜很肥，再肥的苦菜也苦啊。当我们陷入饥饿带来的困境中，苦菜无数次地拯救过我们的生命。所以说当一个有着苦情和苦难经历的人，特别是有过农村生活体验的人，提到苦菜，便会产生一种莫名的苦难感、深情感和沧桑感。

苦菜是一种有苦味的菜，但能食用，不像有些菜看上去好看，口感也不苦，却不能吃。这就说明一个道理：有时候有毒的东西好看，而无毒的东西反而不好看。做人何尝不是这样呢？油嘴滑舌的人把自己粉饰得真善美，而内心正直的人从来不会巧舌如簧地聒噪。

对苦菜的认识，母亲是这样说的：苦菜不好看不好吃，但是能救命。

姐姐提着一筐黄萝卜，我和妹妹抬着一袋子苦菜回到家里。母亲心疼地让我们三个赶快上炕坐在炕头暖身子。

母亲先把一些苦菜倒进猪圈，我们听见猪吃苦菜发出的声音。母亲说，到了过年时，咱家的猪最起码有一百斤了，足够咱们过个好年。其实每到过年杀猪后，猪肉会被卖掉很多，剩下的一点根本不像富裕人家过年所拥有的那么多。当然我们的穷困也容不得我们一家人独自吃掉一头猪。其实啊，过年的时候能让自家窑洞里飘出肉的香味，这对吃肉有着强烈欲望的人来说，已经足以开心地沉浸于节日的气氛之中了。

父亲是一个喜欢讲故事的人。他讲到从前有一个憨婆姨，看见别人家捏扁食煮着或蒸着吃，便将自家老母猪刚下的一窝猪崽子用泥裹着放入灶膛一天一只地烧着吃。她老汉出工回来喂猪的时候发现猪崽子每天都在减少，多次问妻子猪崽子哪去了，她说可能是老母猪带出去跑丢了。有一天老汉收工早，提前回到家里看见正在吃着烧猪崽的老婆，气得不行，对老婆一顿毒打后，好奇地拿起散发出满屋子香气的猪崽肉尝了一口，不由自主地说，这东西真好吃。蹲在地上的老婆怯生生地对丈夫说，你要是蘸上一点盐才好吃呢！丈夫便蘸着盐几口吃完，扶起妻子说，明天开始每天烧两只，你一只我一只。

故事讲完了，一家人大笑。

这个故事要表达的意义十分模糊，本身就是以取乐为主，并不需要说教的成分夹杂其中。而这就是源自民间的喜闻乐见的文化产物，如同我们吃到的秋扁食，同样是民间流传下来的一种饮食文化，虽然这个传承范围很小，甚至小到一个村子里也不能对秋扁食存在的意义全部有认同感。

捏扁食是我们一家人参与的有趣事儿。

母亲先把羊肉和黄萝卜做好的扁食馅盛在一个瓷盆里，再将一块和好的白面搓成条状，用刀子切成均匀的剂子，每一块剂子用手揉成圆团，然后再用两只大拇指转着圈压扁，几圈之后这样一个圆形的扁食皮就做好了。母亲示范一遍后，我们几个学着母亲的样子做扁食皮，等到做好十多个皮后，母亲开始包扁食了。母亲一边包一边说，咱们这里的人叫这东西是扁食，人家外地人叫饺子；咱们叫捏扁食，外地人叫包饺子。这是我在很小的时候第一次接收到的外来信息，也可以说是外来文化。而这个时候，外地人在我们眼里总是有本事的人，他们的生活空间很大，可以四处游走，而我们一辈子就在山沟里过着。外地人似乎成了成功人士的代名词。

扁食捏好就到下午四五点了，这个时候也就到这一天的第二顿饭的时间了。在陕北没有一日三餐的习惯，从来就是一天两顿饭，分别在上午9点左右和下午5点左右吃。母亲先从沸腾的锅里捞出一个扁食，父亲用一个干净的白色瓷碗接过扁食，几步走出窑洞，将扁食轻放在向东的墙头，口中说，今年庄稼丰收了，谢天谢地！

母亲和父亲用最简单的仪式敬天敬地，感恩自然，然后捞出一锅翻滚的扁食让我们吃。一阵狼吞虎咽后，肚子饱了。母亲对我说，看你肚子鼓鼓的，装进去的是秋日里的谷子糜子玉米洋芋。我在当时疑惑不解，后来想起母亲的这句话才明白，原来她的意思是那么深远而富有诗意。如果将母亲的这句话引申一下，可以联想到天空和大地，草木与河流等生存意象，而这些意象与父母亲的五谷杂粮和他们用一个扁食敬天地的仪式都有着密切的关系。

秋扁食吃过了，日子会在八月十五之后一天天走进寒冷的冬天。冬天是陕北最好的季节了，因为有白雪皑皑的安静山村，有山舞银蛇的层峦叠嶂，有庄里人早睡晚起的一日两餐的慵懒生活。

燃烧

煤是一种燃料，燃烧自然是它的宿命。物体燃烧的结局不一定都是化为灰烬，煤燃烧后，在渐渐熄灭到冷却的过程中还能散发出大量的热。

父亲是一名煤矿工人，对于煤和燃烧他懂得很多。他说，煤炭看起来是黑色的，燃烧的时候却是红色的。从小生活在矿山的我，对煤炭也有了特殊的感情。无论是烟囱里冒出的浓烟的味道，还是灶膛里闪烁着的通红的火苗，总能给我带来些许兴奋和暖意。村后的甄家沟煤矿是20世纪七八十年代的一家国营煤矿，产出的煤块像打过蜡一样，用一根火柴在煤的平整表面用力划过，就能将煤点着。父亲说这里的煤都修炼成精了，世上再没有比这更好的煤了。

煤矿的矿区在村后，煤矿的管理部门在村前。大多数工人住在矿区和矿区周围的村子里。那个时候并没有租房的说法，带着家属的煤矿工人住在村子空着的窑洞里，不用掏一分钱，只要平时带回一块煤，或打扫一下院子，或帮着房东去山上干几天农活，就是对房东最好的回报了。

我家后面院子的一孔老窑洞里住了几个没带家属的工人，

他们来自离煤矿一百多里的几个村子。他们没去村前的矿部食堂吃饭，而是自己做着吃，因为自己做每个月最少能省下十块钱。他们的米、面、油是从自己家里带来的，蔬菜全部来自慷慨而善良的房东家。

在这个面积不大的小县，东西南北的口音也有区别。有个叫毛娃的工人来自西川，他的口音在本土口音的基础上增加了一点卷舌音，尾音淡淡地向左扯去，以至于他说话的时候嘴角也向左抽着，跟他一块儿上班的工人开玩笑叫他"抽嘴"。

毛娃装着满肚子故事。不管是上工生产时，还是下班后，大伙总能被他的故事吸引。有个叫王三的工友为了能天天听他讲故事，竟然一年都没回家。

毛娃讲的一个故事让大伙印象很深。故事是这样的：后山里有一只修炼成精的火狐，每天早上在太阳刚出来时，站在太阳地里跳舞。村子里有一个猎人，多次带着土枪想去杀死这只狐狸，可是每次去，不是扳机扣不动就是枪打不响。有一次，他看着跳着舞的火狐像一团火在阳光中欢快地燃烧着，心想，这只狐狸可能是太阳神派来的精灵，否则为什么自己打猎这么多年，猎枪从来没有出现过问题，可是面对这只火狐，猎枪却始终无法正常使用？想到这里，他赶忙朝着跳着舞的火狐拜了三拜，然后下山回到家里。这年秋天，山里的庄稼大丰收，这只火狐在秋收后消失了。猎人土枪的枪管莫名其妙地断了，他从此不再打猎。

毛娃讲完故事说，人跟这只火狐一样，生下来就开始燃烧，直到把自己烧完；也跟煤一样，天生就是燃烧的料。有人间,那只狐狸去哪儿了?他说,那只狐狸燃烧完后就被太阳神收走了。

这种寓言式的浪漫故事,几乎都是从民间开始流传的,它的创作者也许是吃着粗茶淡饭的目不识丁的农民,但最优秀的文化几乎都带着泥土的根脉。民间故事素来就不失浪漫,并且含有朴素的真理,始终扎根于人民,口口相传于民间。

与毛娃住在同一孔窑洞里的还有其他四位工友。他们五人都是没带家属的"单身"男人,每天一起上下班,一起热热闹闹地过着快乐的生活。

年纪最小的叫锁子,他来自东川靠近榆林地界的一个小村子,口音与毛娃完全不同,说话的时候好像在舌头上盖了一片树叶,把声音压扁了,特别是说"上"这个字,如同开玩笑一样,逗得大家哈哈大笑。他说出的"上"像是声音被压扁的"社",而且这个"社"的尾音还有点残缺,不到三分之二就戛然而止。

锁子每次从煤矿回家的时候,都会向村里的村民借一辆驴拉架子车,装一车煤运回家。入冬前,锁子又去前面院子老孙家借来那头驴和架子车,到煤矿上装了一车上好的煤块,赶着毛驴车向距离煤矿七八十里的家里走去。

到了晌午时分,也才走了一半路程。锁子用两块重三十斤的煤块从路边的一户人家换来一碗小米干饭。他不到三分钟就吃完饭,然后继续赶路,直到夜色降临才回到家。

妻子和孩子不知道他这天回家,听见院子里卸煤的声音,出门看见锁子后,妻子急忙帮着卸煤。她说,给你做揪面片吃吧。锁子说，多放点酸菜。两三岁的孩子扯着妈妈的衣角，跌跌撞撞地跟在后边，妻子一把提起孩子夹在腋窝下，飞快地去烧火做饭。

山村的夜空很高，天上的星星是这个山村最亮的灯火。对于村里人来说，夜空中的星星和月亮并不属于宇宙，只属于人间。人间是烟火场，即使晚上千家万户进入梦乡了，天空中发亮的星月也是他们在夜色中留下的灯火。

第二天早上锁子就要返回煤矿。妻子问，能不能多住两天？锁子说，那不行，要回去给老孙家还驴车呢。妻子不说话了。孩子不太理会有点陌生的父亲，锁子抱起孩子亲了一口，孩子伸出双臂扑向母亲。锁子苦笑一下，牵着驴就要起身。妻子说，你这次走了，要等到快过年的时候放了假才回来吧？锁子说，是。妻子说，到了煤矿上吃好一点。锁子说，你不用操心，我在煤矿上很好。

锁子每次借用完老孙家的架子车，还的时候都要从家里带一些小米、绿豆给老孙家。人与人之间的感情是建立在相互理解、支持和充分信任的基础上的。普通人的生活就是从柴米油盐中获取生活的滋味，使烟火延续于平淡而琐碎的日常之中，完成生命中必不可少的酸甜苦辣和生死离别。

锁子回到煤矿后的第三天，因一米多高的煤层坍塌，他在井下工作时被砸身亡。料理完后事，他的妻子说，锁子就是家里的一块煤啊，已经烧完了。

燃烧，在这里已经是一个很悲情的话题了。

这里的煤很容易燃烧，可以用一根火柴点着，一旦被点着，煤会被烧得渗出很多黏稠的油脂，火势和煤烟都很旺。这种完全有别于其他地方的煤，从古至今被这里的人称作石炭，后来官方给这里的煤起了个名字，叫作五号煤。这种煤如果仅仅用于烧火做饭，资源的利用价值会大打折扣，会造成很大的浪费。他们说这种煤里含有焦油，提炼出来的焦油有很多工业用途。

父亲一辈子都不知道自己挖出的煤叫五号煤，更不知道五号煤的用途那么广。他对煤的最深解读，无非就是燃烧。父亲做事有一个特点，就是在专注做某件事的时候，从来不言困难。他说自己就是一块石炭，生来就是一团火。

是啊，父亲就是一团火，总会在夜色中为我们亮起来，在生计中为我们燃烧。这世上不仅父亲是这样的人，还有很多像他这样的人，为自己的生命找到像煤一样燃烧的意义，在不同的时代燃烧着。

我的家乡子长县被誉为红都或将军县，从这里走出的十位将军，给北方这个弹丸之地注入了英雄血脉。他们就是瓦窑堡的十块五号煤，被时代从人群中呼唤而出，他们在为自己的时代燃烧，直至把生命燃烧为灰烬。

人类自古以来就不乏一代又一代的仁人志士像煤一样燃烧自己，化作动力推动着社会进步。煤的精神价值一直被忽略和低估，它的价值不仅仅是本身具有的使用价值，更有一种精神象征的价值。这个世界之所以能够繁荣，正是有了许多像煤一样的人在燃烧自己。

燃烧，这个自带光明与温暖的词语，以时代的特殊内涵，承载着每一个时代的使命。光明与温暖是煤的属性，是像父亲一样的人的精神术语。他们生来就热爱这个世界，会把自己当作一块煤，尽自己最大的力量去温暖每一个角落，照亮每一片阴影。

搜山

　　立秋后,地里的庄稼就能收割了。秋风微凉,稍微缓解了秋收的辛苦。到了晚秋,连阴雨就要来了,这一来就是十天八天的。在连阴雨来临之前,山上的庄稼基本上都已收割完了,地上铺了一地干枯的庄稼秆。

　　阴雨中的陕北晚秋是一幅苍茫之画。山在雨雾中隐去锋芒,路是一条泡在水里的绳子,软绵绵的,没有一点捆绑之力。一向凌厉、突兀、荒凉的景象转为委婉、细腻。陕北,在此刻温柔了许多。

　　可是生活不是看景,是在酸甜苦辣中创造着不同的景。秋天意味着收获,这个收获对于陕北而言,是在十年九旱的田地里收回一年的辛苦粮。说辛苦,是因为这片土地过于贫瘠,付出多倍辛劳,结果却依旧是食不果腹,这就是20世纪初的陕北。穷困,已经是生活在这片土地上的人们不容置疑的事实。

　　时间来到20世纪80年代,饥饿感依旧无情地折磨着这里的人们,食物仍然是最大的诱惑。村里的三哥比我们年长八九岁,他会带着我们一起,春天去山里摘刚刚收花不久的青杏,夏天去后湾摘青涩的李子,秋天去收割后的庄稼地里搜山。

在村里，我们七个小伙伴年纪相差两三岁，平均年龄十一二岁，经常在一起上学放学以及玩耍，唯一不在一起的时候，大概就是回到各家吃饭睡觉了，甚至有时吃饭时也要端着饭碗，聚到后院子的石碾子处一边吃一边嬉闹。

年长的三哥在我们心中，无论说什么话、出什么主意都是对的。他瘦高的身体像一根玉米秆，走路时甩起来的两条长胳膊像玉米秆上的玉米棒子，在风中呼呼作响。三哥早早就辍学了，在繁重的农活之余，总会隔三岔五地抽出一点时间带着我们出去找点事干，比如上山摘青杏，跑到河对面掏野兔窝等。我们的童年就这样快乐地疯跑在时光之中，无忧无虑。

每年的秋天，我们几个小伙伴就央求三哥带我们去搜山。搜山就是陕北人在收割后的田地里捡拾遗漏的庄稼果实。三哥带我们出发去搜山前，要求我们每人提一个筐子、装一盒火柴跟着他。他找来一把老䦆头扛在肩上，率领我们冲向后山里的那块玉米地。

玉米地是一块平整的坝地，高高的玉米秆密密麻麻地立在地里，干枯的叶片像斜插的匕首，插满玉米地。玉米棒子被收走后，露出层层散开的白生生的苞叶，像一团团开了花的棉花，给这冷清清的天气带来些许温暖。

我们像一只只兔子在玉米秆间穿梭着，不一会儿，这片玉米地的每一根玉米秆都被我们搜过了。搜来的十几个玉米棒子，有的已经被虫啃过，有的很小，有的发霉了，品相好的也就那么三四个。三哥说，这些玉米棒子大概是主家不想要才留到现在的。

在那个人人吃不饱的年代，没有人会故意丢掉一粒粮食的，何况这是几个玉米棒子。三哥的判断显然是错误的。他这样说，或许是给我们一点安慰吧。

离开玉米地后，三哥把我们带到了一面山坡上。这是一块洋芋地，被刨过后坑坑洼洼的，像一个巨大的擦菜礤子，我们走在上面，深一脚浅一脚，东倒西歪，一不留神脚面就被干了的洋芋秆擦出印子。刨过洋芋的地里翻起来的都是新鲜的土壤，在秋雨秋风的浸润下，松软的土壤吸收了更充足的寒气。我们每个人鞋子的脚拇指处都是破的，大家穿着露着脚拇指的鞋子踏进泥土中，这股寒气顺着脚拇指迅速传遍全身，接连打几个冷战后，就适应了。

三哥在前面用镢头来回刨着有洋芋枯叶的地，我们用脚和手来回扒拉着地面，试图在地里找到没有被主家刨完的洋芋。这是一户非常粗心的主家，我们跟着三哥到处搜山，从来没有像这次一样，在洋芋地里搜到两筐子洋芋。大家喜出望外，跟着三哥回到村里后，三哥说亲自给我们做炖洋芋。他将一大堆洗净的洋芋切成指头粗的条后，先在铁锅里烧化一块黄色的羊油，炒好葱丝和蒜头，然后把洋芋条倒进去，用铁铲搅动几下，再倒入两马勺烧开的水。铁锅里噗噗冒起来的热气升向窑洞的顶部后，贴着墙面缓缓地飘出窑洞，油炒葱蒜味满院子地散开。普通人的光景，在这样的味道中显得有了仪式感和满足感。

洋芋炖熟了，三哥家的碗筷不够用，我们折来树枝和秸秆当作筷子，两个人共用一个碗盛饭，蹲在土院子里埋头吃。洋芋上沾着的那一星油花和淡红色的辣椒是最诱人的，有的人用勺子舀的时候，麻利地刮走浮着的这层油花。院子里的鸡围着我们咕咕地叫着，那只红公鸡冷不防从谁的碗里叼走一块洋芋后转身就跑。最讨厌的是那头黑毛猪，你就是用脚把它踢开，它也会悄悄地站在你身后，用嘴把你拱翻在地，然后狼吞虎咽地把打翻在地的洋芋吃掉。尽管它被人不停地踢着，但是丝毫没影响偷吃。

一锅炖洋芋就这样被我们狼吞虎咽地吃完了。三哥没有擦掉沾在嘴角的油花，他笑嘻嘻地说，留着过会儿再用舌头舔舔，很香的。

人们对那个年代的深刻记忆，基本上是来自与吃饭有关的故事。当一个人长期处在饥饿的煎熬中时，食物必然会成为最大的诱惑。于是搜山不仅仅是我们这个村子的习惯，周边所有的村子都有这个习惯。饥饿不是针对某一些人的，而是针对那个年代所有的人。

吃肉显然是一种奢侈的行为，更是一个接近奢望的想法。有一棵老槐树长在两个村子中间的路边，多年来，这棵老槐树的归属权被两个村子里的人争来争去，一直没有明确。老槐树上有好几个乌鸦和喜鹊的巢，叽叽喳喳的鸟儿从早上一直要叫到黄昏。鸟的叫声似乎是一种命令，早晨叫声响起时，村子就会苏醒；傍晚叫声渐渐停息时，村子就会灯火渐暗，进入寂静的黑夜之中。

只要能吃到肉，我们从来都不计较吃到的是什么肉。有一次，三哥带着我们去后村子的那棵老槐树上掏鸟窝，准备带我们吃鸟肉。暑假的晌午，正是村人昏昏欲睡的时刻，三哥带着我们来到老槐树下，我们几个齐刷刷地抬起头望着树上的几个鸟巢，脑海里浮现出做熟的鸟肉来，似乎鸟肉的香味已经飘进鼻孔了。这种诱惑让我们无法抗拒，一名小伙伴跃跃欲试，爬树还没爬到一米高就掉下来了。三哥说，走开！他自己往上爬，爬一步溜半步地费了好大力气才爬上去。只见他在各个鸟窝里翻了个遍，才找到四只不会飞的小鸟，说今天来得太早，下次要等到鸟儿晚上都归巢了再掏。三哥将四只小鸟装进自己的口袋，从树上下来后，他那条褪了色的蓝裤子已经被树皮蹭出了好几个洞。他带着我们来到河边，拔掉鸟毛后用泥裹住小鸟，然后点燃一堆柴火，把泥团放进去。过了十几分钟，他用木棍从火堆里挑出泥团，剥掉外层烤干的泥巴，一团粉色的肉落在他的手掌中。三哥咬一口后，仰起头闭上眼睛说，太好吃了！我们几个顿时咕噜噜地往肚里咽口水。三哥把四只鸟的干泥巴全部剥掉，然后分给我们吃。这时，从公路上下来两个跟三哥年龄差不多的人，骂骂咧咧地来到我们跟前，从两个小伙伴的手中抢过鸟肉说，这棵老槐树是我们村的，树上的鸟也是我们的！三哥扑过去就要跟他们打架，他们其中一个赶忙挡在中间劝三哥别冲动。三哥跟他们理论时，一个小伙伴冲过去，从他们手中抢回一块肉。我们几个仗着三哥怒火冲天的劲儿，纷纷从河边捡起石块，摆出打架的阵势。那两个人可能觉得干不过我们，骂了几句就离开了。三哥招呼我们继续吃肉，可是肉太少，每个人分到的还不到一口。我们迅速吞下鸟肉，都来不及品尝一下肉味呢。

富庶是人们追求的一个理想生存境界。而在20世纪中叶的陕北，贫穷是人们无法逃避的现实，饥饿已经是每个人每天面对的困难了。想办法填饱肚子，是人们在田间地头费尽辛苦的最大动力。而我们这帮孩子既是父母心中那块喂不饱的心头肉，又是让他们不能省心的捅娄子货。

又是一个秋天，三哥带着我们去后沟那个村子的瓜地里偷瓜，瓜地的主人正是上次跟我们抢鸟肉的那两户人家。三哥指挥我们把地畔上的十几个南瓜摘下来放在一起，然后烧一堆火，把南瓜放进火中烧熟吃。烧一会儿后，我们用脚踩灭火，准备拿起南瓜吃，谁知南瓜打开后里面全是水。三哥说，不能吃，咱们走。到了傍晚，后村里来了两个老婆子，站在我们村头大骂偷了南瓜的人。我们村的几个大人过去给她们道歉，并承诺第二天赔偿南瓜，才算完事。骂人的两个老婆子走后，我们的父母开始收拾我们了，罚站、踢打等一系列常规性惩罚措施用完后，浑身酸痛的我们才被允许上炕睡觉。我还没睡着，母亲就抚摸着我的头说，以后再也不能干坏事了。

夏天的蛇会飞，长辈们这样告诉我们。会飞这门功夫非常厉害，假如把一条蛇的头割下来，埋在对面的山头上，那颗头都能从土里钻出来飞过山沟，跟对面的蛇身接起来爬走。这样的故事在陕北大地上从古至今流传着。

暑假时，我们这帮孩子闲着无事可干，不能安分地待着，每天动脑筋想着出门去干点能填饱肚子的事。三哥说他就不信蛇会有这般能耐，今天就带我们出去验证一下，看蛇究竟能不能飞过沟去。

害怕蛇的心理或许是大多数人与生俱来的，特别是北方人。蛇是一种被神化了的动物，它的形体、冷血、神出鬼没成功地塑造了令人们恐惧的形象。我们几个都害怕蛇，但是三哥不怕。三哥就是我们心中的好汉。他带着我们到村子对面的草湾里去抓蛇，那里有一种一尺多长、浑身银白的蛇，村里人叫白枝蛇。因为害怕被蛇咬，平日很少有人去那里，那里几乎成了一块禁地。传说前些年有一头牛吃草时不慎误入此地，一条蛇从牛的鼻子里钻进去，又从它的屁眼里爬出来，最后这头牛害了一场病死了。

三哥见我们几个都不想去，说他走在前面，让我们跟在后面就行。我们战战兢兢地跟着三哥来到草湾，他用一根木棍在旁边画了一个圈，让我们站进去，说，你们谁都别出来，蛇也不敢进这个圈子。我们相信三哥是会法术的，于是站在圈子里一动不动地看着三哥走进草湾去抓蛇。

等了一会儿，一条蛇出现了。三哥用棍子将蛇按住，用手掐住蛇的脖子，然后提着这条蛇从草湾里走出来。我们目睹三哥抓蛇的过程，都吓得不敢吭声，心里对三哥产生了远远高于对学校老师的崇拜之情。三哥用削铅笔的小刀把蛇头割下来，蛇的身子不停地扭动着，蛇嘴张开，露出了两颗钢针一样的牙齿。三哥说，你们都在这儿等着，我把蛇头拿到对面的山上，看它能不能飞过来跟蛇身子接上。

三哥气喘吁吁地跑到对面的山头上，用黄土埋住蛇头，然后大声问我们蛇头飞过来了没。我们一直瞅着蛇头要飞过来的方向，把自己的头歪向一边，生怕蛇头飞过来撞到我们脸上。

可是过了好一阵子，也没看见蛇头飞过来。三哥刨开埋蛇头的土说，蛇头不会飞，还在土里头。他从对面的山头飞奔过来说，咱们今天吃蛇肉。我们惊愕地望着三哥，想不通他怎么会有这种想法。三哥将没有头的蛇扔进火堆里，蛇被烧得皮开肉绽，发出爆竹般噼噼啪啪的声音。三哥用棍子把烧了一会儿的蛇挑出火堆，扒掉蛇皮，白花花的蛇肉就露出来了。他撕下一小块肉塞进口中，慢慢地嚼着，不停地说好吃好吃，还问我们想不想吃，我们谁也没有回答。他笑着说，别怕，老人们讲的那个蛇会飞的故事都是哄人的，今天咱们验证了一下，蛇哪儿会飞啊！三哥让我们每人吃一点蛇肉，我们心里还是害怕蛇，不敢上前去吃。他就拿着蛇肉给我们每人口中塞了一块，命令我们吃下去。没有谁此刻会把蛇肉当作肉来吃，大家当然也不记得蛇肉是什么味道了。

回到家里后，我们吃蛇的事被三哥的父亲知道了。他大发雷霆，用绳子抽打三哥，说蛇是有灵性的神物，是龙的亲戚、壁虎的舅舅，是会报复人的。

我们怕天黑了那条白枝蛇会带领龙和壁虎来抓走我们，整整一个晚上都不敢睡觉。

挨揍后的三哥浑身留下了血印子，他第二天见到我们后撩起衣服，让我们看他背上的血印子，笑着说，疼是有点疼，但是痒痒的很舒服。三哥在我们心里就是打不败的英雄。

又一年秋天，已经结婚的三哥说要带着他的妻子和已经是小伙子的我们去后湾里的玉米地搜山。

我们在一片已收割过的玉米地里搜到十几个玉米棒子。

三哥说今天吃烧玉米。他挖开一条有大半个玉米棒子宽、将近一只胳膊长的土渠，把玉米棒子架在上面，然后点着土渠里的干柴。三哥和他妻子来回翻着玉米棒子，没几分钟，烧玉米的香味就飘散开来。烧熟的玉米有一股焦香味，吃起来口感特别好。

我们几个叫着嫂子，让三哥的妻子给我们唱歌，她害羞地说不会唱。三哥给我们使了个眼色，意思是让我们继续闹。我们几个便把她从地上拉起来，缠着让她唱。她拗不过我们，便开口唱了一首《沙梁梁上站了个俏妹妹》。正当舞勺之年的我们被这首陕北民歌打动了。特别是在那个物资匮乏的年代，一首委婉而伤感的歌曲就能让我们在当时的境遇中产生共鸣，并能将自己的处境与对应的情感连接起来。

搜山，是那个时代为填饱肚子而做的一件事情。尽管肚子没有被填饱，但在搜山过程中的那些经历却令人十分难忘，比如一只野兔突然从脚底窜出来，像箭一样消失在草丛中；或者一群野鸽冷不防从石崖下扑棱棱地飞出来，飞向天际……还有那条留存在记忆深处的白枝蛇，我至今都没有忘记它扭动的身体和嘴里露出的两颗牙齿。

搜山，在当时看来是为了一口吃的。现在看来，那是一种用游戏体验的时代之苦。

液态村落

老家的样子一直在我脑海里流淌，似水缠绵，酥化着我的全身。

其实我居住在城市的边缘，即使被认为是"身在曹营心在汉"，也根本不能阻止我一往情深的村落情结。那个哺育我的村庄如今更加破烂，所有的景致都蒙上了厚厚灰尘，陈旧的景象延续了一个漫长的黄昏。而我依恋的就是这份宁静和流淌在心中的古老景致。不管我涉足何处，心中的村落就跟在我身后，一步不离。

大门墩

门墩还是那个历经百余年的大门墩，墙壁垮塌得没有了棱角，裸露的混石泥灰牢牢地粘在一起，形成一圈拱形的力量，保留着大门墩简单而粗糙的线条。年年月月风吹雨打的大门墩在爷爷的记忆中就是这个样子，多少年来摇摇欲坠，却没有倒下。

现在少了的是那两扇木质的大门。记得小时候每到晚上大门紧闭，就关闭了整个村子与外界的通道。这是一个只有几户人家、二十多人、一排窑洞的村子，墙外有一棵百年老槐，隔河翻山就是通往城镇的小路。夜半三更，谁要在拉肚子时走出窑洞上茅房，只要看到高大而厚实的大门墩就不会害怕，甚至会联想到有了这个大门墩游魂野鬼也进不来。

大门墩的顶部不算平坦，修建大门墩时覆盖的那层黄土也被南来北往的大风吹掉，露出了坚硬的石头，像是一具被剔了肉的骨架。可还是有杂草丛生，有几株黄蒿草长得有半人高。大门墩顶上便是村里小孩常去玩耍的地方。虽然大人们每次看到我们往上攀的时候都说，你娃娃不操心，哪天大门墩塌了，你就没命了，但我们还是当作耳旁风，争先恐后地攀上去"摆碗碗"（一种游戏）。特别是到了冬天的时候，山野草木尽枯，没有了一点生气，于是，我们更多的时间都选择在这里，在大门墩顶部凸凹不平的草石当中尽情玩耍。

有一次我偷着把家中的一个背篓带上去，放在大门墩边沿的石板上，跟妹妹和海明三个人挤进背篓悠闲地嗑瓜子。我要跟海明调一下位置，而且就要在这个背篓内调，不料背篓失去重心，石板折断，我们三个从高高的大门墩上掉下去。妹妹哭着爬起来回家找妈妈，我和海明则爬起来一溜烟地向村外跑去，不敢回家。

现在想起这件事依然令人费解，我们三人从几米高的大门墩顶上掉下来竟然都毫发未损。

夏天，大门口是村人纳凉拉话的好地方。快到晌午的时候，女人们都用簸箕端着豆角之类的蔬菜择菜，准备做饭。整整几个小时这群女人家长里短地唠嗑不完，簸箕里新鲜的青绿色蔬菜在她们的手中被反复捻揉得色泽渐渐黯淡下来，没有了新鲜感。太阳西下的时候，女人们才各自走向自家门前的春锅烧火做饭。不一会儿袅袅炊烟在这个村子里升起。

犹如蛇一样蜿蜒升起的炊烟，顿然间勾勒出整个村落的魂魄，并游走于蓝色的天空，似乎在宣告着一个重要时刻的到来，那就是出山劳作的男人们就要回家吃饭了。"民以食为天"的千古谚语，唯有在村落的炊烟升起时才能体现出人间生命的真谛来。而那个大门墩则是我的村落村民们生命依赖的最后一道屏障，或者堡垒。

豆腐磨

院子里的豆腐磨长满了苔藓，特别是在持续干旱后下的一场雨，使赤褐色苔藓显示出令人惊诧的生命力。这种生命的顽强让人不得不赞叹。

而豆腐磨却失去了其存在的价值，仅仅是一个摆设而已。之所以这么多年来不被村人搬走，是因为它曾经给村人们的生活带来过非常多的便利和实惠。算是一个念想吧，留下来总比彻底消失要让村人心里好受得多。

豆腐磨的基石明显倾斜了，以致豆腐磨也倾向一侧，看上去像一个驼了背的老者，残喘着剩余不多的气，老态龙钟地侧立在院子中央默默无闻。

触景生情是我们必然的情感萌发。看到豆腐磨就能想起好多事儿，特别是在它为村人服役的那些年月里的。每到腊月里，家家户户就要做豆腐。太阳刚冒出山的时候，豆腐磨就开始了运转。一根人字形的木棍被三个人握住，一人两手抓着木棍的两个棍头像开手扶拖拉机一样，另外两人分别抓住分叉的两根棍，人字形棍的人字头紧紧扣在豆腐磨的磨眼里。三个人就像钟表一样顺时针转着，上下两扇石磨的缝隙间就流出豆浆。

流进石槽的豆汁很快被寒冷的天气冻成冰，豆腐磨底座下有柴火燃着，这样既可以让豆浆融化，也可以让人取暖。

豆腐磨在承载了这个村子几十年豆腐加工的使命后，终于在科技发达的某一个日子退役了。尽管好多人依然十分留恋靠豆腐磨来加工豆腐的日子，但是这个小山村和豆腐磨终究无法阻挡时代前进的步伐，村人的豆腐已经全部靠电动的机械来加工了。

豆腐磨也珍藏了好多故事。依稀记得年少时每逢春节前夕，小小的豆腐磨几乎天天在不停地运转着，不仅仅是我们村子的人在磨豆腐，还有邻村的人家也来加工。

有了邻村人的加入，村里的人就会十分热情地做好服务工作。村里人人都是豆腐磨的主人，我们这些小孩子也伸出热情的双手帮邻村人，可是我们帮忙往往是帮成倒忙，不是把泡有豆子的盆子掀翻，就是把磨好的豆浆洒在地上。不好意思批评我们的邻村人还笑着对我们的家长说孩子小，不是故意的。

父母们从开始一直要帮到结束，这样的帮忙需要好几天，常常会误了自家的事。晚上父母也相互有点埋怨，但是第二天天刚亮，父母就会烧一锅热水，等邻村的人来磨豆腐，帮着一家一户把豆腐磨好。

一盘豆腐磨慢悠悠地转，把几个村子的家长里短磨在这磨道里，化作一份温暖，在这个腊月天温暖了几个村子的年关。一锅锅热气腾腾的豆腐晾在高粱秆做的锅盖上，晾出了村子的厚道和热情，晾出了一年又一年虽苦犹乐的日子。

窑洞

早先村子仅有一排窑洞，混石砌起的围墙有一人高。墙头长满了荒草，荒草中落满了一群群叽叽喳喳的麻雀。窑洞坐落在一个镶着石条的院台上。几孔窑洞都是混石和石灰泥建筑的，看上去整齐平坦的窑面，却是一层砖砌的，叫作"砖面子石窑"，应了那句"金玉其外，败絮其中"的古话。窑洞内部的墙壁一点也不平整，虽然抹了厚厚的泥，但是依旧能看到表层下面的石头棱角。

都说陕北的窑洞冬暖夏凉，其实只说对了一半。夏凉是对的，但是冬暖一点也不对。想想看，一孔窑洞的四个面，其中一面全部敞开，仅靠几个木质的门框和一层粗糙且开着无数个小眼的窗纸糊着，到了冬天能暖和吗？况且窑洞的高度差不多和两层平房一样高，一面敞开着，可想而知夏天时绝对凉快，而冬天时根本抵御不了呼啸的北风侵入。

陕北窑洞大多坐落在大山沟里，有的在半山腰上，很少修建在山顶上。我们村子的窑洞建在河岸之上、大山之下、公路之旁，算是地理位置较好的窑洞。站在高山之巅，看散落在群山之下的一孔孔窑洞，恰似大山的一只只眼睛，从不疲惫，从不合眼，默默地注视着眼前的风花雪月、春华秋实。

村子的窑洞最早是一个员外的住宅。员外家人丁不旺，家业逐渐颓败，到死之前，我的姥姥从员外的手里买下这排窑洞，从此这个前不着村后不着店的村子改了姓氏，成了姥姥名下的一个小小的村庄。村子很孤寂，人烟稀少的这条沟里，十里八里地才突然有一个村子出现。原来员外家短工长工的人声鼎沸早就没有了，到了姥姥手里的窑洞显得安静了很多，姥姥膝下的五个儿子渐渐长大，这个院落又有了生气，开始旺盛繁荣。

有一百多年历史的窑洞看上去破烂不堪，像一件破旧的衣衫，年年缝缝补补。这排窑洞也早已显得有些臃肿变形了，墙角处有几根粗大的原木斜顶着，原木上吊着几块大石头增加分量，加固着看上去快要散架的窑洞。

石炭

村里人打水井的时候就能打出石炭，石炭就是煤。村子周围有很多小煤窑，出产的石炭易燃烧火头硬。村里人烧石炭从来不掏钱买，到煤窑的炭堆上捡，一大堆从煤窑井下吊上来的石炭里有不少的小块石炭，捡回家不用锤子砸，就可以扔进灶火里烧着用，一锅凉水会在短短的几分钟内烧开。

河槽里的半崖上夹杂着几层有三十几厘米厚的石炭，到了冬天，闲下来的村人提着红柳条编的筐子和镢头到河里去掏石炭。整条河槽被掏石炭的村人刨挖得满目疮痍。半崖上土石夹层间的石炭被掏走后，就留下了许多土岸，因而很多悬在半空中摇摇欲坠，似乎见风就会坍塌。村里的鸡和羊在冬天吃不到青草，往往会到长着枯草的河槽坡上来觅食，一不小心就会将土岸踩塌，鸡和羊会随着滚落的石头掉下，重重地落在白刷刷的冰滩上。有鸡和羊伤亡，就会有村人站在冰滩上高嗓门地大骂掏石炭的人害了他们的鸡羊。其实，鸡和羊踩垮的土岸或许就是他们自己挖的。

这里的石炭资源丰富，村子的周围有好几个小煤窑，也就有了很多外地的青壮劳力到小煤窑挖煤赚钱。村子左边的那个小煤窑是乡政府开的，规模和设施相比其他几个小煤窑要好些，于是工人也就多些。

小煤窑过磅房的半山腰上是灶房。灶房每天做两顿饭，早上是干米饭，下午是玉米窝头或者高粱窝头。那个饥饿的年头能有饭填饱肚子就很不错了，这些受着重苦的工人一日两餐的小米干饭和窝头令村人很羡慕。特别是每到做饭的时候，从灶房里开始传出哐哐当当的切菜做饭声，到满窗子飘出诱人的饭菜味，以及伙夫站在崄畔上大喊几声"开饭啰"的整个过程，让我们流了不少口水。

村里人日复一日地忍受着半山腰那个灶房里传出来的饭菜味的诱惑。有一次就有几个后生在一个伸手不见五指的黑夜从天窗里翻进灶房，用一个脏兮兮的面布袋装满了几十个高粱窝头，欲要返回时，院子一角的老黄狗的叫声惊醒了睡在隔壁的伙夫。伙夫提着火枪大喊着抓贼，惊动了整个村子。在当时谁敢做小偷？那是人们极其惊讶和憎恨的事儿。不一会儿，全村的老老少少和煤窑的人都聚集在一起，围住了整座山，人人手里拿着木棒和砖块之类的武器，地毯式地从山底向山上一圈一圈地搜查。这可急坏了几个后生，他们钻进一个被洪水冲开的山洞里，屏住气息，个个面庞涨得通红，默不作声。

有大几十号人急促的脚步声、呐喊声、喘息声，以及棍棒相撞声向这个山洞围来。他们决定放弃那袋子高粱窝头，扔进山洞的最底部，并用土掩埋销毁罪证。有一人说干脆投降吧，要不搜着了会被打死的。大伙同意了，一个个浑身沾满黄土和柴草，钻出山洞胆战心惊地站成一排，有一个极其夸张地弯下腰低下头举起双手，好像要起飞的老鹰。

村人一拥而上，数落着几个年轻人，并厉声责问偷了什么东西。他们口齿不清地回答什么也没偷，只是闹着玩。看到是村里人，煤窑老板不好怎么处理，就说算了吧，大概是几个后生睡不着觉瞎折腾。他还说煤矿上什么东西也没丢，不要让村人和后生们的家长训斥了。

第二天，村里的几条老黄狗因为钻进山洞抢吃高粱窝头，相互撕咬，其中有一条瘦弱的狗被其他几条咬得浑身皮开肉绽，鲜血直流。

歇店

后来，村子后面开了一家国营煤矿，生产设施先进，规模也很大，每天要产上百吨石炭。来自全县各个公社的青壮劳力到这里下煤窑挣工分，也有来自天南地北的解放牌汽车和手扶拖拉机来这家煤矿拉煤。最热闹的是来自偏远村子的人们成群结队地吆喝着毛驴车来买石炭。

煤矿距离村子不到一里路，沿河而坐，顺路而落，背靠连绵大山，前面山峦起伏。站在大山之顶遥望村庄，恰似几颗散落在乡野的豆粒，从不发芽从不生长，百余年来风吹雨打从不流离从不消失。

那排看上去很破旧的窑洞其实依然坚固。村里人口稀少，十多孔窑洞就有几孔常年空着，里面放些积余的粮食和牛羊吃的草料。我们称这几孔窑洞为草窑。到了冬天，日子就短了，那些从偏远地方吆喝着毛驴的拉石炭的人就不能在一天内打个来回，因此就选择了在煤矿周围的村里住下。有了旁人来投宿，于是村里二婶家腾出两孔草窑，烧暖炕，放几床被褥就招揽那些拉石炭的外村人歇店。外村人一晚上可以给一升米，也可以给二升黑豆，或者给个几毛钱都可以的，算是住宿费。

两孔窑洞到了冬天几乎天天晚上有人歇店，歇店的人好像个个能说会道，而且会唱信天游，也很能喝酒。因此，到了晚上村子里就热闹了。靠近院子正门的是一个驴棚，驴棚下有时候会聚集起十多头驴一起吃着石槽里的干草，发出咯嘣嘣的吃草声。许多次日落西山的时候，二伯和闲着的村人用一口铡刀不停地铡着草料，用筐子倒入石槽。

那十多个拉石炭的人东倒西歪地躺在炕上等二婶给他们做饭，通常给他们吃的是小米干饭和腌酸菜。一锅热气腾腾的小米饭端上炕头，拉石炭的人拿着粗瓷碗盛满后蹲在炕上就着酸菜吹着碗中的热气，熟练地用筷子从碗沿一圈一圈地吃，两分钟一老碗干饭就吃下肚子，然后再用木勺舀一碗。

十多个人吃饭的情景集中地诠释着狼吞虎咽这个成语。他们都是受苦出身，饥饿的灾难重复威胁着这些跟大自然无法抗争的生命，因此面对食物，他们都有着近似狂热的"掠夺"。在饮食知识严重缺乏，不懂得保护肠胃的大背景下，这样"急功近利"的饮食习惯导致绝大多数陕北人患有严重的肠胃病。于是一顿饭后，歇店的人个个响屁不断，弄得窑里气味浓烈，甚至弥漫到院落里。到了深更半夜大家轮流出去拉肚子，直要折腾到天明。

这是一种生活习惯，粗饭杂粮对肠胃的折腾并没有给闲暇的拉石炭人的业余生活带来什么不便，他们依旧会唱起信天游，歌声穿过夜色和门对面的山梁，响彻整个村子。

铁匠铺

后来，在村子人口不断增长的情况下，有人在老院子的脑畔上修建了一排窑洞。窑洞里有一个堂兄自小聪明过人，他喜欢对农具做些小改进，因此，长大后就学了铁匠，成家立业后在院子里开了个铁匠铺。他一手打铁的好手艺造福了乡里，精致好使的农具几乎每天都会吸引来购置农具的人。特别是到了冬天，闲下来的人们十里八乡地赶来，围一圈蹲在铁匠炉周围伸出双手烤着火取暖，即使不买农具，大家聚在一起谈古论今，也过得很充实。

夜色笼罩了村子的时候，铁匠炉烧旺的石炭火苗发出通红的光亮。铁锤打铁溅起的铁星，像燃放的烟火点缀夜色。

伯父家有两棵苹果树和两棵巨大的核桃树，到了八月十五前，成熟的苹果树上挂满了果子。这是在陕北土壤上土生土长的一种传统的果树，没有改良也没有嫁接，果子个儿不大但清脆汁多，颜色紫红、香味浓郁。而要吃到那两棵核桃树的果实得等到冬天，待核桃晾干了才可以。一毛钱能买到五个核桃，买来核桃后我们要把核桃放在铁匠炉的火中烤着吃。烤后的核桃显然香了很多，带有焦味的核桃仁会烫到我们的舌头，必须赶快伸出舌头吸几口凉气，有些人来不及咬碎口中的核桃仁就囫囵咽下去。

有时候村里有人家发生矛盾了，调解的人就把两家管事的人叫到铁匠铺说和。铁匠铺闲人多，说公道话的人也多，大家你一句我一言就化解了矛盾。有一次，村里两家因为院子里的水路不清发生了争吵，甚至大打出手。村人把两家人叫到铁匠铺调解，不料一方脾气暴躁的男人抓起铁匠铺的铁锤就要砸向仇家，被眼尖的铁匠飞速按倒在地，朝屁股踢了几脚。大伙围住那人纷纷指责呵斥，说，山不转水转，今天你让人一马，明天人放你一马。最朴素的道理在此可形成一个乡邻和睦相处的哲理，一番说教后，那人渐渐压下了火气，恢复了冷静，向大伙保证再也不胡搅蛮缠了。

通常情况下，围着暖暖的铁匠炉大家谈得兴起，没几个早走的。有远些的人索性就不回家了，等到铁匠炉炭火熄灭了就随便到谁的家里住一晚上，大家都会欢迎。

有很多乡野琐事会在铁匠铺解决，于是铁匠铺成了这个村子化解矛盾的好去处，也是村人闲暇时打发日子的好所在。春暖花开的清晨和寒冬腊月的黄昏，总有着铁匠铺叮叮当当的打铁声陪伴着村人的一年四季。这声音成了全村人早起晚归的钟声，更成了村人消除惆怅和忽略苦日子的精神依托。

叫魂

那个年代缺医少药，村人对医药的理解能力也低。谁家有人生病了，想到的就是请巫神来看病。几个村子一个巫神，一个巫神可就是掌控几个村子生老病死的核心人物了，令几个村子的老老少少恭维敬仰。

巫神的聪明主要体现在给这家看病结束时，会提醒另外一家人，说其家里某一个人的魂丢了，若不及时找他看就很快要死去的。他是一个善于观察和完全懂得肖像描绘的人，不会说出人名，用信天游的曲调吟诵出某个人的面部特征和衣着打扮，这让喜欢赶红火来看巫神的人一听就都知道是说谁。

因此巫神的生意很好，收入也很好。有的时候巫神会一口气说几个人或者一群人的魂丢了，这可吓坏了几个村子的人，大家争着请巫神到家来看病。巫神为了省事，一下召集几个丢魂的人在一起看病，这种时候巫神说要大看，手举铁质的"三三刀"，十分活跃地在一排躺在地上的丢魂的人身上跳来跳去，叫魂看病。

"三三刀"形状像一个平面火炬，上有三个铁齿，两边吊有几个铁环，举在手中摇几下便发出铁环相撞的声音。特别是在寂静的山村黑夜，声音十分刺耳，伴随着隐隐的山谷回音，给漆黑的村子带来几分神秘和恐惧。

看病之前，也就是说巫神请的什么"黑虎灵官""玉皇大帝"之类的神上身之前，事主要烧香纸、祭酒，等窑洞里飘满了酒味和香味时，巫神才会百般痛苦地躺在炕上大哭大叫。他说每一次在神灵托身的时候都被神灵折磨得很痛苦。事主家赶快跪在巫神前继续烧纸祭酒，口中替巫神求饶说，烧下来了，不要打马童。马童在这里指的是巫神。巫神"上马"了，就是他的凡体肉身附上了神灵，开始看病了。魂丢了叫虚病，这里虚病指的不是身体感觉到疼痛的实病，而是丢了魂的病。

进入正式看病状态后，巫神通过信天游的曲调发话与事主沟通着，而且十分夸张地用肢体语言来沟通，他们通常用扭秧歌的动作结合信天游看病。到了20世纪90年代，有一些年轻的巫神开始用流行歌曲的曲调和迪斯科舞的动作看病，让一些老人在背后大骂。

看病到结尾时，也是到了最高潮的时候，那就是叫魂。叫魂的队伍站在巫神指示的东西南北四个方位和水井、碾磨等地方。叫魂的队伍回到家中后，病人要平躺在炕上，身上盖一块单子，把整个人都蒙住。巫神快言快语地说出一大段治病的咒语，此刻很像流行歌曲中的说唱。几乎所有的巫神在叫魂回来后都要以信天游的曲调这样唱道：

脑上有鬼砍了鬼，
腰里有带砍了带，
脚上有绊砍了绊。
砍了脑，脑不疼；
砍了腰，腰不疼；
砍了腿，腿不疼；
浑身上下砍破身，
一下送到云南贵州城，
十字路口等旁人。

罗圆罗圆，
往常罗米面，
今晚上罗真魂，
真魂罗完罗上身，
到老不下身。

巫神说一句，在病人身上使罗子的一个村人也就跟着应一句。这些话早就被很多人学会了，有时候一窑人都跟着说，像是大合唱。

叫魂的所有程序完后，要送神仙归天，也就是要让神仙脱离巫神之身了。这叫"放马"，意思就是神和人脱离。放马的时候巫神像看病前神灵附身时一样，他扭曲着面部表情表现出一副极其痛苦的神情。

完了有人问巫神，神灵附身的时候你记得吗？他回答，什么也不记得。

榆钱饭和槐花饭

那个时候吃榆钱饭和槐花饭是因为没有粮食，不是吃稀罕。我所知道的故事皆来自父辈，因为我没有赶上那个饿肚子的年代。

在刨吃草根之前，开春之际所有饥饿的人都把目光投向村里的几株榆树和槐树。榆树和槐树先后开花，花香诱人，花儿更诱人。没有了粮食就会选择吃榆钱和槐花。摘一筐子榆钱、槐花带回家，拌着糠蒸着吃，在当时算是不错的饭了，尽管难以下咽，但是保住了很多生命。

村里有个叫柱林的年轻人，在长身体的时候遇到了大年馑，长时间的吃糠咽菜使他的消化系统紊乱，导致他吃进去什么就拉出什么，所有的食物只不过是在他的肠胃中过了一趟。如果能顺当地吃进去顺当地拉出来，对于当时的柱林来说应该是很幸福的事，遗憾的是他吃的时候几乎要用筷子戳下去，拉的时候要靠他的妈妈用棍子撬出来。吃与拉的两个过程给柱林带来了极大的肉体痛苦和毅力的考验。

很多时候柱林因为拉不下而疼得大哭大叫，倒在地上打滚。那个时候吃不进拉不下的人多，而像柱林那样几乎每次吃和拉都难的人少见。

连续几年的干旱使所有的村人心生恐惧，人人自危的局面激发了所有人对生命的留恋和竭力保护。因此每逢结榆钱和开槐花的时候，大家不舍昼夜地趴在树上静等花儿绽放，一旦有花儿开放便会迫不及待地摘下送回家蒸着吃。更有甚者将刚刚冒出的花蕾摘下顺口吃掉。饥荒带来的生命威胁已经让人们丢失了最淳朴的谦让的礼节，而充斥着整个村子的是野蛮的掠夺。

这不，两个年轻的后生因为一把榆钱大打出手，引发了两家十多口人的打斗。好在有清醒的长者出面劝架，才避免闹出人命。

那个年代因为饥饿导致的结果，主要表现就是争夺，甚至是没有任何谋略和思索的争夺，最直接的目的就是立刻占有。肚子饿了，唯一能够充饥的榆钱和槐花，着实让人的劣性集中大爆发。因为一丁点食物都会闹得沸沸扬扬、不可开交。面黄肌瘦、体弱无力的乡邻在体力不支，无法站立的时候，有时为了一口饭菜会一跃而起，力大无穷地从对方手中抢来。

这样的事儿曾经多次发生在这片土地的历史中，而在连续的干旱造成颗粒无收的几次历史大年馑中，树木都因干枯死后，出现了人间悲剧。

高峁山

高峁山山峰突兀奇高，山顶有几棵槐树，山坡住几户人家，山脚有几十棵桃树和梨树。村里人吃水靠毛驴从沟底运上来。

陕北干旱树少，果子树更少。高峁山的那些能长各类果子的树让周围几个村子很是羡慕。从春天开花之后刚刚冒出丁点青涩小果子时，高峁山的人就要在树下搭凉棚看护了，要不就会被其他村里的小娃娃们摘个精光。

高峁山上有一个打粮食的大土场，场里常年堆着几个高高的草垛。草垛是娃娃们玩耍的好场所，他们在几个草垛穿洞，像蛇一样在几个草洞里猫着腰来回穿行，玩的是捉迷藏。如果是夏天，对于村外的娃娃们来说，这样的捉迷藏完全是个幌子，真正的目的是在捉迷藏过程中伺机爬上旁边的果子树摘几个没脱茸毛的桃子和紧绷着青皮的梨。

有句老话说"六月里的桃驴咬不下"，而娃娃们不服，将摘来的桃子在衣襟上象征性地擦几下，几口就把还带有水汽和苦味的桃核和桃子一并吞下去。吃得多了，桃子的茸毛就会落在脖子上，不一会儿脖子奇痒，用脏兮兮的小手不停抓挠，脖子顿时布满道道血印。

那个走起路来一瘸一拐的中年男人时常穿一件褪了色的蓝上衣，一排纽扣颜色和大小都不一样。他能说会道，在周围几个村子里是个耍嘴皮子的名人。他家住在高峁山底下的余家峁，沾了近水楼台先得月的光，每年果子成熟的时候，他第一个挑着筐子到高峁山批发桃、梨，然后走出川道沿途叫卖。

他或唱或说，针对筐中的果子编一段信天游，说说唱唱招来很多人看热闹。看热闹的时候有谁家孩子缠着大人要吃桃子，大人便一推一搡地暗地里训着孩子，孩子被训得开口大哭，撕破了大人的脸皮，哭叫着要吃桃子。那人乘机加一段曲子，意思是在劝告家长不要教训孩子，要好好养活孩子，给孩子的吃穿不能误事，孩子长大了才能做大官发大财来孝敬老人。大人被说得脸通红，掏出一块手绢，层层打开，拿出一毛钱买几个桃子塞给孩子堵嘴。

那人应该是当今流行歌坛的开山鼻祖吧，在没有任何乐器伴奏的情况下，他的说唱具有明星出场般的强大引力，完全可以把在场人的心揪住。他每一首自编的曲子里有悠扬委婉的伤感抒情，也有急促激烈的愤怒，更有鼓点般密集的口语秀。这恰是流行歌坛大腕们所惯用的演出风格，而这样的精彩节目早在我们的童年就已经欣赏到了。

那人经常会来到高崦山唱几段，内容涉及万事万物，想到什么唱什么，看到什么唱什么。有时候他会爬到高崦山顶的那几棵槐树上唱，唱几个小时声音不但不哑，反而越发洪亮。

如果在某一个清晨听到他唱歌，高崦山的果香味也会随着他的歌声飘进周围几个村子的家家户户，因为每当他的歌声从清晨飘出山谷的时候也就是高崦山果子成熟的时候。

村子里的事儿多，多得一辈子也掂量不过来。我离开村子年头不长，却觉得欠了村子什么似的，一有闲暇就想奔回村子，试图把自己的心思和言行立刻融入村子。每到这时，我就能获得村子给我端出的一缸子陈年老窖，让我品味恍如隔世的村子往事。

陕北册页

陕北话题

陕北,是一个具有多重意义的符号。黄河、黄土地、信天游等,都是这个符号相互独立而又有内在关联的支撑体。陕北代表着一个宏大的文化景观,荒凉、偏远、风沙、窑洞等静与动的事物,均属于这个景观的文化元素。陕北啊,就是一首诗词,写尽山川大地、风物人情的壮美诗句,已成为陕北时空最具有特色的表述。

在一大片土黄色的高原上,陕北是莽莽大地上还能看得见其他色彩的地方。红的山丹丹花、白的羊肚子手巾,以及飘荡着高亢民谣的蓝天、扭起大秧歌的红绿彩绸。陕北,是一个道场啊,生息于此的子民用纯朴和厚道修行,用旧时光中的苦难和负重拜日月。天地开阔、山路蜿蜒、河流奔腾、草木向上。陕北,被命名为苦难地域的陕北,在独有的话题中叙述着它的前世今生。

长城以南、黄河以西,陕北的范围非常明显。陕北讲述着一座座黄土山的前世与今生,讲述着黄河的蛮荒与文明,讲述着信天游的高亢与洒脱，呈现出古老与现代，承载起时光的周转与瑰丽。

陕北话题，就是陕北册页中从开头到结束的方言叙述，就是在陕北这块土地上登台谢幕的生生不息的故事，就是这方水土的前世今生，就是从土窑洞、石窑洞、砖窑洞里传递的每一页。

黄土山，由黄至绿的风沙往事

时光倒流，回到半个世纪前的日子里，陕北有着那被风沙侵袭得面目全非的初春。大江南北的初春是春和景明、生机盎然的景象，而在陕北，却是一年中最为难熬的日子。因为每年的这个时候，沙尘暴就会如约而至。遮天蔽日的沙尘暴把陕北大地上稀薄的春光扫得一干二净，徒留于大地的是满目疮痍。枯草飞扬、树枝折断，更无法忍受的是狂风中卷起来的沙砾，犹如一阵密集的扫射，使行走的人整个脸部瞬间布满黑色的点痕。风是黑色的，是黏稠的，是排山倒海的，席卷而过时，身轻的人快被卷起来，鸡、猫等体重较轻的动物如果躲避不及时，就会被沙尘暴带出去很远。

"风沙"，这个名字显然分量不够重，其实就是初春的沙尘暴，在陕北叫老黄风。老是一种资历和沉淀，也是一种经验和分量。黄是一种凌厉和锋芒，也是一种高于色彩的呈现。老黄风这三个字组合在一起，展示出大自然极大的破坏性。

这一页上的沙尘暴力透纸背，让整个陕北册页的装订线几近散落。

那首信天游《刮大风》唱得好：刮得石碾子的石磨盘翻烧饼，刮得石轱辘飞起来耍流星。这老黄风，撼动的是风暴中无法安宁的万物，撼不动的是苦日子里活下来的一辈一辈的陕北人。

民歌是在沙尘暴中吟唱出来的一种表达，那些依托在日常之中的民俗，也是在沙尘暴中的一种表达，这些表达展现的是生命与自然对等的精神。陕北人，之所以把苦难用艺术的手法去化解，是因为这里的人在漫长的艰苦条件下形成了乐观积极的生活态度。他们深懂苦难，懂得眼前的沙尘暴卷走田地里刚刚破土而出的禾苗意味着什么，懂得沙尘暴将山坡上的小树苗连根拔起将会带来什么。他们目睹这一年又一年的沙尘暴对这片土地的摧毁，明白将会给自己带来什么样的境遇。他们懂得一切，但是却从没有因此而退却过、放弃过，他们用语言来化解这种不可抗拒的苦难。

这一页写着沙尘暴的时光太漫长太漫长。在数千年的时光里，这方水土和这里的人们，在沙尘暴的呼啸中走到了20世纪90年代。

退耕还林，不仅仅是一个名词，它更具有解除魔咒的功能。对于国家而言，这片黄土地太贫瘠太脆弱，种下的庄稼在一场风雨的折腾下就会让土地的主人颗粒无收、血本无归。于是，一个改变这片土地命运的大手笔在千山万壑间展开，种庄稼的人开始种树，他们可以在国家的帮助下过上从未有过的幸福生活。

短短二三十年的光景，满目苍黄、风暴肆虐的陕北，已是绿水青山、满目苍翠，呈现出另一番景象。那年年初春要来的沙尘暴再也没来，那些多年不见的喜鹊和乌鸦回来了，那么多野生动物在树林里找到了自己的家园。

　　册页上长出茂密的树林，山水之间的陕北不再是由自然环境的苦难而形成的那片黄色了，而是一派生机、一片绿色。

黄河水，由黄变绿的泥沙沉浮

　　水是生命之源，这是毋庸置疑的。黄河是被中华民族誉为母亲河的一条黄色河流。给黄河命名的黄土高原，以其掉皮掉肉、流血断肢的代价赋予了这条河流肤色和灵魂。这条奔腾不息的河流以自己的风骨和精神成为汇入大海的一支劲旅。

　　二十多年前，黄河的历史开始与一个漫长的跨度隔开。在此之前的十万年，黄河从青海的三江源一路而来，命运不可逆转地前行着。十万年啊，对于宇宙而言是一瞬间，而对于人类而言那是何等漫长！十万年的黄河一直在黄色中流动，一直在大自然对黄土高原的百般肆虐中奔腾着。大自然没有想到，黄河也没有想到，二十多年之后的今天，黄河竟然可以慢慢改变肤色，可以由黄渐渐变绿，可以不再肆虐。

　　你可以随便选择黄河两岸的一座山头，站在那里看看黄河。它就是一条龙，就是大地母亲的乳汁，它以一种悲壮而雄浑的气势蜿蜒着，它就是一部苍生沉浮录。以二十多年前的那个时间点作为坐标，回头看，黄河有生存艰难之象；朝前看，黄河变成美丽的风景。

作为一条河流的另一种意义，黄河的存在与奔腾昭示的是生命的觉醒和鞭策，它虽然破坏了流经之处的生态系统，但还是让人爱恨交织，其浩浩汤汤、所向披靡的气势深远地影响和改变了陕北境内的人。

黄河之水天上来，从自然的角度也可以理解为黄河的一部分水来自天上，即雨水。云在一定的作用下化为倾盆大雨，黄土高原上的黄土就会在大雨的冲刷下，在千沟万壑中迅速形成山洪，向低处一泻而下，然后聚集在河道里，再以势不可当的蛮荒之力冲向黄河。这样的山洪年年发生，年年为黄河输入桀骜不驯的血液。陕北的干旱是很可怕的，一年之中下不了几场雨，一旦下雨就是大雨，致使干旱的土地遭受蹂躏。

河流揭开山洪退却的新一页，这是发生在二十多年前退耕还林的时代背景下前无古人的事。黄河不仅仅是母亲河，现在更是一条流淌着血性和骨气，流淌着柔美情怀的河。

信天游，从古至今的民谣香火

音乐是最懂得人间烟火的艺术之一，它酝酿和诞生于民间草木山河之中，如同山野之风徐徐而来，以恰如其分的旋律触及人的内心，成为人类的心灵语言。

在陕北，信天游这种音乐的地域性，给民歌赋予的意义不可低估，它的价值体现在从对地域的深度解读中来获取这方水土的信息。悲壮，成为这个地域概念中的主题。因此，陕北人沉重的生命感，从信天游的传唱中生动地体现出来。而陕北人对信天游的解读还包含另外一种意义。音乐作为一种抒情化的语言，更能表达人的内心感受和情绪变化。陕北人与信天游是相辅相成的，是歌中有我，我中有歌的密不可分的关系。陕北人通过信天游主要表达了一个"情"字，这个"情"字，在信天游的唱词中更多体现的是爱情。陕北人懂得爱，懂得珍惜爱，更懂得用民歌的形式保存和传唱这种爱，把生命中刻骨铭心的爱情以信天游的形式留存在这片黄土地上。

信天游的双重意义是自然与人在排斥、冲突、和解、融合中形成的。信天游作为黄土地上从古至今传唱不衰的民谣，如同柴米油盐具有最基础的营养价值，滋养着陕北人。信天游是香火，只要有人在，就有这种民谣在。

从旧时光的场景中打量那些正在远去却总能温暖我们的往事：山路上月光下父亲的归来；村口二妹子瞭望着羊肚子手巾三道道蓝的归来；山峁上送三哥哥挎着土枪过黄河打鬼子；一次次吆骡子拉盐走西口的硬汉子想着心上人……

陕北，就是一场以黄土为背景的风花雪月。凌厉的风沙中，有信天游宋词般的委婉；粗犷的大地上，有信天游唐诗般的浪漫。信天游是一曲陕北心灵史，它不仅仅记载了自古以来的陕北苦难，更记录了陕北情感之中珍贵的爱情。

陕北民歌以爱情为主题的歌曲甚多，这些歌曲感染着一代又一代陕北人去追求美好生活。

时代在进步中改变着人，陕北人在改变中把旧时光中的事儿珍藏于信天游之中。而陕北民歌作为陕北人不可或缺的心灵语言，至今依旧是他们表达诉求的最好方式。当下的日子完全没有了以往的苦难色彩，安居乐业的陕北人正用古老的民歌致敬先辈们在那个时代的不易。

人间烟火正旺，信天游里的陕北，不再是黄沙漫天、蛮荒偏远的陕北。交通和网络正在加速缩短距离，世界上再远的地方，也只是网络中的一个站点。陕北，地域文化形成和积淀下来的淳朴形象，正在这个时代的进程中，以信天游的方式延续着这方水土的香火。

我是你册页中的一个汉字

一出人间戏，就有人间灯火照过的数千个春秋。合起的书页里，有无数民谣长在汉字的土壤里，长出辽阔的烟火味和山水一样的日子。在我留不下一个脚印的天空中，你白玉一样的明月高过头顶与群山，我在你的民谣里连夜赶来，抬头望，天空中都是明月发出的青瓷般的问候。我转身，我的身后，山水涌动，时光涌动，万丈红尘也在涌动。合上的册页，容不下我的全部心扉。一册山水，栖息在时光的山崩，我来向你的天空问好，这些晶莹的话语就能纷纷落下，青瓷就是你话语的品质，与我一次次相逢在山水册页中。

陕北，我和所有的陕北人，都是你册页中的一个汉字，或者黄土高原上的一抔黄土。

后记

在现场,在旁观

时光现场,你我的角色互相转换,我们既是时光的亲历者,也是时光的旁观者。同时,我们都是无法抗拒时光的失败者,因为在时光之中,我们的生命终究会消逝。在生活现场,我们都是有意或无意的介入者,相同的日常被我们分辨出不同的意义。这种意义,取决于我们在日常之中的个体修行。在生命和精神的双重现场,我们要么是事件的介入者,要么是旁观者,二者之间相互关联,你我都在其中,你我本身就关联着。

写作,是日常生活的另一种存在方式。写散文的好处是心灵在一种自由状态下觉醒。无论是什么事物,在别人眼里可能是过眼云烟,而我,都将以散文的方式追述和解答。世界对于我而言,并不是繁华或喧嚣的立体呈现,而是一个个细节或局部的切割面的秘密流露。我渴望在表象之后看到事物的成因,看到支撑立体呈现的那些挤压和坚韧。

我写了那么多散文,至今没有一篇令我感到满意的,感觉对不起自己热爱的生活,对不起命运对自己的垂青。这种自责往往产生于深夜的失眠之中。夜晚是最好的清醒剂,可以给许多浮躁的人以最大可能的醒悟。因此，深夜是我自责与忏悔的时间段，文字在此刻犹如一梭子弹，扫射着我的安宁。过去的这一天，我究竟在别人的生活现场扮演了什么样的角色？是介入者，还是旁观者？我在不断地反省与思考自己与时光、事物，以及他人之间的各种关系，是什么理由让自己留存下所谓的散文篇章，满足自己对文学的虚荣心？

陕北人有一句话：死牛顶塌墙。我发现自己就是个钻牛角尖的人，这不是标榜自己性格里的优秀，恰恰相反，这是我的缺点。正因为爱死牛顶塌墙，我从小到大坏了不少事，经常性地破坏日常规矩与习俗，使得自己与司空见惯的平常事物有了隔阂。为此，我渐渐成为旁观者，自然而然与许多人和事保持一定的距离，并且去发现，去观察。

这种旁观时刻进行着，而且距离拿捏得恰到好处，更适合我对事物进行认知。渐渐地，我回归到独立而沉寂的自我世界，好像一个堡垒，坚守着自己的一切。堡垒四周是这个世界的纷沓而至，是形形色色的万物横流。我在自己的散文中清晰地看到了世界在时光中的模样，人在其中。人是什么？为什么那么多人的作品里写下动物、植物、山河？因为人是自然的崇拜者。为此，我的散文关注人这个焦点，其目的是试图记录人与自然、与时光的对话。我的介入是通过文字来沟通的，并渴望与生活现场达成某种默契。

这本散文集意味着，随着时光的流逝，我在日常生活中依旧有所感悟，有所收获。我是一个能够沉浸在孤独中的人。身边的石头、草木，以及河流，都是在我的个人世界里陪着我赶赴时光现场的一种永恒和温暖的存在。我在这样的孤独中已经完全适应了冷热交织、如同季节变换的世态炎凉，世事往来也已积淀为最朴素的个体经验。

因此，作为我的思想和情感以及经验的记录，这些散文所描述的必然是我生命触及的某些敏感点，比如哺育我的庄子，以及庄子里的人和事，乃至庄子里的一切。我尝试着用自己的文字修饰时光中渐渐远去的村落——我的庄子。在我的记忆中，那个坍塌了三分之一，而且早些年就遗失了两扇榆木门的大门，是我的古老庄子唯一的路口。每天晚上，年长者关上大门后，院子里的每孔百年旧窑洞里就亮起了油灯，猪、牛、羊等牲畜一下子就安静下来了。夜晚对于庄子来说，是腾空白日里所有的嘈杂和负担后进入深度睡眠状态的养精蓄锐，以便迎接第二天重复的日常生活。

跟很多人一样，我常常会想起家乡那个只有三四排窑洞组成的小庄子。庄子很小，庄子里发生的事却很多。过去的人和事，是那个时代留存下来的历史片段。在这些片段中，我愿意回归到那个宏大的时代现场，打量人们被阳光和尘埃笼罩的身子，揣测他们的心思，发现他们鲜为人知的秘密。他们的真实与虚假，善恶与爱恨，犹如山峦上的山头，那么赫然挺立，且又那么含蓄地掩映在群山之中。他们也是我的化身，是无数个我的存在，我们本身就是彼此的复制品，在生息的过程中追求、放弃、收获、失去。

当我用文字怀念那些旧时光中的所有时，散文作为我的历史库存,替我保存了那些旧时光的明与暗的记忆,也为我保存了人性百态。写作的意义在这一刻给了我更充足的理由,让我深情投入,让我为此痴迷。

郝随穗

2019年9月25日于三石堂